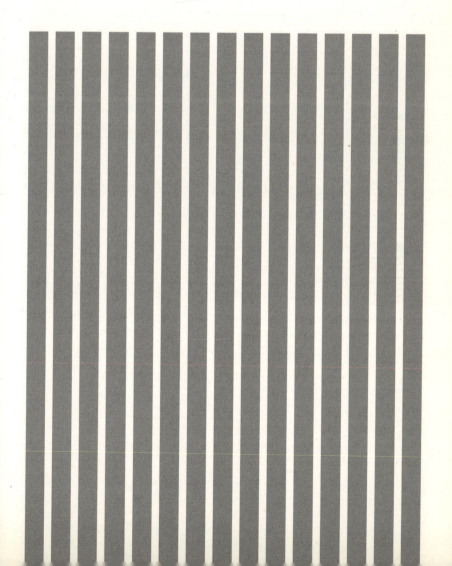

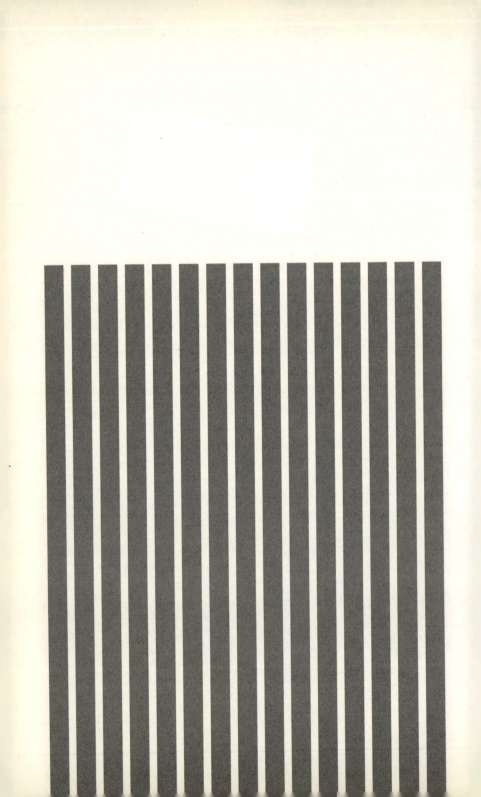

Nova Cosmogonia e Outros Ensaios

Coleção Big Bang
Dirigida por Gita K. Guinsburg

EQUIPE DE REALIZAÇÃO

Coordenação de texto Luiz Henrique Soares e Elen Durando
Edição de texto Marcio Honorio Godoy
Revisão Lia N. Marques
Capa e projeto gráfico Sergio Kon
Diagramação A Máquina de Ideias
Produção: Ricardo W. Neves, Sergio Kon

Stanisław Lem

NOVA COSMOGONIA
E OUTROS ENSAIOS

Tradução, introdução e posfácio:
HENRYK SIEWIERSKI

Embaixada
da República da Polônia
em Brasília

Copyright © Thomasz Lem, 2019.

Dados Internacionais de Catalogação na Publicação (CIP)
(Câmara Brasileira do Livro, SP, Brasil)

Lem, Stanisław
    Nova cosmogonia e outros ensaios / Stanisław Lem ; tradução, introdução e posfácio de Henryk Siewierski. – São Paulo : Editora Perspectiva, 2019. – (Coleção Big Bang / dirigida por Gita Guinsburg)

    Título original: Nowa kosmogonia.
    ISBN 978-85-273-1151-9

    1. Ciência - Filosofia 2. Cosmogonia - Origem - Evolução 3. Ensaios 4. Ficção científica - História e crítica I. Siewierski, Henryk. II. Guinsburg, Gita. III. Título. IV. Série.

19-24752   CDD-809.3876

Índices para catálogo sistemático:
1. Ficção científica : História e crítica 809.3876
Iolanda Rodrigues Biode - Bibliotecária - CRB-8/10014

1ª edição

Direitos reservados à

EDITORA PERSPECTIVA LTDA.

Av. Brigadeiro Luís Antônio, 3025
01401-000 São Paulo SP Brasil
Telefax: (011) 3885-8388
www.editoraperspectiva.com.br

2019

Sumário

9 Introdução

I. PRIMEIRA FASE

17 Duas Evoluções
65 Alfred Testa: "Nova Cosmogonia"
99 Provocação

II. SEGUNDA FASE

147 Robinson Crusoé da Futurologia
159 Civilizações Cósmicas
165 Somos Instantes
171 A Minha Visão do Mundo
183 Estatística das Civilizações Cósmicas
193 Será Que Apreenderemos a Tecnologia da Vida?
207 Tertio Millennio Adveniente

POSFÁCIO
213 Nas Trilhas da Escrita Ensaística de Lem: Anotações do Tradutor

Introdução

Stanisław Lem (Lwów, 1921 – Cracóvia, 2006), escritor, filósofo e futurólogo polonês, considerado um dos autores clássicos da ficção científica do século XX, formou-se em medicina, mas o interesse pela ciência e o temperamento do escritor resultaram numa vasta obra em que a ficção e a ciência coabitam de forma singular. Além dos romances, escreveu contos filosóficos, textos dramáticos e satíricos, contos de fada, resenhas de livros inexistentes e ensaios sobre diversos temas de ciência, tecnologia, filosofia, literatura e civilização contemporâneas. Seus livros foram traduzidos para mais de quarenta idiomas e tiveram repercussão em debates que envolveram tanto discussões sobre o gênero *science fiction* como sobre as perspectivas da ciência e tecnologia. No Brasil, foram publicados apenas seus três romances, *Solaris* (1971) – conhecido também em suas adaptações cinematográficas –, *O Incrível Congresso de Futurologia: Das Memórias de Ijon Tichy* (1971) e *A Voz do Mestre* (1991), todos em traduções indiretas, com exceção de uma recente edição de *Solaris* pela editora Aleph (2017).

Na obra ensaística de Lem, destacam-se: *Summa technologiae* (1964), uma análise e avaliação das possibilidades que surgem com as novas tecnologias de produção e de amplificação das capacidades humanas; *Filosofia do Acaso* (1970), uma espécie de teoria da literatura que, mostrando as possibilidades que se abrem com a aplicação da teoria dos jogos na descrição dos fenômenos físicos, biológicos, cósmicos e culturais, propõe uma "teoria empírica da literatura"; *Ficção Científica e Futurologia* (1970), que trata da história, da teoria e da crítica da ficção científica; *Golem* XIV, que apresenta a visão da Razão desprendida da sua base biológica; e *Apócrifos* (1974-1986), com prefácios e resenhas de livros fictícios publicados em 1971 sob o título *Vácuo Perfeito* (*Próżnia Doskonała*) e, em 1973, *A Grandeza Ilusória* (*Wielkość Urojona*).

Nos últimos anos da sua vida, Lem revisitou a temática dessas obras em ensaios publicados nos livros: *O Segredo do Quarto Chinês* (*Tajemnica Chińskiego Pokoju*, 1996), *Sex Wars* (1996), *Bomba de Megabyte* (*Bomba Megabitowa*, 1999) e *Piscar de Olho* (*Okamgnienie*, 2000). Com o passar dos anos, algumas das suas ousadas visões futurológicas migraram do campo da ficção para o mundo real. O poder da razão humana surpreende, mas também gera uma crise de confiança diante dos perigos em que os seus sucessos colocam o homem e o planeta em consequência de uma crise ética. Assim, Lem confronta as conquistas e as perspectivas do desenvolvimento científico e tecnológico com a situação do mundo real, com as expectativas, perigos e desafios do homem em sua relação consigo mesmo e com o Universo.

Um dos temas mais importantes da obra ficcional de Lem, e um dos mais tradicionais do gênero, é a construção de sociedades perfeitas com os métodos científicos. A experiência do stalinismo fez com que Lem perdesse a fé na ciência como meio de organização do mundo capaz de tornar os homens felizes. As convenções da *science fiction* permitiram-lhe fazer uma crítica severa ao totalitarismo, ludibriando a censura (*Diários Siderais*, 1957; *Ciberíada*, 1965). No entanto, ele sabia também que a vontade de construir uma utopia faz parte da natureza humana.

A imperfeição do mundo, o sofrimento dos habitantes da Terra e o horror das guerras tornam problemática a fé em um Deus bom e todo-poderoso, e levam à concepção de um Deus imperfeito, que toma conta do mundo, mas sem ter poder absoluto sobre o ser (*Solaris*, 1961, *A Voz do Senhor*, 1968). Assim, o Cosmos seria governado por seres de outro plano ontológico, inatingível em nosso mundo, a não ser de forma indireta, por exemplo, no espaço abstrato da informática. Em um mundo desse tipo, desprovido do princípio determinista, é possível relacionar tudo com tudo (biologia, física, história, teoria da literatura etc.), uma hipótese explorada por Lem em sua *Filosofia do Acaso* e em outros textos ensaísticos.

Procurando outros seres em outras galáxias, testando as mais ousadas hipóteses científicas e suas consequências práticas, contando histórias do futuro, Lem nunca deixou de manter os pés no chão e de estar presente no seu tempo histórico. Sua obra emerge, sim, da curiosidade sem limites, da necessidade de viajar além dos horizontes e de narrar tais viagens, como também emerge da profunda convicção da necessidade de preservação das normas éticas, sem as quais a sobrevivência de nossa espécie pode não passar de um tema de ficção científica.

A partir de meados dos anos 1990, Lem deixa de escrever ficção. Seus últimos livros reúnem ensaios e artigos de jornal – *O Segredo do Quarto Chinês* (1996), *Sex Wars* (1996), *Bomba de Megabyte* (1999) e *Piscar de Olho* (2000) –, em que ele não esconde sua decepção com a civilização contemporânea, particularmente com o uso que se faz das novas tecnologias. Enquanto em *Summa technologiae*, ainda há expectativa de que as sociedades serão capazes de usar as novas tecnologias para o seu próprio bem, *O Segredo do Quarto Chinês* mostra os homens despreparados para usufruir de forma construtiva as conquistas tecnológicas, o que traz consequências desastrosas tanto para o indivíduo quanto para a humanidade. Mesmo assim, Lem não é um profeta do Apocalipse. Não promete muito, mas pelo menos deixa em aberto a possibilidade de a natureza biológica manter o controle sobre as transformações tão radicais do meio ambiente e do modo de vida do ser humano, assim como a chance de a cultura ser capaz de absorver, a longo prazo, as inovações e preservar o equilíbrio indispensável para a continuação da nossa espécie.

Os ensaios de Stanisław Lem, que acompanham e discutem os principais problemas e temas da ciência dos nossos tempos, ocupam uma posição singular nesse campo, em razão disso, ele é visto como inovador do gênero, ou até um inventor de sua nova forma pelo uso específico de recursos literários. Para o autor de *Solaris*, o ensaio é uma forma de expressão principal, e não apenas uma forma complementar ou um caminho lateral de divulgação ou popularização da ciência. Lem não se considera cientista profissional. Possui um conhecimento invejável das diversas disciplinas da ciência, cujas conquistas e evolução ele acompanha assiduamente, mas mantendo um distanciamento de quem não a considera uma finalidade em si, porém um meio em busca de soluções dos problemas de natureza filosófica. Situados no meio do caminho entre ciência e humanidades, os ensaios de Lem são capazes de inspirar e chamar a atenção tanto dos homens de ciências exatas e naturais, como de sociólogos, filósofos, teóricos e críticos da literatura e cultura, assim como de um público leitor em geral.

A presente seleção não pretende representar todo o leque temático nem toda a diversidade de formas da obra ensaística de Lem. É apenas uma pequena amostra do seu caráter multifacetado, destacando alguns dos mais relevantes temas e mais representativos textos. A primeira parte é composta por três ensaios da fase inicial de Lem: o primeiro está inserido na obra *Summa technologiae*, o segundo se encontra em *Vácuo Perfeito*, e o terceiro saiu originalmente com o título *Provocação*. A segunda parte traz textos ensaísticos escritos nos últimos anos da vida do autor, em que ele revisita a temática dos seus principais ensaios da primeira fase, construindo abordagens críticas a partir dos novos avanços da ciência, da nova

Introdução

fase do desenvolvimento tecnológico, de novos horizontes do conhecimento.

Gostaria de expressar minha gratidão aos colegas e amigos das universidades brasileiras (UnB, UFPR, PUC-SP) e da Universidade Jagielloński polonesa, que de muitas maneiras contribuíram para a concretização da ideia de traduzir os ensaios selecionados de Stanisław Lem para o português: Aleksander Fiut, Artur Grabowski, Jerusa Pires Ferreira, Łukasz Tischner, Marcelo Paiva de Souza, Paweł Hejmanowski, e a Wojciech Zemek, o representante da família do autor.

Agradeço muito particularmente a Gita K. Guinsburg pelo interesse na publicação deste livro e pelo seu acolhimento na coleção Bing Bang; a Jerzy Jarzębski pelos valiosos comentários e sugestões; a Marcio Honorio de Godoy e Luiz Henrique Soares pela revisão paciente e cuidadosa do texto; a Małgorzata Siewierska que acompanhou de perto os diversos passos de tradução e elaboração do volume, ajudando-me também na sua revisão.

Meus sinceros agradecimentos também ao CNPq pelo apoio a pesquisa que a seleção e a tradução dos textos desta antologia exigiam.

Henryk Siewierski

Primeira Fase

Duas Evoluções[1]

Introdução

O surgimento das tecnologias ancestrais não é um processo fácil de se entender. Seu caráter utilitário e sua estrutura teleológica são inquestionáveis, mas elas não tiveram criadores ou inventores individuais. A busca pelas origens da pré-tecnologia é uma ocupação perigosa. A "base teórica" das tecnologias eficazes costumava ser o mito, o preconceito: sua aplicação era precedida então pelo ritual mágico (as plantas medicinais, por exemplo, deviam suas propriedades a uma fórmula pronunciada no momento da colheita ou da sua aplicação) ou elas mesmas transformavam-se em ritual em que os elementos pragmático e místico são indissociáveis (um ritual de construção da canoa, em que o processo de produção tem caráter litúrgico). Quanto à consciência do objetivo final, a estrutura do plano empreendido pela coletividade hoje pode se aproximar à realização do plano do indivíduo; antigamente não era assim, e sobre os planos técnicos das sociedades ancestrais só podemos falar metaforicamente.

A passagem do paleolítico ao neolítico, ou seja, à revolução neolítica, cujo impacto cultural é comparável à revolução

[1] Título original, "Dwie ewolucje"; este ensaio faz parte do livro de Stanisław Lem, *Summa Technologiae*, 4. ed., Lublin: Wydawnictwo Lubelskie, 1984. (N. da T.)

atômica, não ocorreu porque um Einstein da época da pedra lascada "teve uma ideia" de cultivo da terra e "convenceu" seus contemporâneos sobre as vantagens dessa nova técnica. Foi um processo muito lento, excedendo a duração da vida de muitas gerações, uma travessia rastejante que a partir do uso alimentar de certas plantas encontradas, com gradual desaparecimento do nomadismo, levava ao modo de vida sedentária. As mudanças que ocorriam durante a vida de uma geração eram praticamente nulas. Em outras palavras, cada geração encontrava a tecnologia aparentemente inalterada e "natural" como o nascer e o pôr do sol. Esse tipo de transmissão da prática tecnológica não desapareceu totalmente, porque o impacto cultural de cada grande tecnologia ultrapassa os limites da vida das gerações e, por isso, tanto as suas futuras consequências no que tange ao sistema político, os costumes, a ética, quanto a própria direção em que empurra a humanidade, além de não serem objeto de um planejamento consciente de ninguém, insultam mesmo a convicção da existência e da definibilidade desse tipo de impacto. Com essa frase horrorosa (quanto ao estilo e não ao conteúdo), abrimos um trecho dedicado à metateoria dos gradientes da evolução tecnológica do homem. "Meta" porque, por enquanto, não se trata de definir o caráter dos seus rumos nem os efeitos por ela causados, mas de um fenômeno mais geral, mais abrangente. Quem determina quem? A tecnologia a nós ou nós a tecnologia? É ela que nos leva aonde quer, inclusive à perdição, ou podemos forçá-la a ceder diante dos nossos propósitos? Mas o que, se não o pensamento tecnológico, determina tais propósitos? A relação "humanidade-tecnologia" é sempre igual ou muda ao longo da história? Sendo assim, qual o destino dessa grandeza desconhecida? Quem é que terá a vantagem, o espaço estratégico para a manobra civilizacional: a humanidade com a livre escolha do arsenal dos meios tecnológicos à sua disposição, ou a tecnologia que, com a automatização, coroará o processo de

Duas Evoluções

despovoamento dos seus territórios? Há tecnologias possíveis de serem pensadas, porém irrealizáveis tanto agora como sempre? O que determinaria tal impossibilidade: a estrutura do mundo ou nossas limitações? Existe um curso do processo de desenvolvimento da civilização que não seja tecnológico? O nosso é típico no Cosmos, é uma norma, ou trata-se de uma aberração? Procuraremos a resposta a essas perguntas, embora nossa busca nem sempre dará em um resultado unívoco. Como ponto de partida, nos serviremos de uma tabela de classificação dos efetores, ou seja, dos sistemas aptos para agir, que Pierre de Latil propõe em seu livro *Pensamento Artificial*[2]. Ele identifica três principais classes de efetores. À primeira, dos efetores determinados, pertencem as ferramentas simples (como o martelo), complexas (máquinas de calcular, máquinas clássicas) e conectadas (mas não retroativas) com o ambiente, por exemplo, um detector automático de incêndios. A segunda classe, a dos efetores organizados, abrange os sistemas retroativos: os autômatos com determinismo de ação embutido (regulador automático, por exemplo, a máquina a vapor), os autômatos com um alvo de ação alternável (de programação externa, por exemplo, os cérebros elétricos) e os autômatos autoprogramáveis (sistemas capazes de auto-organização). Os animais e o homem pertencem a esses últimos. Um grão de liberdade a mais possuem os sistemas capazes de alterar a si próprios para atingir um objetivo (é o que De Latil denomina liberdade "quem", no sentido de que enquanto ao homem a organização e o material do seu corpo "são dados", os sistemas de grau superior podem – já tendo liberdade não só relativa à matéria prima – transformar radicalmente a sua própria organização sistêmica: uma espécie viva em estado de evolução biológica pode ser exemplo disso). Um efetor hipotético latiliano de nível ainda mais alto, tem a liberdade de escolha do material com que "ele se constrói a si mesmo". Como o exemplo de tal efetor com a liberdade suprema, De Latil propõe um

---

2 Cf. Pierre de Latil. *Sztuczne myślenie*, Varsóvia: Państwowe Wydawnictwa Techniczne, 1958.

mecanismo de autocriação da matéria cósmica segundo a teoria de Hoyle. Não é difícil de perceber que um sistema desse tipo, muito menos hipotético e mais fácil de ser verificado, é a evolução tecnológica. Ele apresenta todas as características do sistema retroativo, de "programação interna", isto é, que se auto-organiza e, além disso, é equipado tanto de liberdade de autotransformação completa (como uma espécie viva em evolução), quanto da liberdade de escolha do material de construção (porque a tecnologia tem à sua disposição tudo o que contém no Universo).

A classificação dos sistemas de diferentes graus de liberdade de ação proposta por De Latil, foi aqui apresentada de forma mais concisa, sem certos detalhes altamente problemáticos. Antes de darmos continuidade a nossas considerações, talvez não seja insensato acrescentar que a classificação apresentada não é completa. Pois podemos imaginar sistemas dotados ainda de um grau suplementar de liberdade: porque a escolha dos materiais que se encontram no Universo é naturalmente limitada ao "catálogo dos componentes" de que o Universo dispõe. Porém, é possível pensar um sistema que não se satisfaz só com a escolha daquilo que já é dado, e que cria materiais "fora do catálogo", não existentes no Universo. Um teósofo estaria talvez disposto a ver nesse "sistema de auto-organização com máxima liberdade" o próprio Deus, no entanto uma hipótese desse tipo nos é dispensável, uma vez que mesmo à base do modesto conhecimento científico de hoje dá para admitir como possível a criação de "materiais fora do catálogo" (por exemplo, certas partículas subatômicas que "normalmente" não existem no Universo). Por quê? Porque o Universo não realiza todas as estruturas materiais possíveis e, como se sabe, não produz, por exemplo, nas estrelas, nem em outro lugar, máquinas de escrever. Contudo, ele tem "o potencial" de construção de tais máquinas, e não deve ser diferente, podemos supor, com os fenômenos não realizáveis pelo Universo (pelo menos na fase atual de sua existência), estados de matéria e de energia no espaço e no tempo que os comporta.

As Semelhanças

Sobre os primórdios da evolução, não sabemos de nada com precisão. No entanto, conhecemos bem a dinâmica do surgimento da nova espécie, desde o seu nascimento, passando pelo apogeu, até o crepúsculo. Havia tantos caminhos de evolução quanto espécies, e todos têm várias características em comum. A nova espécie vem ao mundo sem ser notada. A sua aparência externa é tomada das já existentes, e este empréstimo parece mostrar a inércia inventiva do Construtor. No início, quase nada indica que a transformação revolucionária da organização interna que levará ao florescimento futuro da espécie já tenha, de fato, ocorrido. Os primeiros exemplares são geralmente pequenos e têm uma série de traços primitivos, como se o seu nascimento tivesse ocorrido sob os signos da pressa e da insegurança. Durante certo tempo eles têm uma vida vegetativa, meio oculta, suportando com dificuldade a concorrência das espécies há muito existentes e bem adaptadas às tarefas que o mundo lhes impõe. Até que finalmente, devido à alteração do equilíbrio geral provocada pelas aparentemente insignificantes mudanças do meio (para uma espécie, o meio não é só o mundo geológico, mas também todas as outras espécies que nele vivem), a expansão da nova espécie começa. Invadindo os territórios já ocupados, ela revela sua supremacia sobre os concorrentes da luta pela sobrevivência. E quando entra em um espaço vazio, não dominado por ninguém, explode fulgurante em radiação evolutiva, dando início a todo um leque de variedades, em que o desaparecimento dos remanescentes do primitivismo é acompanhado pela exuberância das novas resoluções sistêmicas, cada vez mais ousadas em aquisição de novas formas e funções. Esse é o percurso da espécie rumo ao topo do desenvolvimento, em que ela se torna o que dá nome à época. O seu domínio na terra, no mar e nos ares dura muito. Até que de novo ocorre um desequilíbrio homeostático. Ele ainda não equivale a uma derrota. A dinâmica evolucional da espécie ganha novas características. Em seu núcleo central, os exemplares engrandecem, como se no gigantismo buscassem a salvação. Ao mesmo tempo, aparecem radiações evolucionárias, frequentemente com marcas de hiperespecialização.

Os rebentos laterais tentam entrar nos meios em que a concorrência é relativamente menor. Esta última manobra às vezes é coroada de sucesso e então, quando todos os rastros dos gigantes – produzidos pelo cerne da espécie em tentativa de evitar a extinção – desaparecerem, quando todas as tentativas de resistência falharem (porque ao mesmo tempo alguns dos rebentos evolucionais sofrem o processo acelerado de pigmeização), os descendentes daqueles rebentos laterais, ao encontrar as condições propícias no interior do território periférico da concorrência, continuam teimosamente quase inalterados, como um derradeiro testemunho da exuberância e do poder da espécie.

Perdoem-me esse estilo meio pomposo, essa retórica sem exemplos concretos, mas as generalizações são o efeito de ter falado sobre as duas evoluções ao mesmo tempo: a biológica e a tecnológica.

De fato, as principais regularidades de ambas abundam em analogias surpreendentes. Não só os primeiros répteis pareciam peixes e os mamíferos, pequenos lagartos. Também o primeiro avião, o primeiro automóvel ou o aparelho de rádio deviam sua aparência externa à imitação das formas que os antecederam.

As primeiras aves eram lagartos penígeros e voadores; o primeiro automóvel lembrava um coche com o varal guilhotinado, o avião "plagiava" a pipa (ou simplesmente o pássaro...), o aparelho de rádio, o telefone que já existia antes. Também as dimensões dos protótipos geralmente não eram grandes, e o primitivismo da sua construção chamava a atenção. A primeira ave era pequena, assim como o antepassado do cavalo ou do elefante, o tamanho das primeiras locomotivas a vapor não passava o da carroça, a primeira locomotiva elétrica era até menor. O novo princípio de construção biológica ou técnica era, no início, digno mais de comiseração do que de entusiasmo. Os pré-veículos mecânicos eram mais lentos do que os puxados a cavalo, o avião mal se desprendia do solo, e ouvir os programas de rádio não foi um prazer mesmo em comparação à audição do disco de vinil tocado num fonógrafo de lata. Assim, também os primeiros animais terrestres logo que deixavam de ser bons nadadores não sabiam de imediato andar com ligeireza. A lagarta penígera, *arqueoptérix*, mais pulava do que voava. Somente à medida do seu aperfeiçoamento ocorriam as mencionadas "radiações". Assim como as aves conquistaram o céu e os mamíferos herbívoros, a estepe, o veículo de motor de combustão dominou as estradas, dando início a variedades cada vez mais especializadas. O automóvel não só eliminou a carruagem em sua "luta pela sobrevivência", mas também chegou a "gerar" o ônibus, o caminhão, o trator, a bomba de combustível, o tanque, o caminhão-pipa e dezenas de outros. O avião, ao dominar o "nicho ecológico" do ar, desenvolvia-se ainda mais vigorosamente, mudando várias vezes as formas e os modos de propulsão estabelecidos (o motor de pistão é substituído pelo motor turbocompressor, a turbina e, finalmente, pelo motor de propulsão; o aeroplano, nas distâncias menores, enfrenta a concorrência do helicóptero etc.). Vale notar que assim como a estratégia do animal carnívoro influencia a estratégia da sua vítima, o avião "clássico" se defende da invasão do helicóptero com a criação do protótipo dos aeroplanos, que, devido à mudança de direção da propulsão, podem decolar e pousar verticalmente. É uma luta pela máxima universalidade das funções, bem conhecida de todos os evolucionistas. Os dois meios de transporte citados ainda não chegaram à fase culminante do desenvolvimento, por isso não é possível falar sobre as suas formas tardias. Com o balão dirigível foi diferente. Ameaçado pelas máquinas mais pesadas do que o ar, ele apresentou elefantíase, tão típica para os ramos agonizantes da evolução na sua fase pré-terminal. Os últimos dirigíveis dos anos trinta do século XX podem ser tranquilamente comparados aos atlantossauros e brontossauros do Cretáceo. Também os últimos exemplares das locomotivas de carga alcançaram dimensões gigantescas, antes de serem eliminadas pela tração de diesel e elétrica. Em busca das manifestações da evolução decrescente, que com as radiações secundárias procura livrar-se da ameaça, podemos nos dirigir ao rádio e ao cinema. A concorrência da televisão tem provocado uma repentina "radiação da diversidade" dos aparelhos de rádio, seu aparecimento em novos "nichos ecológicos", e, assim, surgiram os aparelhos em miniatura, de bolso e, ao mesmo tempo, outros, na onda de hiperespecialização, como "high fidelity", com o som estéreo, com o dispositivo de registro de alta qualidade embutido etc. E o cinema, em sua disputa com a televisão, ampliou significativamente a sua tela com o propósito de "cercar" com ela o espectador (*videorama, circarama*). Podemos ainda imaginar a evolução do veículo mecânico que tornará antiquada a propulsão a rodas. Quando o automóvel de hoje for substituído por um "aerodeslizador", é muito provável que o último descendente em "linha colateral" do automóvel "clássico" ainda em funcionamento (precário) será, por exemplo, um pequeno cortador de grama a gasolina, cuja construção será um reflexo distante da época do automobilismo, assim como certos exemplares de lagartos dos arquipélagos do Oceano Índico são os últimos descendentes vivos de grandes répteis do Mesozoico.

As analogias morfológicas da dinamicidade da bio- e da tecnoevolução, que num gráfico podem ser apresentadas por uma curva em lento crescimento até atingir o ponto culminante e ir descendo até a sua extinção, não esgotam todas as convergências entre esses dois grandes domínios. É possível encontrar também outras convergências, ainda mais surpreendentes. Assim, por exemplo, existe uma série de características muito singulares dos organismos vivos, cujo aparecimento e duração não podem ser explicados pela sua capacidade de adaptação. Aqui, além da bem conhecida crista do galo, podem ser citados a esplêndida plumagem dos machos de algumas espécies ornitológicas, por exemplo, de pavão ou de faisão, e até umas excrescências ósseas na coluna vertebral feito velas dos répteis pré-históricos[3]. Analogicamente, a maior parte dos produtos de uma determinada tecnologia possui características e componentes aparentemente desnecessários, não funcionais, que não podem ser justificados nem pelas condições do seu funcionamento, nem pela sua finalidade. Aqui observamos uma interessante e, em certo sentido, engraçada semelhança da invasão para dentro do processo de construção biológica e tecnológica: no primeiro caso, dos critérios de seleção sexual, no segundo, da moda. Se na análise desta questão nos limitamos, para maior nitidez, ao exemplo do automóvel atual, veremos que as principais características do carro são determinadas pelo presente estado da tecnologia, portanto, por exemplo, com a manutenção da propulsão nas rodas traseiras e o motor situado na frente, o construtor deve colocar o eixo cardã dentro do compartimento dos passageiros. Porém, entre essa imposição por parte do esquema inviolável da estrutura "orgânica" do veículo e as exigências e gostos do mercado, estende-se um espaço livre das "opções inventivas",

---

3 Cf. L.S. Davitashvili, *Teoria Polovogo Otbora* (Teoria da Seleção Sexual), Moscou: Akademii Nauk, 1961.

porque pode se oferecer ao comprador diversos enfeites adicionais, ângulos e tamanho dos vidros, formas e cores do carro, peças cromadas etc. O equivalente da versatilidade do produto em função da moda é, na bioevolução, uma extraordinária diversidade das características sexuais secundárias. Inicialmente tais características eram resultado das mudanças casuais, mutações, e fixaram-se nas sucessivas gerações porque os seus portadores eram privilegiados como parceiros sexuais. Assim, o equivalente das "caudas", dos ornamentos cromados, das entradas de ar, das luzes decorativas dianteiras e traseiras, são as cores de acasalamento, penugens, curiosas excrescências ou – *last but not least* – uma devida distribuição do tecido gorduroso e as feições que facilitam a aprovação sexual.

Obviamente, na bioevolução a inércia da "moda sexual" é incomparavelmente maior do que na tecnologia, porque a construtora-Natureza não pode lançar novo modelo a cada ano. No entanto, o ser do fenômeno, ou seja, uma influência singular do fator "inútil", "irrelevante", "ateleológico" na forma e no desenvolvimento individuais dos seres vivos e dos produtos tecnológicos pode ser encontrado e testado em inúmeros exemplos.

Podem ser encontradas ainda outras, menos evidentes, semelhanças entre as duas árvores da evolução. Assim, por exemplo, na evolução é conhecido o fenômeno de mimetismo, ou seja, a assemelhação de umas espécies com outras, quando isso traz vantagem aos "imitadores". Os insetos não venenosos podem lembrar espécies distantes, mas perigosas, e até "fingir" uma parte do corpo de um ser que não tem nada em comum com os insetos – aqui penso nos incríveis "olhos de gato" nas asas de certas espécies de borboletas. As analogias do mimetismo podem ser encontradas também na tecnoevolução. Boa parte da serralheria e da arte de forja do século XIX surgiu sob o signo de imitação das formas vegetais (o ferro das construções de pontes, corrimãos, candeeiros de rua, cercas; até "as coroas" nas chaminés das antigas locomotivas "fingiam" os motivos vegetais). Os objetos de uso cotidiano, como canetas-tinteiro, isqueiros, lâmpadas, máquinas de escrever, muitas vezes apresentam, em nossos tempos, os traços aerodinâmicos, as formas elaboradas na indústria aeronáutica pela técnica de altas velocidades. É verdade que esse tipo de mimetismo carece de justificações profundas quanto ao seu correspondente biológico, uma vez que se trata antes de influência das tecnologias de base sobre as secundárias, além disso, a moda também tem algo a dizer. Afinal, geralmente não há como descobrir em que medida uma forma foi determinada pela oferta do construtor e em que medida pela demanda do mercado. Pois aqui lidamos com os processos circulares, em que as causas se tornam efeitos, e os efeitos se tornam causas, nas quais há inúmeras ações retroativas positivas e negativas: os organismos vivos na biologia ou os sucessivos produtos industriais da civilização tecnológica são apenas pequenas frações dentro desses processos basilares.

Essa constatação também evidencia a gênese da semelhança de ambas as evoluções. As duas são processos materiais de quase igual quantidade de graus de autonomia e aproximadas regularidades dinâmicas. Tais processos ocorrem num sistema auto-organizacional que é toda a biosfera da Terra e o conjunto das atividades do homem. O que é próprio desse sistema como um todo são os fenômenos de "progresso", ou seja, de eficiência homeostática, que visa o equilíbrio ultra estável como sua finalidade direta[4].

Os exemplos de biologia serão úteis e produtivos também em nossas ponderações subsequentes. Além das semelhanças entre as duas evoluções, há também diferenças que vão longe. A sua investigação pode mostrar tanto as limitações e deficiências do supostamente tão perfeito Construtor, que é a Natureza, quanto as inesperadas oportunidades (mas também perigos) que apresenta a avalanche do desenvolvimento da tecnologia nas mãos do homem. Disse "nas mãos do homem" porque ela não é (pelo menos por

---

[4] Cf. John Maynard Smith, *The Theory of Evolution*, Londres: Penguin, 1962.

enquanto) despovoada, é inteira só quando "completada com a humanidade", e é nisso que consiste a diferença talvez mais significativa: a bioevolução, acima de qualquer dúvida, é um processo amoral, o que não dá para dizer sobre a evolução tecnológica.

As Diferenças

1.

A primeira diferença entre nossas duas evoluções é genética e refere-se à questão das forças causadoras. A "causadora" da bioevolução é a Natureza, e a da evolução tecnológica, o homem. A explicação de como foi a "partida" da bioevolução apresenta as maiores dificuldades até hoje. O problema de surgimento da vida ocupa em nossas considerações um lugar importante, porque a sua resolução será algo mais do que a apuração das causas de um determinado fato histórico do passado remoto da Terra. Não se trata desse fato em si, mas de suas consequências para o desenvolvimento da tecnologia que continuam bem atuais. Esse desenvolvimento levou à situação em que a continuação do percurso não será possível sem um conhecimento preciso sobre fenômenos extremamente complexos – tão complexos como a vida. E não se trata de "imitarmos" a célula viva. Não imitamos a mecânica do voo das aves, porém, voamos. O que desejamos não é imitar, mas entender. E justamente as tentativas "construtoras" de entendimento da biogênese encontram dificuldades enormes.

A biologia tradicional apela à termodinâmica, como juíza competente da causa. Ela diz que a trajetória típica dos fenômenos vai dos de maior até os de menor complexidade. O surgimento da vida foi um processo inverso. Mesmo se tomarmos como lei geral a hipótese da existência de um "patamar mínimo de complicação", cuja ultrapassagem não irá impedir o sistema material de manter a sua atual organização à revelia das interferências externas e também de transmiti-la inalterada aos organismos descendentes, uma hipótese dessas de modo algum será uma explicação genética. Isso porque outrora um organismo deve ter sido o primeiro a ultrapassar esse limiar. Portanto, eis que surge uma questão de extrema importância: isso aconteceu devido ao chamado "acaso" ou à necessidade? Em outras palavras, indaga-se: a "largada" da vida foi um fenômeno excepcional (como ganhar o prêmio principal da loteria) ou um fenômeno típico (como perder o prêmio desse jogo)?

Os biólogos, pronunciando-se sobre a autogeração da vida, dizem que ela deve ter ocorrido como um processo gradual, composto de uma série de etapas, e que a realização de cada etapa a caminho do surgimento da protocélula, teve a sua própria e determinada probabilidade. Por exemplo, o aparecimento de aminoácidos no oceano antigo, provocado por descargas elétricas, é bastante provável; a formação dos péptidos a que deram origem, já é menos provável, mas há boa chance de concretização; enquanto a síntese espontânea dos fermentos – esses catalisadores da vida, timoneiros das suas reações bioquímicas – constitui – nessa perspectiva – um caso bem incomum (embora necessário à emergência da vida), onde reina a probabilidade lidamos com as regularidades estatísticas. A termodinâmica representa justamente esse tipo de lei. Do seu ponto de vista, a água na panela colocada no fogão ferverá, no entanto não há certeza. Existe a possibilidade do congelamento dessa água no fogão, porém, com chance astronomicamente mínima. Ora, uma argumentação deste tipo, de que até os mais improváveis termodinamicamente fenômenos afinal sempre acontecem, e que só é preciso esperar e ter paciência suficiente, e a evolução da vida teve "paciência" suficiente porque durou bilhões de anos, uma argumentação dessa espécie só procede antes de ter sido testada matematicamente. Sim, a termodinâmica pode engolir até o aparecimento espontâneo de proteínas nas soluções dos aminoácidos, mas a autogeracão dos fenômenos ela não aceita. Se a Terra toda fosse um oceano de solução de proteína e tivesse um raio cinco vezes maior do que tem, tal massa ainda não seria suficiente para o aparecimento casual dos fermentos altamente especializados que são indispensáveis para a inauguração da vida. A quantidade dos possíveis fermentos é maior do que o número das estrelas em todo Universo. Se as proteínas tivessem que esperar no oceano primordial o seu surgimento espontâneo, poderiam esperar assim toda uma eternidade. Portanto, para explicar a realização de uma etapa da biogênese, é preciso recorrer à hipótese de fenômenos extremamente improváveis, ou seja, ao tal "prêmio principal" da loteria cósmica.

Sejamos sinceros: se todos nós, incluindo os cientistas, fossemos robôs racionais, e não seres de carne e sangue, poderíamos contar nos dedos de apenas uma mão os cientistas dispostos a aceitar essa variante probabilística da hipótese da origem da vida. O fato de o número desses cientistas ser maior resulta não tanto da convicção geral sobre a veracidade de tal hipótese quanto do simples fato de que vivemos, portanto, nós mesmos somos prova, embora indireta, a favor da biogênese. Porque dois ou quatro bilhões de anos são suficientes para o surgimento das espécies e sua evolução, mas não para a criação de uma célula viva – através dos repetidos "sorteios" cegos de um conjunto estatístico de todas as possibilidades.

Nessa abordagem, a questão da origem da vida, além de ser improvável do ponto de vista da metodologia científica (que se ocupa dos fenômenos típicos e não casuais com sabor de imprevisibilidade), representa uma sentença inequívoca que condena ao fracasso todas as tentativas da "engenharia da vida", ou pelo menos das "engenharias de sistemas muito complexos", uma vez que o seu aparecimento é regido por um acaso extremamente raro.

Por sorte, esse raciocínio é falso, pelo fato de que conhecemos apenas duas espécies de sistemas: os muito simples, como as máquinas por nós construídas até agora, e os complicadíssimos, que são todos os seres vivos. A falta de quaisquer elos intermediários fez com que nos apegássemos demais à interpretação termodinâmica dos fenômenos, que não admitia um gradual surgimento das leis sistêmicas nos conjuntos a caminho de estado de equilíbrio. Se esse estado é tão estreito como no caso do relógio e equivale à parada do seu pêndulo, falta-nos material para a extrapolação dos sistemas de várias possibilidades dinâmicas, como um planeta em que começa a biogênese, ou como um laboratório em que os cientistas constroem sistemas de auto-organização.

Tais sistemas, hoje ainda relativamente simples, constituem aqueles procurados elos intermediários. O seu aparecimento, por exemplo, em forma de organismos vivos, não é nenhum "prêmio principal na loteria do acaso", todavia a manifestação dos estados necessários de equilíbrio dinâmico dentro do sistema abundante em elementos e tendências heterogêneos. Portanto, os processos de auto-organização se distinguem não pela exclusividade, mas pela tipicidade, e o surgimento da vida é apenas uma de muitas manifestações do processo de organização homeostática tão comum no Cosmos. Isto em nada compromete o balanço termodinâmico do Universo, porque é o balanço global que admite muitos fenômenos desses, como, por exemplo, o surgimento dos elementos pesados (os mais complexos) e dos elementos leves (mais simples).

Por conseguinte, a hipótese tipo "Monte Carlo", de uma roleta cósmica, ou seja, de uma ingênua extensão metodológica do raciocínio baseado no conhecimento de mecanismos bem simples, é substituída por uma tese de "pan-evolucionismo cósmico", em que os seres condenados a uma espera passiva para as oportunidades extraordinárias, transforma-nos em construtores capazes de fazer escolhas dentre inúmeras possibilidades contidas numa diretriz (por enquanto imprecisa) de construção de sistemas de auto-organização cada vez mais complicados. Uma questão à parte é a frequência de aparecimento no Cosmos daquelas postuladas "evoluções parabiológicas", assim como a questão se o seu coroamento inevitável não seria o surgimento do psiquismo em nosso sentido terrestre. No entanto, esse é um tema para outras deliberações, que exigem a reunião de um extenso material fatual, resultante de observações astrofísicas.

A Grande Construtora, a Natureza, há bilhões de anos faz seus experimentos tirando do material dado de uma vez para sempre (o que, aliás, também é duvidoso) tudo o que é possível. O homem, filho da mãe Natureza e do pai Acaso, espiando essa atividade persistente, pergunta há séculos qual o sentido desse jogo cósmico, mortalmente sério porque derradeiro. Decerto seria em vão se ele tivesse que se colocar apenas no papel de quem pergunta assim para sempre. Outra coisa se dá quando ele começa a responder a si próprio, tomando da Natureza os seus arcanos intricados e iniciando a Evolução Tecnológica à sua imagem e semelhança.

2.

A segunda diferença entre as duas evoluções aqui ponderadas tem a ver com o método e com a pergunta "de que maneira?". A evolução biológica se divide em duas fases. A primeira abrange o período desde a "largada", em que se tem a matéria morta, até o surgimento de células vivas, visivelmente distintas do meio. Enquanto conhecemos bem as regularidades gerais e os numerosos transcursos concretos da evolução em sua segunda fase, a de surgimento das espécies, acerca do período preliminar a esta fase não podemos, na verdade, dizer nada com certeza. Esse período foi subestimado durante muito tempo, tanto no que tange à sua extensão temporal quanto no que diz respeito aos fenômenos nele ocorridos. Hoje supomos que ele compreendeu pelo menos a metade de duração da evolução toda, ou seja, cerca de dois bilhões de anos, mas mesmo assim alguns especialistas o consideram curto demais. Foi naquele tempo que foi construída a célula, um tijolo elementar da matéria-prima biológica, a mesma em seu esquema básico contida nos trilobites de um bilhão de anos atrás, na camomila contemporânea, na hidra, no crocodilo ou no homem. O mais espantoso e, de fato, inconcebível, é o universalismo dessa matéria-prima. A célula de paramécio, do músculo dos mamíferos, da folha vegetal, da glândula mucosa do caracol ou do nódulo abdominal do inseto tem os mesmos sistemas básicos, assim como o núcleo, com todo seu mecanismo de transmissão de informações hereditárias levado aos limites da capacidade molecular, como o sistema de enzimas mitocondriais, o aparelho de Golgi e cada uma dessas células, guarda o potencial da homeostase dinâmica, da especialização selecionada e, ao mesmo tempo, da construção hierárquica dos multicelulares. Uma das principais regularidades da bioevolução é o imediatismo da sua atuação, porque cada mudança serve diretamente às atuais necessidades de adaptação; a evolução não pode fazer alterações que seriam apenas uma introdução preparatória para outras mudanças a chegarem milhões de anos depois, porque o que será milhões de anos mais tarde ela "não sabe", por ser uma construtora cega, que trabalha com o método de "tentativas e erros". Ela também não pode, como engenheira, "fazer parar" a máquina ineficaz da vida para, depois de uma profunda análise da principal estrutura de construção, iniciar de imediato a sua transformação radical.

Tanto mais nos espanta e choca a "preliminar clarividência" que a bioevolução demonstrou ao criar, na introdução do drama das espécies, os materiais de construção de uma versatilidade e plasticidade incomparáveis. Como ela não pode, conforme foi dito, fazer reconstruções repentinas e radicais, todos os mecanismos da hereditariedade, a sua ultra estabilidade com uma ingerência do elemento imprevisível de mutações sofridas (sem as quais não haveria mudança e, então, desenvolvimento), a separação dos sexos, as potências reprodutivas, e até as propriedades do tecido vivo que no sistema central nervoso aparecem com maior nitidez, tudo isso já foi como que colocado dentro da célula arqueozoica há bilhões de anos. E essa previsibilidade de longo alcance foi demonstrada por uma Construtora impessoal, irrefletida, cuidando aparentemente só do mais momentâneo estado das coisas, da sobrevivência de uma passageira geração dos pré-organismos – algumas microscópicas gotas de muco e proteína que só sabiam fazer uma coisa: durar num equilíbrio fluido dos processos físico-químicos e transmitir a estrutura dinâmica dessa duração às gerações sucessoras!

Sobre os protodramas dessa fase – uma fase preparatória em relação à própria evolução das espécies –, não sabemos nada, pois ela não deixou absolutamente nenhum vestígio. É bem provável que nesses milhões de anos nasciam sucessivamente e pereciam as formas de protovida, completamente diferentes tanto das formas de vida contemporâneas como das mais antigas pré-históricas. Pode ser que numerosas vezes chegavam a emergir maiores, "quase-vivos", conglomerados, que se desenvolviam durante um tempo (medido, de novo, em milhões de anos), e só numa etapa posterior de luta pela sobrevivência tais criaturas sucumbiam à inexorável expulsão dos seus nichos ecológicos pelas mais eficazes, porque mais universais, criaturas. Isso implicaria teoricamente em possível, e até provável, diversidade e bifurcação preliminar dos caminhos que tomava a matéria auto-organizada, e um contínuo extermínio como o equivalente do pensamento que planeja o universalismo final. E, certamente, o número de construções extintas supera milhares de vezes um punhado daquelas que de todas as provas saíram vencedoras.

Duas Evoluções

O método de construção da evolução tecnológica é bem diferente. A Natureza precisava depositar na matéria-prima biológica todas as potencialidades a serem realizadas muito tempo depois, ao passo que o homem inaugurava suas tecnologias e as abandonava, passando a se ocupar das novas. Relativamente livre na escolha do material de construção, dispondo das temperaturas altas e baixas, dos metais e minerais, dos corpos gasosos, condensados e líquidos, aparentemente o homem podia fazer mais do que a Evolução, sempre condenada ao que lhe foi dado, ou seja: soluções de água morna, substâncias gomosas multimoleculares, quantidade relativamente pequena dos elementos dos mares e oceanos arqueozoicos. Porém, de um conjunto preliminar limitado assim, a Evolução extraiu absolutamente tudo que era possível. O resultado definitivo é que a "tecnologia" da matéria viva bate, e muito, a nossa humana, de engenharia, que é apoiada por todos os recursos do conhecimento teórico conquistado pela sociedade.

Em outras palavras, a universalidade das nossas tecnologias é mínima. A evolução técnica seguia até agora a direção como que oposta à da biológica, produzindo exclusivamente equipamentos de estreita especialização. O modelo da maior parte dos instrumentos de trabalho foi a mão humana, mas o homem conseguiu extrair desse modelo somente um dos seus movimentos ou gestos de cada vez: alicate, broca, martelo, que imitam sucessivamente os dedos apertando alguma coisa, um dedo endireitado girando ao longo do eixo comprido graças aos movimentos na articulação de punho e de cotovelo e, finalmente, o punho. Assim, as chamadas máquinas operatrizes universais são, de fato, também equipamentos de estreita especialização, e até as fábricas-autômatos que agora estão surgindo são desprovidas da flexibilidade do comportamento dos simples organismos vivos. As chances da universalidade parecem depender do desenvolvimento da teoria dos sistemas auto-organizacionais, capazes de realizar uma autoprogramação adaptativa, e a sua semelhança funcional com o próprio homem não é, naturalmente, um acaso.

Entretanto, o fim desse caminho não é, como acham alguns, a "repetição" da construção do homem, ou dos outros organismos, num maquinário elétrico dos dispositivos digitais. Até agora, a tecnologia da vida nos ultrapassa e muito. Precisamos alcançá-la, não para macaquear os seus frutos, mas para ir além da sua apenas aparentemente inalcançável perfeição.

3.

Um capítulo à parte da metodologia de evolução é o que trata da relação entre a teoria e a prática, entre o conhecimento abstrato e as tecnologias concretizadas. Na bioevolução, essa relação naturalmente não existe, porque, obviamente, a natureza "não sabe que faz", apenas só realiza o que é possível, o que espontaneamente emerge das condições materiais dadas. Para o homem, não foi fácil conformar-se com esse estado de coisas; por ser ele também um dos "não quistos", "fortuitos" filhos da mãe Natureza.

Na verdade, não se trata de um capítulo, mas de uma enorme biblioteca. A tentativa de resumi-la está fadada ao fracasso. Os prototecnólogos não tiveram nenhum conhecimento teórico porque, entre outras coisas, ainda eram incapazes de saber que algo assim era possível. Ao longo dos milênios, o conhecimento teórico se desenvolvia sem a participação do experimento, derivando do pensamento mágico, uma forma peculiar de intuição, só que erradamente aplicada; seu antecessor animal apresentava um reflexo condicionado, ou seja, aquele tipo de reação cujo esquema de funcionamento é "se A..., então B...". Obviamente, um reflexo dessa espécie e a magia também devem ser precedidos pela observação. Acontecia com frequência que a tecnologia eficiente estava em desacordo com o falso conhecimento teórico dos seus tempos, e então criava-se uma cadeia de pseudoexplicações para conciliar uma com o outro (o fato de não ser possível bombear a água acima de dez metros "explicava-se" com a afirmação de que a Natureza tinha medo do vácuo). A ciência no sentido contemporâneo é uma investigação das regularidades do mundo, enquanto a tecnologia representa o seu aproveitamento para satisfazer as necessidades do homem, de princípio as mesmas que aquelas do Egito dos Faraós. Vestir-nos, alimentar-nos, dar-nos abrigo, transportar-nos de um lugar para outro, proteger-nos das doenças, eis as tarefas da tecnologia. A ciência cuida dos fatos – atômicos, moleculares, estelares – e não de nós, pelo menos não de modo que os seus resultados tenham que nos servir diretamente. É preciso notar que o desinteresse pelas investigações teóricas foi outrora maior do que hoje. Graças à experiência sabemos que não existe o conhecimento inútil no sentido mais pragmático, porque nunca se sabe quando uma informação sobre o mundo pode ser útil ou tornar-se muito necessária e valiosa. Um dos mais "dispensáveis" ramos da botânica, a liquenologia dedicada aos líquens, tornou-se vivificante no momento da descoberta de penicilina. Os pesquisadores-ideógrafos, incansáveis colecionadores dos fatos, dedicados à sua descrição e classificação, não podiam contar, no passado, com sucessos assim. Porém, o homem, criatura cuja falta de praticidade às vezes só se iguala à sua curiosidade, primeiro interessou-se pela contagem das estrelas e construção do Cosmos, e não pela teoria de cultivo da terra ou pelo funcionamento do seu corpo. Do trabalho de formiga, do esforço muitas vezes maníaco dos colecionadores das observações surgiu, aos poucos, um grande edifício das ciências nomotéticas, que generalizavam e ordenavam os fatos em leis sistêmicas dos fenômenos e das coisas. Enquanto o conhecimento teórico fica longe, atrás da prática tecnológica, a atividade construtora do homem lembra, em vários aspectos, o método de "tentativas e erros" aplicado pela Evolução. Assim como a evolução "testa" a capacidade de adaptação dos "protótipos"-mutantes animais e vegetais, o engenheiro verifica as possibilidades reais das novas invenções, dos aparelhos voadores, veículos, máquinas, e, muitas vezes, chega a construir modelos redutivos. Esse modo de peneiramento empírico de resoluções falsas e de reiteração de esforços, patrocinou a criação de invenções do século XIX, como a lâmpada com fibra de carbono, o fonógrafo, o dínamo de Edison, e, ainda antes, a locomotiva e o navio a vapor.

Isso vem difundindo a ideia do inventor como homem que, para atingir seu objetivo, não precisa nada além de um dom divino, do senso comum, da perseverança, do alicate e do martelo. Porém, este é um modo perdulário de invenção, quase tão perdulário como o é o processo da bioevolução, cujas práticas empíricas custaram, ao longo de milhões de anos, hecatombes de vítimas – hecatombes enfrentadas sempre quando as condições da vida mudavam –, que se verificaram como "soluções falsas" do problema da manutenção da vida. O que define a "era empírica" da tecnologia não é tanto a ausência de soluções teóricas quanto o fato de elas serem posteriores. Primeiro surgiu a máquina a vapor e depois a sua análise termodinâmica; primeiro vem o avião, depois a teoria do voo; primeiro houve a construção de pontes, mais tarde aprendeu-se a fazer seus cálculos. É possível nos arriscarmos e formularmos um teorema que implica que a empiria tecnológica prossegue só até ser factível. Edison tentou construir algo como um "motor atômico", mas não obteve sucesso porque tal coisa não era realizável à sua época, visto ser possível construir com o método de "tentativas e erros" uma máquina dínamo elétrica, porém não um reator nuclear.

A empiria tecnológica não é naturalmente uma agitação cega entre um e outro experimento mal pensado. O inventor-prático tem uma concepção, ou antes, graças ao que já conseguiu (ou ao que os outros conseguiram antes dele), ele avista um pequeno trecho do caminho à sua frente. A sequência dos seus trabalhos é regulada pelo *feedback* negativo (cada vez que há fiasco de um experimento é mostrado que o caminho a ser tomado deve ser outro); consequentemente, o seu caminho é em ziguezague, porém leva a algum lugar, tem um rumo definido. A conquista do conhecimento teórico permite dar um salto repentino para frente. Durante a Segunda Guerra Mundial, os alemães não tinham uma teoria de voo balístico dos foguetes supersônicos, e a forma dos seus "v 2" foi definida após numerosos testes empíricos (feitos em modelos reduzidos num túnel aerodinâmico). Obviamente, o conhecimento de uma determinada fórmula tornaria dispensável a construção desses modelos todos.

A evolução não possui outro "conhecimento" a não ser o "empírico", embutido em registro de informação genética. Trata-se de um "conhecimento" duplo: primeiro aquele que define e determina de antemão todas as possibilidades do futuro organismo ("conhecimento inato" dos tecidos, de como devem funcionar para que os processos vitais prossigam, como devem se comportar uns tecidos e órgãos em relação a outros, mas também como deve se comportar o organismo como um todo diante do seu ambiente – esta última informação equivale aos "instintos", reações de defesa, tropismos etc.); e segundo, é o conhecimento "potencial", não da espécie, e sim individual, não determinado porém possível de ser adquirido no decorrer da vida do indivíduo graças ao sistema nervoso (cérebro), parte do seu organismo. O primeiro tipo de conhecimento a evolução pode, até certo grau (mas justamente só até certo grau), cumular: porque a estrutura do mamífero contemporâneo reflete a "experiência" de milhões de anos do processo de construção de vertebrados aquáticos e terrestres que o precederam. Ao mesmo tempo, é verdade que a evolução muitas vezes "perde", em seu trajeto, perfeitas resoluções de problemas biológicos. Por isso, o plano de construção de um determinado animal (ou até do homem), de modo algum é uma soma de todas as melhores soluções aparecidas até hoje. Falta-nos, pois, não só a força muscular do gorila, como também a potência reintegradora dos anfíbios ou peixes chamados "inferiores", ou o mecanismo de uma contínua renovação de dentes que distingue os roedores, ou finalmente uma versatilidade de adaptação ao meio aquático que adquiriram os mamíferos semiaquáticos. Portanto, não se deve superestimar a "sabedoria" da evolução biológica, já que muitas vezes levou espécies inteiras a um beco sem saída, e repetiu não só soluções vantajosas como também erros perniciosos. A sabedoria da evolução é empírica e imediata, e sua aparente perfeição ela deve à imensidão dos abismos de tempo e espaço que atravessou, em que, no entanto, encontraríamos mais derrotas do que sucessos caso tentássemos fazer um balanço. O conhecimento do homem só agora está emergindo do período empírico, e não em todas as áreas (mais devagar em biologia e, segundo parece, em medicina), entretanto hoje já percebemos que aquilo a que bastava a paciência e a perseverança, iluminadas pelo clarão da intuição, já foi de fato realizado. Todo o resto, que exige a mais alta clareza do pensamento teórico, ainda está à nossa frente. [1][5]

4.

O último problema que iremos tratar refere-se a aspectos éticos da tecnoevolução. A sua fertilidade já foi objeto de críticas severas, porque aumenta a discrepância entre as duas principais esferas da nossa atividade: o regulamento da Natureza e o regulamento da Humanidade. De acordo com essa visão, a energia nuclear chegou às mãos do homem prematuramente. É prematuro também o primeiro passo do homem rumo ao Cosmos, sobretudo porque logo nos primórdios da astronáutica esse

---

[5] Ver, infra, p 56.

Duas Evoluções

primeiro passo exigiu enormes investimentos, de modo que a distribuição do produto global da Terra, injusta mesmo sem esses gastos, tornou-se mais encolhida. Os sucessos da medicina causaram, graças à diminuição da mortandade, um repentino aumento populacional, que, devido à falta do controle de natalidade, é impossível de se frear. A tecnologia das facilitações da vida se torna um meio do seu empobrecimento, uma vez que de obedientes copiadores dos bens espirituais, os meios de informação em massa passam a ser produtores do *kitsch* cultural. Ouvimos que do ponto de vista cultural, a tecnologia é, no melhor dos casos, estéril; no melhor, porque a unificação da humanidade (que devemos a ela) ocorre com danos para o patrimônio espiritual dos séculos passados e para a produção cultural atual. A arte, absorvida pela tecnologia, começa a ficar sujeita às leis da economia, apresenta sintomas de inflação e desvalorização, e, às margens dos pântanos da diversão técnica de massa, que tem que ser fácil, porque a facilitação generalizada é o leme dos Tecnólogos, sobrevive apenas um punhado de artistas criativos, que procuram ignorar ou escarnecer os estereótipos da vida mecanizada. Em uma palavra, a tecnoevolução traz mais mal do que bem; o homem se torna escravo do que ele próprio criou, um ser que quanto mais aumenta seu conhecimento, tanto menos pode decidir sobre o seu destino.

Acho que, embora lacônico, fui leal à opinião acima e consegui apresentar um esboço inteiro da sua avaliação devastadora do progresso tecnológico.

Mas será que se pode ou se deve discutir com ela? Explicar que a tecnologia pode ser tanto bem como mal usada? Que de ninguém, nem tampouco dela, se pode exigir coisas contraditórias e simultâneas, ou seja, a preservação da vida (portanto, o seu crescimento) e a sua diminuição, a cultura de elite e a sua ampla difusão, a energia capaz de deslocar montanhas, mas que não seria prejudicial nem para uma mosca?

Isso talvez seria insensato. É preciso logo dizer que a tecnologia pode ser apreciada de diversos modos. Em uma primeira aproximação, a tecnologia é resultante das ações da Natureza e do homem, porque este realiza o que o mundo material dá com sua permissão silenciosa. Assim trataríamos a tecnologia como um instrumento para alcançar vários objetivos, cuja escolha depende do grau de desenvolvimento da civilização, do sistema social, e está sujeita à avaliação moral; apenas a escolha, não a tecnologia. A questão não tem a ver, então, com condenar ou elogiar a tecnologia, mas com examinar em que medida é possível confiar em seu desenvolvimento e ter influência em sua direção.

Outro raciocínio se baseia numa premissa errada aceita silenciosamente, como se a tecnoevolução fosse uma aberração do desenvolvimento, seu direcionamento tão falso quanto fatal.

Porém, isso não é verdade. De fato, o rumo do desenvolvimento não foi determinado por ninguém nem antes nem depois da Revolução Industrial. Esse rumo, desde a Mecânica, ou seja, desde as máquinas "clássicas", junto à concepção mecânica da astronomia como modelo para o imitador-construtor, através do Calor, com seus motores a combustível químico, e da Termodinâmica à Eletricidade, configurou-se ao mesmo tempo como uma passagem, na esfera do conhecimento, das leis singulares às leis estatísticas, da causalidade rígida ao probabilismo – como só agora entendemos – e da simplicidade bem "artificial" – no sentido de que na Natureza nada é simples – à complexidade, cujo crescimento nos fez perceber que a próxima tarefa principal é a Regulação.

Como vimos, houve uma passagem das soluções mais simples até as cada vez mais difíceis pela sua complexidade. Assim, só se considerados isoladamente e parcialmente os sucessivos passos neste caminho – as descobertas, as invenções –, eles parecem efeitos de coincidências felizes, de bons acasos. No total, houve uma trajetória mais provável e, certamente, se fosse possível

Duas Evoluções

comparar a civilização terrestre com as hipotéticas civilizações do Cosmos, bem típica.

Que a tal espontaneidade, em seu efeito cumulativo, além dos resultados desejados também resulta, após séculos, em consequências prejudiciais, deve ser considerado como inevitável. Portanto, a condenação da tecnologia como origem do mal deveria ser substituída não pela apologia, mas pela simples compreensão do fato de que a era pré-regulatória está chegando ao fim. Os cânones éticos deveriam patrocinar nossos sucessivos empreendimentos como conselheiros na escolha entre as alternativas apresentadas pelo produtor, ou seja, a amoral tecnologia. Ela fornece os meios e instrumentos; o nosso mérito ou a nossa culpa está em seu bom ou mau modo de utilização.

Essa é uma ideia bastante difundida e, certamente, boa como primeira abordagem, porém nada mais que isso. Uma divisão dessa natureza não é sustentável, sobretudo a longo prazo. E não porque somos nós quem criamos a tecnologia; mas sobretudo porque é ela que forma a nós e a nossas atitudes, inclusive as morais. Obviamente, a tecnologia faz isso por intermédio de sistemas sociais como sua base produtora, mas não é disso que quero falar. Ela pode agir e age também diretamente. Não nos acostumamos com a existência das relações diretas entre a física e a moral, embora elas existam mesmo. Ou pelo menos podem existir. Para não falar sem fundamento: a avaliação moral dos atos depende, sobretudo, da sua irreversibilidade. Se pudéssemos ressuscitar os mortos, o homicídio, sem deixar de ser um ato mau, deixaria de ser um crime, como não é crime um golpe que, no momento de ira, um dá no outro. A tecnologia é mais agressiva do que costumamos julgar. Suas ingerências na vida psíquica, nos problemas relacionados à síntese e à metamorfose da personalidade, que trataremos à parte, atualmente são apenas uma classe vazia dos fenômenos. O progresso é que vai preenchê-la. Então muitas regras morais, hoje consideradas inabaláveis, vão desvanecer, e surgirão novos problemas, novos dilemas éticos.

Isso poderia significar que não existe moralidade supra-histórica. Só há diferentes escalas de duração dos fenômenos; afinal, até as cadeias de montanhas desabam, viram areia, pois o mundo é assim. O homem, um ser efêmero, gosta de fazer uso do conceito de eternidade. Eternos devem ser certos bens espirituais, grandes obras de arte, sistemas morais. Mas não nos iludamos: essas coisas também são mortais. Não se trata de substituir a ordem pelo caos, nem a necessidade interior pela precariedade. A moralidade muda devagar, mas muda sempre e por isso tanto mais difícil é comparar dois códigos éticos quanto maior é o abismo do tempo que os separa. Somos próximos aos sumérios, todavia a moralidade do homem da cultura levalloisense iria nos assustar.

Tentaremos mostrar que não existe um sistema de avaliação atemporal, bem como não há um sistema absoluto de referência newtoniano nem uma absoluta simultaneidade dos fenômenos. Não se trata de proibir tais avaliações em relação a fenômenos passados ou futuros: o homem sempre pronunciou julgamentos de valor acima do seu estado e de suas possibilidades reais. Isso só quer dizer que cada tempo tem sua razão com que podemos concordar ou não, mas que antes precisamos entender.

A Primeira Causa

Vivemos na fase da tecnoevolução acelerada. Será então que todo o passado do homem, desde os fins da época Glacial, atravessando o Paleolítico e Neolítico, a Antiguidade e a Idade Média, foi, em sua essência, uma preparação, um acúmulo das forças para o salto que hoje nos leva ao futuro desconhecido.

O modelo da civilização dinâmica surgiu no Ocidente. É surpreendente ver em estudos da história a descoberta de como diferentes nações chegaram às proximidades dos territórios da "partida tecnológica" e como pararam na entrada. Os metalúrgicos contemporâneos poderiam aprender com os pacientes artesãos da Índia, que construíram uma famosa coluna de ferro inoxidável em Qutb, utilizando o método de metalurgia do pó, descoberto pela segunda vez só em nossos tempos. Todos sabem da invenção da pólvora e do papel pelos chineses. Os grandes progressos da matemática, um instrumento de pensar indispensável para a ciência, se deve aos cientistas árabes. Porém, de descobertas tão revolucionárias não resultou nenhum impulso civilizacional, nenhum início de progresso desenfreado. Agora o mundo inteiro toma do Ocidente o seu modelo de desenvolvimento. A tecnologia é importada pelas nações que podem se orgulhar das suas culturas mais antigas e mais complexas do que a que tem gerado a tecnologia. Aí vem uma pergunta fascinante: o que seria se o Ocidente não tivesse feito uma revolução tecnológica, se não tivesse partido com os Galileus, Newtons, Stephensons rumo à revolução industrial?

Trata-se de uma pergunta sobre a "primeira causa". As suas origens não se escondem nos conflitos bélicos? A força propulsora das guerras como motores da tecnoevolução é conhecida e afamada. Com o passar dos séculos, a técnica militar perde o seu caráter distinto e específico no âmbito do saber, na medida em que se torna universal. Enquanto as balistas e os aríetes eram exclusivamente instrumentos de guerra, a pólvora já podia ser utilizada na indústria (por exemplo, na indústria de mineração), e isso se vê mais ainda na tecnologia do transporte, porque não existe meio de comunicação, desde um veículo de rodas até um foguete, que modificado não poderia servir a fins pacíficos. E a tecnologia nuclear, tanto a cibernética quanto a astronáutica, mostram quase total junção dos potenciais militares e pacíficos.

No entanto, as inclinações bélicas do homem não podem ser vistas como motores de propulsão da evolução tecnológica. Geralmente essas inclinações aumentavam a velocidade da evolução tecnológica; utilizavam-se bastante dos recursos do saber teórico dos seus tempos, mas é preciso distinguir o fator de aceleração do fator de iniciação. Todos os instrumentos de guerra devem a sua construção à física de Galileu e de Einstein, à química dos séculos XVIII e XIX, à termodinâmica, à óptica e à atomística, mas seria *nonsense* procurar a gênese militar desses domínios teóricos. A velocidade da tecnoevolução, uma vez acionada, pode ser acelerada ou freada. Os norte-americanos resolveram investir vinte bilhões de dólares em pouso dos seus primeiros homens na Lua, em torno de 1969. Se eles estivessem dispostos a adiar esse prazo por vinte anos, a realização do Programa "Apollo" iria certamente custar bem menos, porque a tecnologia primitiva consome, por ser jovem, recursos desproporcionalmente maiores em relação aos que são necessários para a execução de projeto análogo quando ela atinge fase mais adulta.

E se os norte-americanos estivessem dispostos a gastar não vinte, mas duzentos bilhões de dólares, com certeza não iriam pousar na Lua em seis meses, assim como nenhum recurso, nem de trilhões de dólares, poderia nos próximos anos viabilizar um voo às estrelas. Portanto, ao investir grandes somas e ao concentrar esforços, é possível chegar ao teto da velocidade da tecnoevolução, no entanto depois os novos investimentos não surtirão efeitos. Essa afirmação, com sabor de óbvio, aplica-se também às regularidades análogas que regem a bioevolucão. Ela também conhece a velocidade máxima de evolução, que em nenhuma circunstância se deixa superar.

Todavia, a nossa pergunta foi sobre "a primeira causa", e não sobre a velocidade máxima do processo já em curso. A busca, com esse propósito, das origens da tecnologia, é uma ocupação assaz desesperante, uma viagem aos confins da história que registra só os fatos, porém não explica as suas causas. Por que essa gigantesca árvore da evolução tecnológica, cujas raízes remontam ao último período glacial e a copa está imersa nos milênios vindouros, a árvore que brotava nos primórdios da civilização, no Paleolítico e Neolítico, mais ou menos ao mesmo tempo em todo o globo terrestre, teve o seu grande desabrochar no Ocidente?

Levi-Strauss tentou responder a essa questão só de forma qualitativa, sem recorrer a análises matemáticas que, diante da complexidade do fenômeno, é impossível. Examinava o surgimento da evolução estatisticamente, aplicando, para a sua explicação genética, a teoria de probabilidade[6].

A tecnologia do vapor e da eletricidade e, em seguida, da química das sínteses e do átomo, foi iniciada por uma série de investigações, no princípio independentes umas das outras, que passavam por longínquos e muitas vezes sinuosos caminhos, inclusive na Ásia, para fecundar as mentes em torno da bacia do Mediterrâneo. O conhecimento ia crescendo "ocultamente" ao longo dos séculos, até o aparecimento do efeito cumulativo dos acontecimentos, como: a superação do aristotelismo dogmático e o reconhecimento da experiência como base de toda atividade epistemológica; a elevação do experimento técnico à classe dos fenômenos de dimensão social; a propagação da física mecanística. Esses processos acompanhavam o surgimento das invenções socialmente motivadas, fenômeno de grande importância, uma vez que em cada nação e época não havia carência de potenciais Einsteins ou Newtons, porém faltava o solo, as condições, faltava ressonância social que amplificasse os resultados dos seus trabalhos individuais.

Segundo Lévi-Straus, é uma determinada conjuntura de sucessivos fenômenos que leva uma comunidade ao caminho de desenvolvimento acelerado. Existe como que certa grandeza

---

6 Cf. Claude Lévi-Strauss, *Rasa a historia*, em L.C. Dunn, O. Klineberg, C. Lévi-Strauss, *Rasa a nauka: Trzy Studia*, trad. de J. Dembska, Varsóvia: PWN, 1961.

crítica, certo coeficiente de "multiplicação" das concepções e suas concretizações sociais (a construção das primeiras máquinas a vapor, o surgimento da energética do carvão ou da termodinâmica etc.) que leva, enfim, a uma avalanche de descobertas condicionadas por aquelas primeiras, da mesma forma que existe certa grandeza crítica de coeficiente de "multiplicação" dos nêutrons que, depois de ultrapassar certo limite, provoca na massa do elemento pesado uma reação em cadeia. Vivemos agora justamente um equivalente civilizacional desse tipo de reação, ou talvez até uma "explosão tecnológica" em plena expansão. Segundo o etnólogo francês, cabe ao acaso decidir, se uma determinada sociedade entrará num caminho de desenvolvimento acelerado ou se iniciará uma nova reação em cadeia. Assim como um jogador lançando dados pode, do ponto de vista probabilístico, contar com a possibilidade de lançar uma sequência só de número seis, com a condição de jogar um tempo suficientemente longo, cada comunidade também tem, pelo menos de princípio, as mesmas chances de iniciar um percurso de acelerado desenvolvimento material.

É preciso notar que Lévi-Strauss não falava da mesma coisa que nós. Ele quis mostrar que mesmo civilizações as mais diferentes entre si, inclusive as atecnológicas, têm direitos iguais e não devem ser classificadas pelo seu valor, não devendo ser consideradas umas "superiores" a outras só porque tiveram sorte no chamado "jogo", sorte com a qual chegaram ao ponto de partida da reação em cadeia. É um modelo bonito pela sua simplicidade metodológica e explica por que as sucessivas descobertas, inclusive as grandes, podem – quanto aos seus efeitos sociais tecnogênicos – ficar suspensas no vazio, como foi o caso da metalurgia do pó dos indianos ou da pólvora dos chineses. Para o começo da reação em cadeia faltaram seus sucessivos e indispensáveis elos. O que implica essa hipótese é que o Oriente foi simplesmente um jogador "menos sortudo" do que o Ocidente, pelo menos no que se refere à liderança tecnológica, e que, consequentemente, no caso da ausência do Ocidente no palco da história, o Oriente iria, mais cedo ou mais tarde, seguir o mesmo caminho. Quanto à validade dessa hipótese, tentaremos colocá-la em discussão em outro momento; agora nos concentraremos no modelo probabilístico de surgimento da civilização tecnológica.

Recorrendo ao nosso análogo, a evolução biológica, observamos que as variedades, espécies e famílias surgiam no decorrer da evolução, às vezes concomitantemente nos continentes separados entre si. É possível associar aos respectivos herbívoros ou carnívoros do Velho Mundo as formas do Novo Mundo, sem parentesco (pelo menos próximo), mas que a evolução modelou semelhantes porque operava junto aos seus ancestrais com condições ambientais e climáticas semelhantes. No entanto, a evolução dos tipos foi monofilética por regra, pelo menos conforme a opinião da grande maioria dos especialistas. Só uma vez surgiram os vertebrados, uma vez peixes, uma vez, em todo o globo terrestre, os répteis e os mamíferos. É algo que nos faz pensar. Como vimos, uma grande reviravolta na organização corporal, uma tal "façanha de construção", acontecia na história do planeta uma vez apenas.

Esse fenômeno também pode ser tratado como sujeito à estatística: o surgimento de mamíferos ou de peixes era tão pouco provável, que um "grande prêmio" dessa magnitude, ao necessitar de "uma sorte extraordinária", de uma coincidência de inúmeras causas e condições, só podia ser um fenômeno raríssimo. E quanto mais raro o fenômeno, tanto mais improvável a sua repetição. Podemos ainda observar mais uma característica comum das duas evoluções. Em ambas surgiram formas superiores e inferiores, mais e menos complexas, que **sobreviveram até hoje**. Por um lado, os peixes, com certeza, deram origem aos anfíbios, que deram origem aos répteis; atualmente, vivem representantes de todas essas classes. Por outro lado, o sistema tribal e familiar precedeu o escravocrata e o feudal, que precedeu o capitalista; mas se tais sistemas não estão mais em vigor hoje, até ontem todos eles figuravam na

Terra juntos com os mais primitivos, cujos remanescentes podem ser encontrados ainda na atualidade nas ilhas dos mares do Sul.

Quanto à bioevolução, é fácil explicar o fenômeno: a mudança é sempre provocada pela necessidade. Se ela não existir por parte do meio, se este permitir que os organismos unicelulares vivam, eles irão produzir sucessivas gerações mais primitivas durante cem ou quinhentos milhões de anos.

Mas o que é que provoca as transformações dos sistemas sociais? Sabemos que o seu motor é a mudança dos meios de produção, ou seja, da tecnologia. Portanto, estamos de novo de volta ao ponto de partida, pois está claro que os sistemas não mudam enquanto se servem de tecnologias tradicionais, mesmo que estas provenham diretamente do Neolítico.

Não vamos resolver definitivamente esse problema. Mesmo assim, é possível afirmar que a hipótese probabilística da "reação em cadeia" não leva em consideração a especificidade da estrutura social em que uma reação deste tipo deve ocorrer. Os sistemas com base de produção muito parecida mostram, às vezes, diferenças consideráveis na esfera de superestrutura. É incomensurável a riqueza dos sofisticados rituais sociais às vezes complicados em demasia, das normas de conduta na vida familiar, tribal etc. estabelecidas e rigorosamente impostas. Um antropólogo fascinado com as miríades de tais interdependências intracivilizacionais deveria ser substituído por um sociólogo-ciberneticista que, menosprezando conscientemente a relevância intracultural e semântica de todas essas práticas, examinará a sua estrutura enquanto sistema de retroação, sistema cujo objetivo é manter o estado de equilíbrio ultraestável, e cuja tarefa dinâmica é a regulação, visando à fixação desse estado.

É altamente provável que algumas dessas estruturas, que alguns sistemas de interdependência humana podem, com as restrições aplicadas à liberdade dos atos e do pensamento, agir eficazmente contra toda a inventividade científica e tecnológica.

Duas Evoluções

Da mesma forma é provável que haja estruturas que, mesmo sem ajudar a inventividade, pelo menos abrem espaço para ela, nem que seja um espaço restrito. Obviamente, os traços básicos do feudalismo europeu eram surpreendentemente parecidos com os do feudalismo do Japão ainda do século XIX. Porém, entre ambos os modelos do mesmo sistema, asiático e europeu, havia também diferenças que, embora na atual dinâmica social tivessem pouca importância, fizeram com que os europeus, e não os japoneses, destruíssem a nova tecnologia do feudalismo e criassem dos seus escombros os alicerces do capitalismo industrial[7].

Conforme tal concepção, a reação tecnológica em cadeia é iniciada não por uma série de acasos homogêneos (as sucessivas descobertas do mesmo tipo, por exemplo), mas por uma sobreposição de duas sequências de acontecimentos, em que a primeira delas (o sistema da superestrutura no sentido cibernético) tem caráter estatístico e de massa em grau maior do que a outra (aparecimento nos indivíduos dos interesses empíricos e tecnológicos). Essas duas sequências precisavam se cruzar para que surgisse uma chance para o início da tecnoevolução. Se um encontro desses não acontecesse, o nível da civilização neolítica poderia se tornar um patamar intransponível.

O quadro assim esboçado é uma grande simplificação; só os futuros trabalhos de pesquisa irão esclarecer a questão. [11][8]

Algumas Perguntas Ingênuas

Qualquer pessoa sensata faz planos de vida. Dentro de certos limites, tem liberdade de escolha de formação, profissão e estilo de vida. Se quiser, pode mudar de trabalho e até, em certa

---

7 Cf. Arthur Koestler, *The Lotus and the Robot*, Londres: Hutchinson, 1960.
8 Ver infra, p. 60.

medida, de comportamento. Não dá para dizermos o mesmo sobre a civilização. Ninguém a planejava, pelo menos até o fim do século XIX. Ela nascia espontaneamente, ganhava velocidade em saltos tecnológicos, como aqueles ocorridos no Neolítico e na revolução industrial, e estagnava por milênios; algumas culturas cresciam e desapareciam, e, dos seus escombros, surgiam outras. A civilização "não tem consciência" de quando, de em que momento da sua história, graças a uma série de descobertas científicas exploradas socialmente, entra no caminho do desenvolvimento acelerado. Tal desenvolvimento manifesta-se em aumento da homeostase, em crescimento das energias utilizadas, em avanços na proteção do indivíduo e da coletividade cada vez mais eficiente diante de interferências de toda espécie (doenças, catástrofes naturais etc.). É o desenvolvimento que possibilita, por meio de atos reguladores, um sucessivo controle das forças elementares da natureza e da sociedade, mas ao mesmo tempo domina e molda os destinos humanos. A civilização não atua como quer, mas como deve. Por que, então, devemos desenvolver a cibernética? Porque, entre outras coisas, em breve chegaremos a uma "barreira de informação" que irá frear o desenvolvimento da ciência se não fizermos uma revolução na esfera intelectual, a mesma que ocorreu nos dois últimos séculos na esfera do trabalho braçal. Ah, então é assim! Portanto, não vamos fazer o que queremos, mas o que exigirá de nós a fase da dinâmica civilizacional então alcançada. O cientista dirá que justamente assim é que se manifesta o funcionamento objetivo do gradiente desenvolvimentista. Mas será que a civilização não pode, como o indivíduo, conquistar a liberdade de escolha do seu caminho futuro? E quais condições devem ser cumpridas para acontecer um raiar da liberdade da civilização? A sociedade deve tornar-se independente da tecnologia de problemas básicos.

As questões básicas de cada civilização – alimentação, roupa, transporte e também inserção no mercado de trabalho, distribuição de bens, proteção à saúde e ao patrimônio – devem se dissipar. Elas devem se tornar invisíveis feito o ar, que até agora foi a única fartura que acompanhou a história humana. Sem dúvida, é possível fazer isso. Todavia, essa é apenas uma condição preliminar, porque só depois aparecerá com plena nitidez a pergunta: "e agora?" A sociedade é que presenteia o indivíduo com o sentido de vida. No entanto, quem ou o que presenteia com o sentido, com o conteúdo vital, a civilização? Quem estabelece a hierarquia dos valores? Ela própria. É dela que depende esse sentido, esse conteúdo, no momento da entrada no território da liberdade. Como imaginar essa liberdade? Entende-se que se trata aqui de liberdade das calamidades, da miséria, das desgraças. Mas será que a extinção de tudo isso, a ausência das desigualdades, da fome e dos desejos não satisfeitos significa felicidade? Se fosse assim, o ideal digno de concretização seria uma civilização que consumisse o máximo dos bens capaz de produzir. Porém, a dúvida se esse paraíso de consumo na terra pode trazer a felicidade é geral. Isso não quer dizer que devemos conscientemente perseguir o ideal da vida ascética ou pregar uma nova versão de "volta à natureza", ideia desenvolvida por Rousseau. Tal coisa já não seria uma ingenuidade, mas uma estupidez. Um "paraíso" de consumo, com o seu imediatismo de satisfação de todos os desejos e fantasias, levaria provavelmente depressa a uma estagnação espiritual e a uma "degeneração" a que Sebastian von Hoerner, na estatística de suas civilizações cósmicas, atribui o papel de "extinguidor" dos seres psicozoicos[9]. E se descartarmos esse ideal falso, o que resta? A civilização do trabalho criativo? No entanto, fazemos tudo o que está em nosso poder para mecanizar e automatizar qualquer trabalho. O limite desse progresso é a separação do homem da tecnologia, uma alienação completa no sentido cibernético, então incluindo também a esfera de atividade psíquica.

9   O termo vem de Psicozoico, em referência à era geológica, também denominada Quaternária, em que teria surgido o pensamento. (N. da T.)

Diz-se que seria possível automatizar apenas o trabalho não criativo da mente. Contudo, onde estão as provas da impossibilidade quanto ao trabalho criativo? Precisamos dizer claramente que elas não existem e, mais ainda, que não podem existir. Falar de uma "impossibilidade" não fundamentada assim é como repetir a afirmação bíblica de que o homem vai sempre ganhar o seu pão com o suor do rosto. Seria realmente uma forma curiosa de consolo dizer que sempre teremos um trabalho para fazer, não porque o trabalho representa a nós um valor em si, mas porque a própria essência do mundo em que vivemos força-nos e sempre vai forçar-nos ao trabalho.

Por outro lado, como o homem poderá fazer algo que a máquina fará igual ou até melhor? Hoje ele procede desse modo por necessidade, porque a Terra é organizada de forma muito imperfeita e em vários continentes o trabalho humano é mais barato e mais rentável do que o da máquina. Consideremos as perspectivas do futuro, de um futuro bem distante. Será que os homens, num determinado momento, dirão: "chega, não vamos automatizar mais estes e aqueles tipos de trabalho, embora seja possível – vamos frear a Tecnologia para salvar o trabalho do homem, para que ele não se sinta dispensável."? Esta seria uma liberdade bizarra, um estranho uso dela, conquistada depois de séculos.

Tais perguntas aparentemente procedentes são, na verdade, muito ingênuas, porque a liberdade, em qualquer sentido absoluto, nunca será possível de se conquistar: nem uma liberdade absoluta de escolha de ação, nem uma liberdade de não trabalhar (resultante da "automatização generalizada"). O primeiro tipo de liberdade é impossível porque o que ontem parecia liberdade hoje deixa de ser. Uma situação, na qual não existe mais obrigação de se exercer atividades indispensáveis para satisfazer necessidades, possibilita a escolha de um caminho a ser seguido, mas este não será um acontecimento histórico único. As situações de escolha se repetirão nos níveis sucessivamente alcançados, cada vez mais altos. Porém, a escolha nesse caso sempre será uma dentre uma quantidade finita de caminhos, e então a liberdade a cada vez conseguida será relativa, porque parece impossível que todas as limitações possam abandonar o homem, deixando-o sozinho com a onipotência e a onisciência, que finalmente ele teria alcançado. Também é uma ficção o segundo indesejado tipo de liberdade – o suposto efeito de plena alienação da Tecnologia, a qual, com o seu poder cibernético, deve criar uma civilização sintética que eliminaria a humanidade de todas as esferas de trabalho.

O medo de desemprego como resultado da automatização se justifica, sobretudo, nos países capitalistas altamente desenvolvidos. Contudo, não dá para considerar justificável o medo de desemprego resultante do "excessivo bem-estar" de consumo. A visão cibernética da *Schlaraffenland* (terra da abundância) é falsa, porque supõe que a substituição do trabalho humano pelo trabalho das máquinas irá fechar todos os caminhos ao homem, enquanto trata-se de justamente o contrário. Uma substituição desse gênero decerto ocorrerá, mas abrirá novos ainda mal pressentidos caminhos. E não no sentido estreito, ou seja, de que os operários e técnicos serão substituídos pelos programadores de máquinas de processamento de dados; ora, as futuras gerações de tais máquinas também dispensarão os programadores em algum momento. Não se tratará apenas da substituição de antigas profissões por outras novas embora a princípio parecidas com as anteriores, e sim de uma grande revolução, quem sabe igual àquela em que os antropoides se transformaram em seres humanos. Pois o homem não pode competir diretamente com a Natureza: ela é complexa demais para que ele possa dominá-la. O homem deve construir todo um sistema de elos entre si e a Natureza, em que cada elo seguinte será mais poderoso do que o anterior enquanto amplificador da Razão. Portanto, trata-se de um caminho de intensificação não da força, mas de pensamento que, numa perspectiva do futuro, possibilitará o domínio sobre o mundo material por meio das propriedades diretamente inacessíveis do cérebro humano. Decerto, em algum sentido esses elos intermediários de ação serão "mais sábios" do que o seu construtor humano, mas "mais sábios" ainda não quer dizer "desobedientes". Vamos falar, hipoteticamente, sobre as esferas em que a intensificada ação do homem igualará as ações da Natureza. Mesmo nessa altura, o homem estará sujeito a limitações, cujo caráter material, condicionado pela tecnologia do futuro, não podemos prever, mas cujos efeitos psicológicos somos capazes de compreender, pelo menos um pouco, porque somos seres humanos. Os laços dessa compreensão serão rompidos só quando o homem daqui a um mil ou um milhão de anos, em nome do aperfeiçoamento de sua construção, abrir mão de toda sua herança animal, do seu imperfeito, efêmero e mortal corpo, quando se transformar num ser tão superior a nós que já nos será estranho. Assim, com esse esboço dos princípios da autoevolução da espécie, temos que terminar o nosso espiar sobre o futuro.

Notas

[I] A tentativa de desenhar um esquema da árvore da evolução tecnológica poderia dar resultados interessantes. Quanto a sua forma, certamente seria parecida à tal árvore da bioevolução (ou seja, com o tronco primitivo bem uniforme e as ramificações cada vez mais generosas no decorrer do tempo). Mas o problema é que os atuais avanços na área do saber são resultado da hibridização das espécies tecnológicas e não da biologia. Os domínios da atividade humana, mesmo os mais distantes, podem se fecundar mutuamente ("cruzamentos" entre cibernética e medicina, matemática e biologia etc.), enquanto as espécies biológicas não podem, depois da sua consolidação, gerar a sua prole em cruzamentos. Por isso, o próprio da **velocidade** da tecnoevolução é uma constante aceleração, bem maior do que a da biológica. Além disso, os prognósticos de longo prazo em tecnoevolução são dificultados pelo fenômeno de reviravoltas inesperadas, repentinas e completamente imprevisíveis (não foi possível prever a cibernética antes do seu surgimento). A quantidade das novas "espécies tecnológicas" que surgem no decorrer do tempo é em função de todas as espécies já existentes, o que não se aplica à bioevolução. As repentinas reviravoltas da tecnoevolução não podem ser identificadas com as mutações biológicas, porque o impacto das primeiras é muito mais significante. Assim, por exemplo, a física nutre grandes esperanças com a investigação das partículas de neutrino, conhecidas, é verdade, há um bom tempo, entretanto, apenas recentemente, começou a se entender a dimensão cósmica da sua influência nos diversos processos (como o surgimento das estrelas, por exemplo) e no papel, muitas vezes decisivo, que neles desempenham. Certos tipos de estrelas, ao sair do estado de equilíbrio (por exemplo, antes da explosão da Supernova), podem efetuar emissão de neutrino muito superior à sua emissão total de luz. Isso não se refere às estrelas estacionárias como o Sol (cuja emissão de neutrino, condicionada pelos fenômenos da desintegração beta, é bem menor do que a energia emitida pela radiação da luz). Todavia, a astronomia deposita hoje grandes esperanças justamente na investigação das Supernovas, cujo papel no desenvolvimento geral do Cosmos, no surgimento dos elementos, sobretudo pesados, como também na gênese da vida, parece inestimável; daí a possibilidade de que a astronomia de neutrino, que não se serve de aparelhos convencionais (como telescópio ou refletor), possa ocupar pelo menos parcialmente o lugar da tradicional astronomia óptica (sua outra concorrente é a radioastronomia). A questão neutrino provavelmente esconde em si muitos outros enigmas, e talvez as investigações nesse campo possam levar à descoberta das até agora desconhecidas fontes da energia (o que teria a ver com muitas mudanças de alto nível energético, próprias, por exemplo, para a transformação do par elétron-pósitron em par neutrino-antineutrino, ou a chamada radiação do neutrino de frenagem). A imagem do Cosmos na sua totalidade pode sofrer uma mudança radical: se a quantidade das partículas de neutrino for realmente tão grande como hoje alguns supõem, a evolução do Universo seria condicionada não tanto pelas ilhas de galáxias dispersas irregularmente no espaço quanto pelo gás de neutrino que ocupa esse espaço de modo uniforme. São questões tanto promissoras quanto problemáticas. Em seu exemplo, vê-se bem em que medida o desenvolvimento da ciência é imprevisível e como seria errado sustentar que já conhecemos uma série de leis fundamentais e inquestionáveis acerca da natureza do Universo, e que as novas descobertas só irão complementar essa imagem já fiel em seus principais traços. Atualmente, a situação nos dá a impressão de que temos conhecimento preciso e certo no domínio de vários ramos da tecnologia, mas só no que se refere às tecnologias aplicadas em larga escala e que constituem base material da civilização terrestre; no entanto, sobre a natureza do micro e do macro Cosmos, sobre as perspectivas de surgimento de novas tecnologias, sobre a cosmo- e a planetogonia sabemos agora aparentemente menos do que algumas dezenas de anos atrás. Isso se dá porque nessas áreas hoje concorrem entre si diversas hipóteses e teorias, diametralmente opostas (por exemplo, as hipóteses a respeito do aumento do tamanho da Terra, sobre o papel das Supernovas na criação dos planetas e dos elementos, sobre os tipos de Supernovas etc.).

Esse resultado dos progressos da ciência é paradoxal só em aparência, uma vez que a ignorância pode significar duas coisas bem diferentes: primeiro, tudo o que não sabemos, e de cuja falta de conhecimento não fazemos ideia (o Neandertal não sabia nada sobre a natureza dos elétrons, nem adivinhava a possibilidade da sua existência) – esta é a ignorância, digamos, "total"; segundo, a ignorância pode também significar a consciência da existência do problema e a falta do conhecimento de como solucioná-lo. Ora, o progresso diminui, sem dúvida, a ignorância do primeiro tipo, a "total", enquanto aumenta a falta de conhecimento do segundo, ou seja, o conjunto das perguntas sem respostas. Esta última afirmação não se refere exclusivamente à esfera das atividades humanas, isto é, não indica somente o julgamento da atividade teórico-metodológica do homem, mas se refere também, em certa medida, ao Universo (porque a multiplicação de perguntas na medida em que há aumento de saber implica uma estrutura específica de Universo). Na etapa atual de desenvolvimento somos propensos a supor que este caráter infinitivo, "infinitesimal-labiríntico", é uma propriedade imanente de Tudo que Existe. Porém, a aceitação dessa suposição como tese heurística e ontológica seria bastante arriscada. O desenvolvimento histórico do homem é curto demais para permitir a formulação de semelhantes teses como "verdades exatas". O conhecimento de uma grande quantidade de fatos e suas relações pode levar a um peculiar "limite epistêmico", depois do qual a quantidade de perguntas sem resposta pode começar a diminuir (e não irá, como até agora, aumentar continuamente). Para quem sabe contar até cem, a diferença efetiva entre um quintilhão e o infinito praticamente não existe. Portanto, o homem enquanto explorador do Universo parece mais um ser que só há pouco aprendeu a fazer cálculos básicos do que um matemático que faz malabarismos à vontade com os infinitos. Vale acrescentar ainda que a fórmula "finita" da construção do Cosmos (caso ela exista) talvez possa ser conhecida chegando-se ao "limite gnoseológico", como foi dito acima. Porém, o constante e contínuo aumento das perguntas ainda não resolve o problema, porque talvez só as civilizações de (por exemplo) cem milhões de anos de contínuo desenvolvimento alcancem "o topo do saber", e assim todas as suposições sobre essa matéria formuladas antes são infundadas.

[11] Uma abordagem estatística aleatória dos problemas da tecnogênese está em consonância com a aplicação da teoria dos jogos (iniciada por John von Neumann) às diversas questões sociais hoje em moda. Aliás, eu próprio várias vezes me referi neste livro a tais modelos. Ainda assim, a complexidade do problema não permite enquadrá-lo em esquemas probabilísticos. Como já disse [...], aonde aparecem sistemas de alto grau de organização, mesmo as pequenas mudanças estruturais podem provocar efeitos consideráveis. Além disso, há uma questão de "amplificação". Podemos falar da "amplificação no espaço" – cujo modelo será, por exemplo, a alavanca por meio da qual um movimento pequeno "se amplifica" em movimento grande –, assim como da "amplificação no tempo" – cujo exemplo pode ser o desenvolvimento embrionário. Até agora não existe nada como uma sociologia topológica que se ocuparia da investigação dos atos individuais em relação à estrutura social, entendida topologicamente. Algumas dessas estruturas podem oferecer efeitos de "amplificação", isto é, um ato ou uma ideia do indivíduo pode encontrar condições favoráveis para a sua difusão na sociedade, e fenômenos dessa espécie têm até possibilidade de adquirir um caráter de avalanche (por fenômenos desse tipo, próprios de sistemas bastante complexos, como a sociedade ou como o cérebro, neste último caso, por exemplo, na forma de epilepsia, a cibernética está apenas começando a se interessar). E vice-versa, outras estruturas podem ir "apagando" as ações singulares. Esse problema foi tratado por mim no livro *Diálogos*.

Obviamente, a liberdade de ação depende, numa dada estrutura social, do lugar que o indivíduo nela ocupa (o rei usufrui de maior grau da liberdade do que o escravo). No entanto, uma diferenciação como essa não deixa de ser trivial, uma vez que não acrescenta nada de novo para a análise da dinâmica do sistema. Entretanto, **diferentes** estruturas favorecem ou depreciam, de várias maneiras, as iniciativas individuais (por exemplo, o pensamento criativo). Trata-se, na verdade, do problema da área de fronteira das ciências como sociologia, psicossociologia, teoria da informação e cibernética. Para os sucessos significativos nessa área ainda é preciso esperar. O modelo probabilístico proposto por Lévi-Strauss está errado se for tratado ao pé da letra. Seu valor consiste no fato de que ele sugeriu a introdução do método objetivo para o domínio da história da ciência e da história da tecnologia em que vigorava o modo "humanista" de tratamento do problema no seguinte estilo: "o espírito humano, ao sofrer derrotas e sucessos no decorrer da história, aprendeu enfim a ler no Livro da Natureza" etc. etc.

Lévi-Strauss certamente tem razão ao enfatizar a importância da "hibridização informativa", da troca intercultural dos bem espirituais. A cultura singular é um jogador solitário a praticar uma determinada estratégia. Só depois do surgimento de uma coalizão das diferentes culturas, a estratégia fica enriquecida (ocorre o intercâmbio entre experiências), o que aumenta significativamente as chances de "ganho tecnológico". Cito Lévi-Strauss: "A chance de uma cultura agregar o conjunto complexo de diferentes invenções que chamamos de civilização, depende da quantidade e da diversidade de culturas com que a cultura de que aqui falamos participa – geralmente de modo involuntário – na elaboração de uma estratégia comum. Portanto, a quantidade e a diversidade."[10]

Ora, esse tipo de cooperação nem sempre é possível. E nem sempre a cultura é "fechada", ou seja, isolada, em consequência

---

10 Op. cit., p. 170.

da sua posição geográfica (como o Japão, que é insular, ou a Índia atrás do Himalaia). A cultura pode "se fechar" estruturalmente, barrando a si mesma todos os caminhos de progresso tecnológico, de modo tanto perfeito quanto maquinal. Decerto, a posição geográfica tem grande importância, sobretudo na Europa, onde as diversas culturas nacionais surgiam uma ao lado da outra, influenciando-se mutuamente de modo bem intenso (como evidencia a história das guerras). Mas um elemento casual como este não é uma explicação suficiente. A redução das regularidades estatísticas às regularidades deterministas deveria ser a regra metodológica importante, universalmente reconhecida: a retomada das tentativas, depois dos fracassos iniciais (vale lembrar pelo menos as tentativas fracassadas, por Einstein e seus colaboradores, de "determinar" a mecânica quântica), não é um desperdício, porque a estatística pode (embora não deva) ser apenas uma imagem nebulosa, uma aproximação embaçada, e não um espelho preciso da regularidade do fenômeno. A estatística permite prever o número de acidentes de trânsito conforme o tempo, o dia da semana etc. Mas a análise do caso **singular** permite prevenir melhor os acidentes (porque cada um visto em separado é **determinado** por causas como, por exemplo, visibilidade fraca, freios em mau estado, excesso da velocidade etc.).

Um ser marciano, observando a circulação do "líquido de trânsito automóvel" com seus "glóbulos-carros" nas autoestradas terrestres, poderia facilmente considerar esse fenômeno puramente estatístico. Assim, o fato de o sr. Smith, que todo dia vai ao trabalho de carro, voltar um dia do meio do caminho, faria com que o marciano considerasse esse caso como um fenômeno "indeterminista". Entretanto, o sr. Smith voltou porque tinha esquecido a sua pasta em casa. Foi este "o parâmetro oculto" do fenômeno. Um outro alguém não chega ao destino porque se lembrou de um compromisso importante ou percebeu que o motor estava superaquecido. Portanto, vários

Duas Evoluções

fatores puramente deterministas podem, somados, oferecer uma imagem só aparentemente uniforme do comportamento médio de uma grande massa dos fenômenos individuais. Um ser marciano poderia sugerir aos engenheiros da Terra que alargassem as estradas, o que facilitaria a circulação do "líquido de trânsito automóvel" e diminuiria o número de acidentes. Pelo visto, também a abordagem estatística permite a formulação das concepções úteis. Porém, apenas a consideração dos "parâmetros ocultos" permitiria um melhoramento radical: é preciso aconselhar ao sr. Smith que sempre deixe a pasta no carro, ao segundo motorista que registre em sua agenda os compromissos importantes, ao terceiro que faça a revisão do seu carro dentro dos prazos etc. Assim, o mistério de porcentagem fixa dos carros que não chegam ao destino desaparece. Da mesma forma, é possível se dissipar o mistério das alternadas estratégias culturais da humanidade por meio de uma análise topológica precisa e informacional do seu funcionamento. Segundo um ciberneticista soviético, Mikhail Gelfand, em fenômenos extremamente complexos também é possível descobrir parâmetros relevantes e irrelevantes. É bem frequente o prosseguimento de pesquisas com fixação desesperada de novos parâmetros irrelevantes. Pesquisas de correlação entre os ciclos da atividade solar e os ciclos de "prosperity" (prosperidade) econômica (por exemplo, de Samuel Huntington) têm, por exemplo, esse caráter. A questão não é a falta das correlações desse tipo; muitas delas foram descobertas. O problema é que há correlações demais desse gênero. Huntington cita tantas em seu livro que o problema dos motores do progresso afunda no oceano correlativo. A não consideração das relações, ou seja, das variáveis irrelevantes, é tão importante quanto a pesquisa das relevantes. Naturalmente, não se sabe de antemão quais são relevantes e quais não são. Mas justamente uma abordagem dinâmica e topológica permite abrir mão do método analítico, aqui inútil.

Alfred Testa:
"Nova Cosmogonia"[1]

> Discurso proferido pelo professor Alfred Testa durante a cerimônia em que lhe foi entregue o Prêmio Nobel. Publicamos o texto, extraído do livro comemorativo *From Einsteinian to the Testan Universe*, com a autorização do editor J. Wiley & Sons.

Majestade, Senhoras e Senhores. Quero aproveitar a singularidade do lugar de onde faço este discurso para vos contar sobre as circunstâncias que levaram ao surgimento da nova imagem do Universo e, com isso, determinaram uma nova posição da humanidade bem diferente da posição histórica. Com essas palavras solenes, me refiro não a meu próprio trabalho, mas à memória do homem já falecido a quem devemos essa descoberta. Falarei dele, porque ocorreu o que queria muito que não ocorresse: meu trabalho vedou – na opinião dos contemporâneos – a obra de Aristides Acheropoulos, a ponto de um historiador da ciência, o professor Weydenthal, um especialista supostamente sério, ter escrito há pouco, em seu livro *Die Welt als Spiel und Verschwörung* (O Mundo Como Jogo e Conspiração), que a principal publicação de Acheropoulos, *The New Cosmogony* (A Nova Cosmognonia), não representou nenhuma hipótese científica, mas uma fantasia meio que literária, na qual nem o próprio autor acreditava. Do mesmo modo, também o professor Harlan Stymington, em *The New Universe of the Games Theory* (O Novo Universo da Teoria dos Jogos), disse que, sem os trabalhos de Alfred Testa, o pensamento de Acheropoulos não passaria de uma ideia filosófica vaga, como,

---

[1] Título original, Alfred Testa: Nowa Kosmogonia; primeira edição em Stanisław Lem, *Doskonała próżnia*, Varsóvia: Czytelnik, 1971. Traduzido a partir de Stanisław Lem, *Biblioteka XXI wieku*, Cracóvia: Wydawnictwo Literackie, 2003. (N. da T.)

por exemplo, a do mundo de harmonia primordial de Leibniz, nunca tratada com seriedade pelas ciências exatas.

Dessa forma, segundo Weydenthal, dei importância ao que o próprio autor da ideia não levara a sério; e, de acordo com Stymington, transportei para as águas límpidas das ciências naturais um pensamento emaranhado nas especulações do filosofar não científico. Esses julgamentos tão equivocados exigem da minha parte explicações que posso apresentar. A verdade é que Acheropoulos foi um filósofo da natureza e não um físico ou um cosmógrafo; além disso, ele expôs suas ideias em termos não matemáticos. É fato também que não são poucas as diferenças entre a imagem intuitiva da sua cosmogonia e a minha teoria formalizada. Mas antes de tudo isso, a verdade é que Acheropoulos não precisava de Testa para nada, enquanto Testa deve tudo a Acheropoulos. Tal diferença não é para ser menosprezada. A fim de explicá-la, devo pedir a todos um pouco de paciência e atenção.

Quando, em meados do século XX, um punhado de astrônomos resolveu ocupar-se do problema das chamadas civilizações cósmicas, o empreendimento representava algo completamente marginal para a astronomia. A comunidade científica tratava esse assunto como um *hobby* praticado por algumas dezenas de excêntricos presentes em todas as áreas e regiões, portanto, também entre os cientistas. Essa comunidade não se manifestava contra a procura de sinais vindos de civilizações cósmicas, mas, ao mesmo tempo, não admitia a possibilidade de que a existência dessas civilizações pudesse ter alguma influência no Cosmos por nós observado. Então, quando um ou outro astrofísico ousava afirmar que o espectro da emissão dos pulsares ou a energética de quasares, ou certos fenômenos dos núcleos galácticos têm a ver com uma atividade premeditada de habitantes do Universo, nenhuma das autoridades reconhecidas tratava tal afirmação como uma hipótese científica digna de ser investigada com seriedade. A astrofísica e a cosmologia permaneciam surdas diante dessa problemática, e sua indiferença era compartilhada, em grau ainda maior, pela física teórica. As ciências, portanto, apegaram-se a um esquema mais ou menos assim: se quisermos conhecer os mecanismos do relógio, o fato de em suas engrenagens e pêndulos se alojarem bactérias não tem a menor importância para a sua construção, nem para a sua cinética. As bactérias não podem, com certeza, influenciar no andamento do relógio! Era justamente assim que se pensava naquele tempo, ou seja, que os seres racionais não podem se intrometer no andamento do mecanismo cósmico e, por isso, os estudos desse mecanismo devem ignorar completamente a sua eventual presença nele.

Mesmo se um dos luminares da física de então aceitasse a perspectiva de uma grande virada na cosmologia e na física, uma virada relacionada à presença de seres racionais no Cosmos, essa aceitação se daria somente sob uma condição: caso fossem descobertas civilizações cósmicas, caso fossem recebidos seus sinais e, dessa forma, adquiridos dados completamente novos sobre as leis da Natureza, somente assim, por este caminho – e só este! –, seria possível se chegar a transformações consideráveis no seio da ciência terrestre. No entanto, que a revolução da astrofísica pudesse ocorrer na ausência de semelhantes contatos – e mais! –, que a **falta** desses contatos e uma ausência total dos sinais e sintomas da chamada "astroengenharia" pudessem iniciar a maior revolução na física e mudar radicalmente a nossa visão do Cosmos é o que, com certeza, não passou pela cabeça de nenhuma das autoridades de então.

E foi durante a vida de vários daqueles renomados cientistas que Aristides Acheropoulos publicou a sua *Nova Cosmogonia*. Encontrei esse livro na época em que era doutorando na faculdade de matemática de uma universidade suíça, na mesma cidade em que outrora Albert Einstein tinha trabalhado como funcionário de um escritório de patentes, ocupando-se, nas horas vagas, da criação das bases da teoria da relatividade. Pude ler esse livro porque foi editado em tradução inglesa, muito ruim, e, vale acrescentar, saiu numa coleção de Ficção Científica, cujo editor publicava exclusivamente esse tipo de beletrística. O texto original foi reduzido quase pela metade, o que eu soube bem depois. Certamente foram as circunstâncias dessa edição (em que Acheropoulos não teve nenhum poder de decisão) que originaram a opinião de que o próprio autor, ao escrever a *Nova Cosmogonia*, não havia levado a sério as teses nela apresentadas.

Temo que hoje, nos tempos da pressa e da moda de um dia, ninguém, a não ser um historiador da ciência ou um bibliógrafo, pegue para ler a *Nova Cosmogonia*. Alguém esclarecido pode até ter ciência do título da obra e já ter ouvido falar do seu autor, mas isso é tudo. Assim, pessoas como essa privam-se de uma vivência incomum. Não foi só o conteúdo da *Nova Cosmogonia* lida há vinte e um anos que ficou gravado em minha memória, como tudo que senti durante a leitura. Foi uma experiência extraordinária. Desde o momento em que captamos pela primeira vez a dimensão da concepção do autor, quando na mente do leitor se delineia a ideia do Cosmos-Jogo palimpséstico com seus Jogadores – invisíveis e sempre estranhos uns aos outros –, esse leitor já não conseguirá se livrar da impressão de que está presenciando uma revelação, algo chocante e inédito e, ao mesmo tempo, que se trata de uma repetição, de um plágio traduzido para a língua das ciências naturais, dos mitos mais antigos do fundo impenetrável da história humana. O que, a meu ver, torna essa impressão desagradável e até angustiante, é que qualquer síntese de física e vontade consideramos inadmissível, diria até obsceno para a mente racional. Porque todos os antiquíssimos mitos cosmogônicos são uma projeção da vontade, e, com seriedade solene e singela ingenuidade (que é um paraíso perdido da humanidade), eles revelam como o Ser surgia da luta dos elementos demiúrgicos, vestidos com lendas em diferentes corpos e formas, como o mundo nascia do abraço amoroso-odioso dos deuses-animais, deuses-espíritos ou super-homens; e a suspeita de que justamente esse confronto, que é uma simples projeção do antropomorfismo para o campo do mistério cósmico, de que a redução da Física aos Desejos foi o protótipo de que se tinha servido o autor, tal suspeita já não pode ser eliminada.

Vista dessa perspectiva, a Nova Cosmogonia vira Velha Cosmogonia, e a tentativa de explicá-la na língua da empiria pode parecer um incesto, resultante de uma trivial incapacidade de manter separados conceitos e categorias que não têm direito de permanecer numa união monolítica. Naquele tempo, foram poucos os renomados pensadores que tiveram acesso a esse livro, e hoje sei, porque me disseram alguns deles, que ele foi lido justamente assim: com irritação, com desdenhoso encolher dos ombros, razão pela qual talvez ninguém o tenha lido até o fim. Não devemos nos indignar muito com tal apriorismo, tal inércia dos preconceitos, porque, na verdade, a coisa parece, às vezes, um disparate duplo: os deuses mascarados, disfarçados de seres materiais, são apresentados a nós na linguagem seca dos teoremas objetivos e, ao mesmo tempo, as leis da Natureza são chamadas de "consequência dos seus conflitos". Como resultado, somos roubados de tudo de uma vez: tanto da fé, entendida como uma Transcendência no topo da perfeição, como da Ciência em sua honesta, leiga e objetiva seriedade. Afinal, ficamos sem nada – todos os conceitos de partida mostram a sua completa inutilidade nos dois lados; temos a impressão de sermos tratados barbaramente, roubados numa iniciação nem religiosa, nem científica.

Sou incapaz de descrever a devastação que esse livro fez na minha mente. É verdade que o dever do sábio é ser um Tomé incrédulo da ciência, pois cada teorema seu pode ser questionado, todavia não se pode duvidar de todos ao mesmo tempo! Acheropoulos esquivava-se do reconhecimento de sua grandeza decerto sem premeditar, porém, com grande eficácia! Foi filho de uma nação pequena, completamente desconhecido; nem no campo da física, nem da cosmologia representava um profissionalismo sério; e, por fim – isso já vai além do normal –, não tinha nenhum precursor – coisa inédita na história, pois cada pensador, cada revolucionário de espírito tem seus mestres que supera, mas aos quais também se refere. Contudo esse grego apareceu sozinho e toda a sua vida é marcada pela solidão indissociável da condição do precursor como ele era.

Nunca o conheci e sei pouco de sua vida; o modo de ganhar seu pão sempre lhe foi indiferente; a primeira versão da *Nova Cosmogonia* escreveu aos trinta e três anos, já como doutor em filosofia, mas não pôde publicá-la em lugar nenhum; o fiasco da sua ideia, uma derrota da vida, suportou com estoicismo; abandonou bem rápido as tentativas de publicar a *Nova Cosmogonia*, entendendo que era algo em vão. Foi em seguida porteiro da mesma universidade em que recebeu o título de doutor em filosofia pelo seu excelente trabalho sobre a cosmogonia comparada de povos antigos; estudou matemática por correspondência, trabalhando como ajudante de padeiro, depois como vendedor de água; nenhuma das pessoas com as quais se encontrava ouviu dele uma única palavra a respeito da *Nova Cosmogonia*. Era retraído e, dizem, rigoroso e intransigente com as pessoas mais próximas e consigo mesmo. E foi justamente a intransigência com que pronunciava as mais indecentes opiniões sobre ciência e fé ao mesmo tempo, essa mega heresia, essas suas blasfêmias universais resultantes da coragem intelectual, que deveriam afastar dele todos os leitores. Suponho que ele tenha aceitado a proposta do editor inglês assim como um náufrago em uma ilha deserta lança nas ondas do mar uma garrafa com mensagem dentro; quis deixar a marca do seu pensamento porque sabia que estava certo.

Portanto, mesmo mutilada pela tradução tão ruim e pelos cortes insensatos, a *Nova Cosmogonia* é uma obra incrível.

Archeropoulos demoliu tudo, absolutamente tudo que a ciência e a fé haviam produzido ao longo dos séculos; ele forjou seu deserto coberto de destroços dos conceitos que havia desmanchado a fim de começar o trabalho do zero, ou seja, construir o Cosmos de novo. Um espetáculo assim terrível provoca reações defensivas: o autor deve ser visto como louco ou ignorante. Seus títulos científicos são questionados. E quem o rejeitava, recuperava dessa forma o equilíbrio do espírito. Entre mim e todos os outros leitores da *Nova Cosmogonia*, houve apenas uma diferença: não consegui rejeitá-lo, não pude fazer isso. Quem não rejeita esse livro na íntegra, da primeira à última letra, está perdido, nunca mais irá livrar-se dele. De um meio termo de tal situação nem se fala: se o autor não é louco nem ignorante, ele só pode ser um gênio.

Não é fácil aceitar uma diagnose desse tipo! O texto muda constantemente aos olhos do leitor: não é difícil perceber que a matriz do embate conflituoso, portanto do Jogo, é um esqueleto formal de toda a fé religiosa, não desprovida completamente dos elementos maniqueístas, pois, perguntamos, onde há religiões livres dos seus resíduos. Sou matemático de profissão e por amor; tornei-me físico por causa de Acheropoulos. Tenho certeza de que, se não fosse ele, minhas relações com a física seriam sempre fortuitas e casuais. Ele me converteu, posso até citar o trecho da *Nova Cosmogonia* responsável por isso. Trata-se do parágrafo décimo sétimo do capítulo sexto, que fala do espanto dos Newtons, Einsteins, Jeanses, Eddingtons perante o fato de que as leis da Natureza podem ser captadas matematicamente, de que a matemática, este fruto de puro trabalho lógico do espírito, é capaz de dar conta do Cosmos. Alguns daqueles grandes, como Eddington ou Jeans, achavam que o próprio Criador era matemático, e que encontramos as provas disso na obra da Criação. Acheropoulos diz que a física teórica já passou da fase desse fascínio porque percebeu que os formalismos matemáticos falam do mundo demais e de menos ao mesmo tempo: a matemática é, portanto, uma aproximação à estrutura do Universo que nunca alcança o seu âmago, nunca acerta no alvo, no entanto sempre chega bem próximo. Para nós, esse estado das coisas era transitório, enquanto ele respondia: os físicos não conseguiram criar uma teoria geral do campo, não conseguiram unir os fenômenos do micro e do macromundo, mas isso vai acontecer. Ocorrerá a superposição do mundo e da matemática, mas não porque o aparato matemático irá passar por transformações; nada disso. A superposição virá quando o trabalho de criação chegar ao fim: e ele ainda está em curso. As Leis da Natureza **ainda** não são como "devem" ser; elas podem se tornar assim não graças ao aperfeiçoamento da Matemática, mas graças às transformações adequadas do Universo.

Senhoras e senhores, essa heresia, a maior de todas que encontrei na minha vida, me encantou. Pois o que Acheropoulos diz em seguida nesse capítulo é que a física do *universum* – ou seja, do Cosmos – resulta de sua sociologia. Entretanto, para entender bem algo tão horrendo, é preciso voltar a uma série de questões básicas.

Na história da razão, não há solidão que se iguale à do pensamento de Acheropoulos. A ideia da Nova Cosmogonia extrapola – à revelia das aparências de plágio, de que falei – tanto as ordens de toda a metafísica como de todo o método das ciências naturais. A impressão de lidar com plágio é culpa do leitor: de sua inércia intelectual. Porque um puro instinto nos leva a considerar todo o mundo material sendo subordinado a uma dicotomia lógica: ou foi criado por Alguém (e então, permanecendo no terreno da fé, chamamos este Alguém de Absoluto, Deus, Espírito Criador), ou não foi criado por ninguém, o que significa – se nos ocupamos do mundo como cientistas – que ninguém o criou. Archeropoulos disse: *Tertium Datur*. O mundo não foi criado por Ninguém, porém, foi feito. O Cosmos tem seus Fazedores.

Por que Acheropoulos não teve nenhum antecessor? Seu pensamento básico é bastante simples – e não é verdade que não seria possível articulá-lo antes do surgimento de disciplinas como a teoria do jogo ou como a álgebra das estruturas do conflito. O que constitui seu pensamento fundamental dava para expressar ainda na primeira metade do século XIX, e até antes. Por que então ninguém o fez? Suponho que foi porque a ciência, ao se libertar, naquele tempo, do jugo de dogmas religiosos, contraiu uma espécie de alergia conceitual. Antigamente, a Ciência chocava-se com a Fé, com as consequências conhecidas, muitas vezes terríveis, de que até hoje as Igrejas têm certa vergonha, mesmo que a Ciência lhes tenha silenciosamente perdoado as perseguições do passado. Enfim, chegou-se ao estado de uma cautelosa neutralidade entre a Ciência e a Fé: uma procura não se intrometer na outra. O resultado dessa coexistência, bastante melindrosa, bastante tensa, foi a cegueira da Ciência, que chegou a ignorar o lugar em que a ideia da Nova Cosmogonia estava assentada. É uma ideia estreitamente ligada ao conceito de "intencionalidade", ou seja, conceito indissociável da fé em um Deus pessoal, porque constitui a sua base. Ora, segundo a religião, Deus criou o mundo com um ato da vontade e com um propósito, quer dizer, com um ato intencional. Portanto, a Ciência chegou a declarar este conceito como suspeito e até proibido, de modo que no seu território virou tabu e nem podia ser gaguejado, com risco de cair no pecado mortal de desvio irracional. Esse medo tem obstruído não só as bocas como também os cérebros dos cientistas.

Agora, mais uma vez, comecemos do princípio. No final dos anos setenta do século XX, o segredo do *Silencium Universi* ganhou certa fama. Despertava o interesse de um grande público. Depois das primeiras tentativas de receber os sinais cósmicos (com os trabalhos de Frank Drake em Green Bank), vieram outros projetos – desenvolvidos tanto na URSS, como nos

EUA. Mas o Universo, escutado com os aparelhos eletrônicos mais sutis, persistia no silêncio, repleto apenas do ruído e do estrépito das descargas da energia estelar. O Cosmos revelava a sua morbidez – em todos os seus abismos. A falta de sinais de "Outros" e, ao mesmo tempo, a falta de vestígios dos seus "trabalhos de astro-engenharia", atormentavam a ciência. A biologia chegou a descobrir as condições naturais propícias para o surgimento da vida de matéria morta. Conseguiu-se até realizar a biogênese em condições de laboratório. A astronomia descobriu a frequência da planetogênese, mostrando que muitas estrelas têm famílias planetárias. Assim, as ciências convergiam, afirmando em uma só voz, que a evolução devia ser um fenômeno comum do Universo, e o coroamento da árvore evolutiva pela razão dos seres orgânicos foi considerado a regra da natureza.

As ciências elaboraram então uma imagem do Cosmos habitado, enquanto fatos observacionais negavam consequentemente tais afirmações. Segundo a teoria, a Terra estava rodeada – é verdade que as distâncias eram interstelares – por uma multidão de civilizações. Segundo a prática observacional, em torno de nós só havia um silêncio abismal. Os primeiros pesquisadores desse problema supunham que a média distância entre duas civilizações cósmicas era entre cinquenta e cem anos luz, mas depois essa distância foi hipoteticamente ampliada até mil. Nos anos 1970, a radioastronomia avançou a ponto de ter sido possível procurar sinais vindos de dezenas de mil anos luz, no entanto, também dali dava para ouvir apenas o som dos incêndios estelares. Durante dezessete anos de escutas ininterruptas não foi detectado nenhum sinal, nenhum signo que fornecesse bases para a suposição de que esses sinais e signos teriam sido originados por um ato racional.

Acheropoulos disse então a si mesmo: com certeza os fatos são verdadeiros porque são eles que constituem o alicerce do conhecimento. Seria possível que todas as teorias de todas as ciências fossem falsas, que a química orgânica, a bioquímica das sínteses, a biologia teórica junto da evolucional, a planetologia, a astrofísica, todas elas estivessem erradas? Não: nem todas, nem tão erradas. Portanto, os fatos que enxergamos (ou que não enxergamos), pelo visto não contradizem as teorias. É preciso fazer uma nova reinterpretação do conjunto de dados e do conjunto de generalizações. E foi essa síntese que Acheropoulos se disponibilizou a fazer.

Ao longo do século XX, a ciência terrestre precisou revisar várias vezes a idade do Cosmos e suas dimensões. As mudanças seguiam sempre a mesma direção: subestimando a idade e as dimensões do Universo. Quando Acheropoulos começava a escrever a *Nova Cosmogonia*, a idade do Universo era estimada em pelo menos doze bilhões de anos, e suas dimensões visíveis, entre dez e doze bilhões de anos luz. A idade do sistema solar é de aproximadamente cinco bilhões de anos, portanto, ele não pertence à primeira geração das estrelas geradas pelo Universo. A primeira geração apareceu bem antes, justamente há cerca de doze bilhões de anos. O segredo está no intervalo de tempo que separa o surgimento daquela primeira geração do surgimento das sucessivas gerações de estrelas.

Aconteceu, então, algo tanto estranho como engraçado. Ninguém podia imaginar, nem nos mais ousados devaneios, como seria, com que se ocuparia, quais objetivos poderia perseguir uma civilização em desenvolvimento há **bilhões** de anos (tão mais velhas que a civilização da Terra devem ser as civilizações da "primeira geração"). E o que ninguém era capaz de imaginar, foi completamente ignorado como algo muito incômodo. De fato, nenhum dos pesquisadores do problema dos psicozoicos cósmicos escreveu sequer uma palavra sobre civilizações tão longevas. Os mais corajosos às vezes diziam que talvez os quasares e os pulsares resultassem dos trabalhos das mais poderosas civilizações cósmicas. No entanto, um simples cálculo mostrava que se a Terra se desenvolvesse com a velocidade atual, poderia alcançar níveis de trabalhos de "astroengenharia" bem extremos no decorrer de **alguns milhares** de anos vindouros. Mas o que existiria depois? O que pode fazer uma civilização que dura **milhões** de vezes mais? Os astrofísicos que se ocupam das questões desse tipo declaram que tais civilizações não fazem nada, porque não existem. O que aconteceu com elas? Um astrônomo alemão, Sebastian von Hoerner, sustentava que todas cometeram suicídio. É o que deve ter acontecido se não se pode vê-las em lugar nenhum! De modo algum, respondeu Acheropoulos: não se pode vê-las em lugar nenhum? Somos nós que não as enxergamos, porque elas **já estão presentes em todo lugar**. Quer dizer, não são elas, mas os frutos da sua atividade. Há doze bilhões de anos, sim, o espaço ainda não tinha vida, e os primeiros germes da vida começaram a nascer nos planetas da primeira geração estelar. Porém, passados alguns éons, nada permaneceu daqueles primórdios cósmicos. Se considerarmos como "artificial" o que foi transformado pela Razão atuante, o Cosmos inteiro que nos rodeia já **é artificial**. Uma heresia tão ousada gera imediatamente protestos, pois sabemos bem como são os objetos "artificias" produzidos pela Razão ocupada de robôs instrumentais! Onde estão os veículos e os Moloques automáticos, onde estão as tecnologias titânicas dos seres que deveriam nos cercar e constituir o céu estrelado? Esse é o erro que vem da inércia do pensamento, porque só a civilização em fase embrionária – como a terrestre – precisa, segundo Acheropoulos, das técnicas instrumentais. A civilização de bilhões de anos não usa nenhuma delas. Seu instrumento é o que nós chamamos de Lei da Natureza. A própria Física é a "máquina" dessas civilizações. E não é uma "máquina pronta", nada disso. Essa "máquina" (obviamente sem nada em comum com as máquinas mecânicas) está sendo criada há bilhões de anos, e a sua construção, embora muito avançada, ainda não terminou!

O atrevimento dessa blasfêmia, sua horripilante rebeldia, faz o livro de Acheropoulos cair das mãos do leitor – o que deve ter ocorrido, com certeza, várias vezes. E trata-se apenas do primeiro passo na trajetória das apostasias do autor, o maior heresiarca na história da ciência.

Acheropoulos anula a diferença entre "o natural" (produto da Natureza) e "o artificial" (produto da técnica), chegando a abolir a diferença absoluta entre a Lei Estabelecida (jurídica) e a Lei da Natureza. Ele não concorda com a ideia de que a divisão dos objetos em artificiais e naturais de origem seja uma propriedade objetiva do mundo, considerando tal ideia uma aberração primária do pensamento, provocada pelo efeito que denomina "fechamento do horizonte conceitual".

O homem espreita a natureza – diz ele – e com ela aprende como agir; espreita a queda dos corpos, os trovões, os processos de queima. A natureza sempre é a Professora, e ele, o Aluno; depois de um tempo, o homem chega a imitar até os processos do próprio corpo. Recebe dele aulas particulares de biologia, mas, mesmo assim, como o homem das cavernas considera a Natureza o limite das soluções possíveis, supõe que um dia, talvez, possa quase alcançar a Natureza em perfeição dos seus atos, porém este já será o fim do caminho. Seguir além é impossível, porque o que existe como os átomos, os sóis, os corpos dos animais, o seu cérebro, é insuperável em sua construção *ad aeternum*. O natural, portanto, é o limite da sequência dos trabalhos que o repetem e modificam "artificialmente".

Eis o erro de perspectiva, diz Acheropoulos, ou seja, "o fechamento do horizonte conceitual". A própria concepção de "perfeição da Natureza" é ilusória, assim como é ilusória a imagem dos trilhos que se juntam no horizonte. A Natureza pode ser alterada em tudo, desde que se disponha, obviamente, de um devido conhecimento para isso; é possível manejar os átomos e, em seguida, alterar até as propriedades dos átomos; porém, melhor é não perguntar, nessa ocasião, se o resultado "artificial" desses trabalhos será "mais perfeito" do que era até então o "natural". Será simplesmente Outro – segundo o plano e a intenção das Partes Atuantes; será "melhor", ou seja, "mais perfeito", porque construído conforme a intenção da Razão. Mas que "superioridade absoluta" poderia representar a matéria cósmica após a sua reconstrução total? São possíveis "diversas Naturezas", "vários Cosmos", mas só um chegou a se concretizar, o que nos tem gerado, em que existimos; é tudo. As chamadas "Leis da Natureza" são intocáveis só para uma civilização "embrionária" como a nossa. Segundo Acheropoulos, o caminho leva do estágio em que se descobre as Leis da Natureza até o estágio em que se pode estabelecer tais leis.

Foi o que sucedeu – e continua sucedendo – há bilhões de anos. O Cosmos atual já não é um campo de jogo das forças elementares, intocadas, gerando e destruindo cegamente os sóis e seus sistemas; nada disso. Já não há como distinguir no Cosmos o que é "natural" (primordial) do que é "artificial" (transformado). Quem executou esses trabalhos cosmogônicos? A primeira geração da civilização. Como? Não sabemos: o nosso conhecimento é ínfimo demais. Como, então, e de onde é possível conseguir informações que nos indiquem que essas coisas sejam justamente assim?

Se as primeiras civilizações – responde Acheropoulos – fossem desde o princípio livres em seus atos, como foi livre, no imaginário das religiões, o Criador do Cosmos, nunca seríamos capazes de reconhecer os fenômenos da transformação ocorrida. Porque, segundo as religiões, Deus criou o mundo com um puro ato intencional, numa liberdade total; mas a situação da Razão foi outra; as civilizações surgiram limitadas pelas propriedades da matéria primordial que as tem gerado e condicionado os seus sucessivos atos; pelo comportamento dessas Civilizações podemos conhecer, indiretamente, as condições de partida da

Cosmogonia Psicofísica. A tarefa não é fácil, porque o que quer que tenha acontecido, as Civilizações não saíram inalteradas dos trabalhos de transformação do Universo; fazendo parte dele, não podiam alterá-lo sem alterar a si próprias. Acheropoulos se serve do seguinte modelo explicativo: quando em um nutriente de ágar assentamos colônias de bactérias, logo no início é possível ver a diferença entre um ágar de partida (o "natural") e aquelas colônias. Porém, no decorrer do tempo, os processos vitais das bactérias alteram o meio ambiente de ágar, introduzindo nele algumas substâncias e absorvendo outras, e assim a composição dos nutrientes, a sua acidez, a sua consistência, sofre alterações. E quando, em consequência dessas alterações, o ágar – presenteado com os novos quimismos – provocar o surgimento de novas espécies de bactérias, alteradas e não parecidas com as gerações genitoras, tais novas espécies serão simplesmente resultado de um "jogo bioquímico" que transcorria ao mesmo tempo entre todas as colônias e a base de nutrientes. Essas espécies tardias de bactérias não teriam surgido se as espécies anteriores não tivessem transformado o meio ambiente; portanto, as tardias são o resultado do próprio jogo. As colônias singulares não precisam de modo algum ter contatos diretos entre si; elas se influenciam, no entanto, só através da osmose, da difusão, das deslocações do equilíbrio ácido-alcalino nos nutrientes. Pelo visto, o jogo inicial tende a desaparecer, uma vez que vem a ser substituído pelas formas de competição novas, antes inexistentes. Agora substituam ágar por Cosmos, as bactérias por Pré-civilizações, e receberão a imagem simplificada da Nova Cosmogonia.

O que eu disse até agora é, do ponto de vista do conhecimento acumulado ao longo dos séculos, totalmente absurdo. Porém, nada pode nos proibir os experimentos de raciocínio a partir de qualquer princípio, desde que não sejam logicamente contraditórios. Quando então admitimos a imagem do Cosmos-Jogo, surge uma série de perguntas às quais é preciso darmos respostas que não sejam contraditórias. Por exemplo, ocorrem sobretudo perguntas acerca do estado inicial, como a que segue: podemos afirmar alguma coisa a seu respeito, chegar com o nosso raciocínio às condições de partida do Jogo? Acheropoulos achava que era possível. Para que pudesse começar o Jogo, o Pré-Cosmos devia ter certas propriedades. Por exemplo, devia propiciar o surgimento das primeiras civilizações: portanto, ele não era um caos físico, mas apresentava algumas regularidades.

No entanto, tais regularidades não precisavam ser universais, ou seja, iguais em todo lugar. O Pré-Cosmos talvez não tenha sido fisicamente homogêneo, podia ser uma mistura de físicas multiformes, não idênticas nem igualmente definidas em cada lugar (os processos que ocorrem sob a jurisdição da física indefinida não são sempre iguais no seu percurso, embora as suas condições de partida possam ser análogas). Acheropoulos supunha que o Pré-Cosmos era justamente "malhado" fisicamente dessa forma, e que as civilizações poderiam ter surgido só em poucos lugares do seu espaço, bem distantes entre si. Acheropoulos imaginava o Pré-Cosmos como um favo de mel; o que no favo são os alvéolos, no Pré-Cosmos seriam as regiões da física temporariamente estabilizada, mas diferente da física das regiões vizinhas. Cada civilização, ao evoluir num isolamento desse tipo, separada das outras, podia se achar sozinha em todo Universo, e, acumulando energia e conhecimento, procurar conferir às suas proximidades (num raio crescente) uma espécie de estabilidade. Se fosse bem-sucedida, depois de muito tempo, tal civilização começaria a entrar em contato – por meio dos seus trabalhos centrífugos – com os fenômenos que já não eram só uma natural espontaneidade do espaço-tempo circundante, mas manifestações dos trabalhos de outra civilização. É assim que, segundo ele, terminava a primeira fase do Jogo, a fase preliminar. As civilizações não se contatavam diretamente, mas sempre havia contato quando a física estabelecida por uma, ao se expandir, encontrava as físicas das civilizações vizinhas. Essas físicas não podiam interpenetrar-se sem colidir, porque não eram idênticas; e não eram idênticas porque também não eram assim as condições de partida da vida de cada uma das civilizações. Certamente, supunha Acheropoulos, durante um bom tempo cada uma das civilizações não fazia ideia de que já não penetrava com seus trabalhos no elemento material totalmente neutro, mas que estava em contato com as esferas dos trabalhos das outras civilizações iniciados intencionalmente. Foi gradual o entendimento desse estado de coisas e, certamente, as civilizações não o alcançavam ao mesmo tempo, o que levou à segunda fase do Jogo. Para justificar essa hipótese, Acheropoulos apresenta, em sua *Nova Cosmogonia*, uma série de cenas imaginárias ilustrando aquela época cósmica, em que as Físicas, diferentes em suas leis fundamentais, se chocavam, provocando, em suas linhas de frente, erupções e incêndios gigantescos, pois neles, em aniquilações e transformações de várias espécies, liberavam-se enormes quantidades de energia. Deviam ser erupções tão poderosas, que o seu eco até hoje vibra no Universo – como a chamada radiação residual, que a astrofísica havia detectado nos anos 1960, supondo que eram resquícios das ondas de choque provocadas pelo surgimento explosivo do Cosmos a partir do seu minúsculo embrião. Naquele tempo, tal modelo explosivo da criação foi considerado verossímil por muitos. Porém, passados os éons, as civilizações, cada uma por sua conta, chegaram a perceber que estavam em Jogo antagônico não com o elemento da Natureza, mas – sem saber – com outras civilizações; o que então definiu suas próximas estratégias foi a incomunicabilidade, a falta de conexão com os outros, porque não há como transmitir qualquer informação do campo de uma Física para o campo de outra.

Cada uma devia então agir individualmente; a continuação da tática anterior seria inútil ou até catastrófica; em vez de desperdiçar as forças em choques frontais, era preciso se unir, mas sem qualquer acordo preliminar. Tais decisões, de novo tomadas de modo não simultâneo, levaram, enfim, à passagem do Jogo para a terceira fase que continua até hoje. Por isso praticamente todo o conjunto dos psicozoicos do Universo faz um jogo ao mesmo tempo solidarístico e normativista. Os membros desse conjunto se comportam como as tripulações de navios, que durante a tempestade, derramam óleo nas ondas furiosas; embora não consultem esse procedimento uns com os outros, é sabido que será vantajoso para todos. Portanto, cada jogador procede conforme a estratégia minimax: altera as condições existentes de modo a maximizar os ganhos comuns e minimizar as perdas. Por isso, o Cosmos atual é homogêneo e isotrópico (regido pelas mesmas leis e sem direcionamentos privilegiados). As propriedades do Universo descobertas por Einstein resultam de decisões tomadas em separado, mas idênticas devido à situação idêntica dos jogadores, embora idêntica fosse a sua situação **estratégica** inicial e não necessariamente a situação **física**. Não foi a Física homogênea que produziu a estratégia do Jogo. Aconteceu o contrário: a homogênea estratégia minimax produziu uma única Física. *Id fecit Universum, cui prodest*.

Senhoras e senhores, conforme o nosso conhecimento mais avançado, a visão de Acheropoulos corresponde à realidade, embora não esteja livre de uma série de simplificações e erros. Acheropoulos supunha que dentro das diferentes Físicas pode surgir o mesmo tipo de lógica. Porque se a civilização A1, gerada no "casulo cósmico" A, tivesse lógica diferente da da civilização B1, nascida no "casulo" B, as duas não poderiam se servir da mesma estratégia, e, portanto, homogeneizar as suas físicas. Supunha então que as físicas não idênticas podem levar ao surgimento de uma lógica única, pois não sabia explicar do outro modo o que havia sucedido no Cosmos. Nessa intuição há uma semente de verdade, mas a questão é mais complicada do que ele achava. Herdamos dele um programa que exige a reconstrução da estratégia do Jogo por meio da execução de uma "tarefa inversa", porque, partindo da Física atual, procuramos chegar ao que, em função das decisões dos Jogadores, a tem originado. Essa tarefa é dificultada pelo fato de que não é possível imaginar o decurso do acontecimento como uma sequência linear: como se o Pré-Cosmos tivesse determinado o Jogo que, por sua vez, determinasse a Física atual. Quem altera a Física, altera a si mesmo, ou seja, cria retroalimentação entre as transformações do meio e a autotransformação.

Esse principal perigo do Jogo provocou uma série de manobras **táticas** dos Jogadores, porque eles não podiam ignorá-lo. Eles pretendiam fazer transformações que não fossem universalmente radicais, ou seja, para evitar o relativismo generalizado, fabricaram uma Física **hierárquica**. A Física hierárquica é "não total": por exemplo, não há dúvida que a **mecânica** permaneceria intocada mesmo se a matéria em seu estrato atômico não tivesse propriedades quânticas. Isso quer dizer que cada um dos "níveis" da realidade tem autonomia limitada, ou seja, nem todas as leis de um dado nível precisam permanecer para que em cima dele possa surgir um nível subsequente. Portanto, a Física pode ser mudada "aos poucos" e não é cada mudança de um grupo das leis que equivale à mudança de toda a física em todos os níveis dos fenômenos. Esses tipos de problemas enfrentados pelos Jogadores tornam simples e bela a visão do Jogo desenhada por Acheropoulos, como história em três fases, simplesmente improvável. Ele presumia que o "ajuste" das diferentes Físicas no decorrer do Jogo devia aniquilar uma parte dos Jogadores, uma vez que nem todos os estados de partida podiam ser uniformizados. De modo algum a intenção de aniquilamento dos Parceiros situados em desvantagem devia patrocinar as ações dos outros Jogadores. Foi um puro acaso que decidiu quem devia permanecer e quem devia sumir, era o acaso que brindava as diversas civilizações com diferentes ambientes – conforme o princípio da sorte.

Acheropoulos supunha que os últimos incêndios daquelas terríveis "lutas", em que houve colisões de Físicas diferentes, podemos ainda observar em forma de quasares que emitem energia na faixa de 10^{63} ergs, energia que nenhum dos conhecidos processos físicos pode liberar num espaço relativamente tão pequeno, que é ocupado pelo quasar. Ele pensou que, ao observar os quasares, avistamos o que aconteceu em cinco ou seis bilhões de anos, na segunda fase do Jogo, porque é justamente o tempo que leva a luz dos quasares para chegar até nós. Em relação a essas hipóteses, ele estava enganado. Consideramos os quasares como fenômenos de outra ordem. É preciso entender que Acheropoulos não dispunha de dados que pudessem permitir-lhe fazer uma revisão de tais ideias. É impossível fazermos uma reconstrução completa da estratégia inicial dos Jogadores. Conseguimos praticar a retrospeção só até o ponto em que os Jogadores atuaram mais ou menos como hoje. Supondo que o Jogo tivesse tido pontos críticos que forçassem a mudança radical da estratégia, a retrospecção já não poderia ir recuando para além do primeiro destes pontos. Portanto, não somos capazes de saber nada de certo sobre o Pré-Cosmos que gerou o Jogo.

Todavia, quando observamos o Cosmos presente, percebemos nele os principais cânones da estratégia (encarnados na sua estrutura) de que se servem os Jogadores. O Cosmos se expande permanentemente; o limite da sua velocidade é a barreira da luz; as leis da sua Física são simétricas, mas não é uma simetria perfeita; ele é construído de modo "coagulante e hierárquico", como composto de estrelas que se juntam em grupos que, em seguida, constituem Galáxias agrupadas em condensações locais, e, finalmente, todas essas condensações constituem a Metagaláxia. Além disso, o tempo do Cosmos é completamente assimétrico. São esses os traços fundamentais da construção do Universo: para cada um deles encontramos uma explicação exaustiva na estrutura do Jogo Cosmogônico, o Jogo que nos permite ao mesmo tempo entender por que um dos seus principais cânones deve ser a observação do *Silentium Universi*. Aí vem a questão: por que o Cosmos é organizado justamente assim? Os Jogadores sabem que no decorrer da evolução estelar surgem novos planetas e novas civilizações, e por isso cuidam para que os candidatos a futuros Jogadores, ou seja, as civilizações jovens, não possam perturbar o equilíbrio do Jogo. Por isso o Cosmos se expande: porque somente num Cosmos como esse, mesmo com as novas civilizações que nele surgem continuamente, a distância que as separa mantém um valor constante.

Mesmo num Cosmos em expansão, como o que acabamos de mencionar, poderia acontecer um acordo levando a um "complô", a uma coalizão local dos novos Jogadores, se ele não tivesse embutido em si uma barreira da velocidade de ações à distância. Imaginemos um Cosmos com a Física que permite o aumento da velocidade de propagação das ações proporcional à energia investida. Num Cosmos dessa espécie, aquele que dispusesse de uma energia cinco vezes maior que todos os outros, poderia conseguir as informações sobre a situação desses outros cinco vezes mais rápido, e com a mesma superioridade aplicar-lhes os golpes. Um Cosmos com essas características cria chance de monopólio de poder sobre a sua Física e sobre todos os outros parceiros do Jogo. Um Cosmos desse tipo encoraja a emulação, a concorrência energética, o crescimento em poder. E então, para ultrapassar no Cosmos real a velocidade da luz, é preciso dispor de uma energia infinitamente grande: em outras palavras, não há como furar uma barreira como essa.

Portanto, o crescimento em potência energética nele não vale a pena. É semelhante à motivação da assimetria de passagem do tempo. Se o tempo fosse reversível, e se sua reversão fosse possível graças a um investimento adequado de meios e de potência, daria para, de novo, dominar os parceiros, dessa vez graças à chance de anulação de cada um dos seus movimentos. Assim, tanto um Cosmos que não se expande quanto um Cosmos sem a barreira de velocidade e, finalmente, um Cosmos com o tempo reversível, não permitem uma plena estabilização do Jogo. Entretanto, ele precisava ser estabilizado **normativamente**: é para isso que servem os movimentos dos Jogadores, incorporados na estrutura da matéria. Pois não há dúvida de que o impedimento de qualquer perturbação ou agressão por meio da **Física estabelecida**, é um meio bem mais seguro e radical do que todos os outros modos de segurança (por exemplo, por meio das **leis vigentes**, ameaças, supervisão, coerção, restrições ou penalidades).

Consequentemente, o Cosmos é um **ecrã que absorve** todos os que alcançaram o nível do Jogo para poder dele participar com plenos direitos; porque encontram regras a que devem se submeter. Os jogadores impossibilitaram a ligação semântica entre si porque se comunicam com métodos que impossibilitam a transgressão das regras do Jogo: só a unificação estabelecida da Física comprova a sua concordância. Os Jogadores frustraram uma eficiente comunicação semântica, porque criaram e consolidaram distâncias tais entre si, **que o tempo** necessário para conseguir uma informação importante sobre o estado dos outros Jogadores é sempre maior do que a validade da tática atual do jogo. Portanto, se um deles conseguir "conversar" com os Parceiros vizinhos, vai sempre receber notícias já desatualizadas no momento do seu recebimento. Então, no Cosmos não existe nenhuma possibilidade de surgimento de agrupamentos antagônicos de conspiração e de formação de centros de poder local, de coalizões, de complôs etc. Por isso os Jogadores não se comunicam: **eles mesmos tornaram a comunicação impossível**. Esse foi um dos cânones de estabilização do Jogo – e também da Cosmogonia. Eis a explicação de uma parte do enigma do *Silentium Universi*. Não podemos escutar as conversas dos Jogadores, porque estão calados conforme o cálculo estratégico. Acheropoulos conseguiu adivinhar esse estado de coisas. Uma antecipação de acusações que podem ser provocadas por essa visão do Jogo está presente na *Nova Cosmogonia*, e atesta a honestidade do cientista. Elas chamam a atenção a uma desproporção monstruosa entre o esforço de bilhões de anos, supostamente investidos na reconstrução de todo o Universo, e os efeitos dessa reconstrução, que tem por objetivo a **pacificação** do Universo – com a Física nele embutida. Como é – diz um crítico por ele imaginado – que os bilhões de anos de desenvolvimento da cultura ainda não bastam a sociedades tão incrivelmente longevas para que elas espontaneamente desistam de todas as formas de agressão, de modo que a *Pax Cosmica* ainda precisa ser garantida pelas Leis da Natureza transformadas de propósito para este fim? Então o esforço medido em energias que propulsionam milhões de galáxias ao mesmo tempo não tem outra finalidade a não ser o estabelecimento de **barreiras e restrições** da ação bélica? Acheropoulos respondia: esse tipo de Física, que pacificou o Cosmos, foi uma necessidade nos primórdios do Jogo, porque só uma única estratégia podia uniformizar o universo fisicamente; do contrário, o caos dos cataclismos cegos devoraria os seus imensos domínios. As condições da existência no Pré-Cosmos eram bem mais severas do que hoje. A vida podia surgir nele como exceção e por sorte nascia, por sorte nele morria. A Metagaláxia em expansão, o seu assimétrico passar do tempo, a sua hierarquia estrutural – tudo isso devia ser preliminarmente determinado; existiu uma ordem mínima, indispensável para a formação do campo dos trabalhos subsequentes.

Acheropoulos entendia que se esta fase de transformações constituía a história do ser, os Jogadores deveriam visar alguns novos objetivos a longo alcance, e então ele quis conhecê-los. Infelizmente, não conseguiu. Aqui tocamos numa rachadura escondida em seu sistema. Acheropoulos tentava apreender o Jogo não por meio da reconstrução da sua estrutura formal, ou seja, logicamente, e sim colocando-se na situação dos Jogadores, isto é, psicologicamente. Porém o ser humano não é capaz de alcançar a sua psicologia, assim como o seu código ético; faltam-lhe os dados; não podemos saber o que pensam, o que sentem e o que desejam os Jogadores, assim como não é possível construir uma Física imaginando o que significa "existir enquanto elétron".

A imanência do ser do Jogador para nós é tão inalcançável quanto a imanência do ser do elétron. O fato de o elétron constituir uma partícula morta dos processos da matéria, e o Jogador representar um ser racional, supostamente como nós, não tem maior importância. Falo da rachadura no sistema de Acheropoulos uma vez que ele claramente afirma, numa parte da sua *Nova Cosmogonia*, que não há como reconstruir os motivos dos Jogadores através da introspecção. Ele sabia disso, no entanto, sucumbiu ao sistema de pensamento que o tinha formado, porque o filósofo primeiro quer entender e só depois generalizar; para mim, desde o início estava claro que não é possível criar a imagem do Jogo dessa maneira. Uma visão compreensiva supõe um olhar de fora para a totalidade do jogo, ou seja, um ponto de observação que não existe e nunca existirá. Os atos intencionais de modo algum precisam ser identificados com a motivação psicológica. A ética dos Jogadores não deve ser levada em conta pelo analista do Jogo, assim como a ética pessoal dos chefes militares não precisa ser tomada em consideração pelo historiador das batalhas, estudioso da lógica estratégica dos deslocamentos das frentes durante a guerra. A imagem do Jogo é uma estrutura decisória condicionada pelo estado do Jogo e estado do meio, e não uma resultante dos códigos de valores individuais, das vontades, dos desejos ou das normas, professados por cada um dos Jogadores. O fato de jogarem o mesmo Jogo, não significa que sob todos os pontos de vista devem parecer uns com os outros! Podem até parecer, mas do mesmo que o homem tem semelhanças com a máquina com a qual joga xadrez. Portanto, não é impossível que existam os Jogadores, mortos no sentido biológico, produtos da evolução não biológica, assim como os Jogadores produtos sintéticos da evolução iniciada artificialmente – mas a discussão sobre as qualidades dessas evoluções não tem direito de entrar no terreno da teoria dos Jogadores.

O dilema mais pesado de Acheropoulos foi o *Silentium Universi*. Geralmente são conhecidas suas duas leis. A primeira diz que nenhuma civilização inferior pode descobrir os Jogadores, porque além de estarem calados, seu comportamento em nada se diferencia do pano de fundo cósmico, porque ele é **justamente esse pano de fundo**.

A segunda lei de Acheropoulos diz que os Jogadores não se dirigem às civilizações mais jovens, enviando mensagens com oferta de ajuda ou proteção, porque não sabem o endereço delas, e sem o endereço não as querem enviar. Para enviar informação a um determinado endereço, é preciso reconhecer primeiro o estado em que se encontra o destinatário, mas é justamente o que impede o primeiro princípio do Jogo que estabelece a barreira de ação espaço-temporal. Sabemos bem que toda informação obtida acerca de uma outra civilização só pode ser, no momento de seu recebimento, um anacronismo completo. Ao estabelecer suas barreiras, os Jogadores tornaram impossível para si mesmos o reconhecimento da situação das outras civilizações. E a emissão de comunicados sem endereço do destinatário traz sempre mais prejuízo do que proveito. É o que Acheropoulos comprova na base dos seus experimentos. Ele preparava duas sequências de folhas; numa colocava as mais recentes descobertas da ciência nos anos 1960, na outra, as datas do calendário histórico de um século (1860-1960). Em seguida, sorteava os pares de folhas. Um puro acaso associava as descobertas com as datas, o que devia imitar a emissão dos comunicados sem o endereço do destinatário. De fato, uma emissão desse tipo raramente pode ter valor positivo para o receptor. Geralmente o comunicado recebido fica incompreensível (a teoria da relatividade em 1860), ou inútil (a teoria do laser em 1878), ou até prejudicial (a teoria da energia nuclear no ano de 1939). Então, os Jogadores ficam em silêncio porque – segundo Acheropoulos – desejam o bem das civilizações mais jovens.

Tal argumentação recorre então à ética. Só por isso já não é infalível. O teorema de que a civilização quanto mais desenvolvida instrumental e cientificamente tanto mais deve ser perfeita eticamente é introduzido de repente, do exterior, na teoria do Jogo. A teoria do Jogo Cosmogônico não pode ser construída assim; ou *Silentium Universi* resulta inevitavelmente da estrutura do Jogo, ou a própria existência do Jogo deve ser colocada em dúvida. As hipóteses *ad hoc* não podem salvar a sua veracidade.

Acheropoulos sabia disso e esse problema o afligia mais que todo o esquecimento que havia experimentado. Por isso, à "hipótese moral" ele acrescenta outras, porém, nenhuma quantidade de hipóteses fracas pode substituir uma só hipótese forte. Neste momento, preciso falar de mim mesmo. O que fiz como continuador de Acheropoulos? Minha teoria resultou da Física, e em Física é que se transforma – embora ela própria não pertença à Física. Obviamente, se desta Física resultasse apenas a Física da qual ela por mim foi derivada, seria apenas um insignificante jogo de tautologia.

Até agora, o Físico se comportava como um homem que observa os movimentos no tabuleiro de xadrez, que já sabe os movimentos de cada figura, mas não acha que tais movimentos possam visar alguma finalidade. O Jogo cosmogônico ocorre de modo diferente do que o jogo de xadrez, porque nele mudam as regras, então, as leis do movimento, as figuras e o tabuleiro de xadrez. Por isso, minha teoria não é uma reconstrução do Jogo todo, desde o seu início, mas só da sua última fase. A minha teoria é só um fragmento do todo, é algo como o princípio de gambito reconstruído a partir da observação do jogo de xadrez. Quem conhece o princípio de gambito já sabe que uma figura valiosa é sacrificada para se ganhar depois algo ainda mais valioso, entretanto não precisa saber que o prêmio máximo é o xeque-mate. Da Física de que dispomos, não há como derivar uma estrutura coesa do Jogo, nem uma parte sua. Só depois de ter seguido a intuição genial de Acheropoulos, supondo que a Física atual deve ser "completada", consegui reconstruir as regras da partida do jogo em questão. Foi um procedimento herético ao extremo, porque a primeira suposição da ciência é a tese de que o mundo é algo "pronto" e "concluído" em suas leis. Eu, porém, suponho que a Física atual é uma etapa rumo a determinadas transformações.

As chamadas "constantes universais" não são nada constantes. E não é imutável, em particular, a constante de Boltzmann. Quer dizer, mesmo que o estado final de cada ordem inicial no Cosmos seja desordem, a velocidade de crescimento de caos pode depender das alterações provocadas pelos Jogadores. Parece (é apenas uma hipótese, e não uma afirmação deduzida da teoria!) que os Jogadores produziram uma assimetria do tempo por meio de uma operação bastante brutal, "como se tivessem pressa" (em escala cósmica, certamente). A brutalidade consiste no fato de terem tornado o gradiente de crescimento da entropia muito íngreme. Eles serviram-se de uma forte tendência de aumento de inércia para introduzir no Cosmos uma **única ordem**. Embora desde então tudo corra da ordem para a desordem, no total o quadro fica **homogêneo**, sujeito a um **único** princípio e, por isso, geralmente ordenado.

Há muito se sabia que os processos do micromundo são, a princípio, reversíveis. Da teoria resulta uma coisa curiosa: se a energia que a ciência terrestre investe na pesquisa das partículas elementares fosse aumentada 10^{19} vezes, a pesquisa como **descoberta** do estado das coisas iria se transformar em alteração desse estado! Ao invés de conhecermos as leis da Natureza, iríamos deformá-las um pouco.

Esse é um lugar sensível, o calcanhar de Aquiles da Física atual do Universo. O micromundo é hoje o principal canteiro de obras dos Jogadores, que o fizeram instável e que de certo modo administram. Parece-me que uma parte da Física, já consolidada, eles decidiram como que mover nas suas bases de novo. Fazem revisão, acionam leis congeladas faz tempo. Por isso ficam em silêncio, que é "um silêncio estratégico". Não informam aos "estranhos" o que fazem, nem que o Jogo está correndo, pois o conhecimento da existência do Jogo coloca toda a Física numa luz completamente nova. Os Jogadores ficam em silêncio para evitar interferências indesejadas, intervenções, e, certamente, ficarão calados assim até o término dos trabalhos. Quanto tempo dura esse *Silentium Universi?* Não se sabe; podemos supor que pelo menos cem milhões de anos.

Então o Cosmos, encontra-se, com a sua Física, numa encruzilhada. O que pretendem os Jogadores com essa monumental reconstrução? Também não sabemos. A teoria mostra apenas que a constante de Boltzmann diminuirá junto com outras constantes, até adquirir um determinado valor que os Jogadores precisam, mas não sabemos para quê. Assim como quem já entende a ideia de gambito não precisa saber para que serve uma operação desta natureza em toda partida de xadrez. O que ainda vou dizer vai além do último limite do nosso saber. Pois dispomos de um verdadeiro *embarras de richesse*[2] das mais diversas hipóteses produzidas nos últimos anos. O grupo de Brooklyn do professor Bowman é da opinião de que os Jogadores querem fechar a "fenda de reversibilidade dos fenômenos", que ainda

---

[2] Expressão francesa consagrada que exprime uma superabundância de coisas boas que causa confusão justamente por seu excesso. (N. da E.)

"permanece" no seio da matéria, ou seja, na região das partículas elementares. Alguns são da opinião de que o enfraquecimento dos gradientes entrópicos tem por objetivo a melhor adaptação do Cosmos aos fenômenos da vida, e até acham que os Jogadores pretendem "psicologizar" todo o Universo. Na minha opinião, são hipóteses ousadas demais, sobretudo pela sua semelhança com certas ideias antropocêntricas.

A ideia de que o Cosmos inteiro evolui para se tornar uma "única grande Razão", para se "psicologizar", é o *leitmotiv* de muitas filosofias diferentes e de muitas crenças religiosas do passado. O professor Ben Nour escreveu no *Intentional Cosmogony*, que alguns Jogadores mais próximos da Terra (um deles pode estar na Nebulosa de Andrômeda) não sintonizaram suficientemente os seus movimentos, por isso a Terra permanece na região de "oscilação da Física", o que poderia significar que a teoria do Jogo não reflete a tática dos Jogadores na atual etapa, mas somente sua local e bem casual saliência. Um popularizador chegou a afirmar que a Terra ficou na área de "conflito": os dois Jogadores vizinhos entraram em guerra subversiva, por meio de "Ardilosa Alteração das Leis da Física", e assim se explicam as alterações da constante de Boltzmann.

A suposição de que os Jogadores "enfraquecem" a segunda lei da termodinâmica, está hoje muito em voga. Por isso, acho interessante a opinião do acadêmico A. Slysh, que em seu trabalho *Logika i Novaya Kosmogoniya*, chamou a atenção quanto à ambiguidade da interação entre a Física e a Lógica. É muito provável – diz Slysh – que o Cosmos, com a enfraquecida tendência entrópica, produziria sistemas gigantescos de informação que seriam, porém, muito estúpidos. Isso parece provável, conforme trabalhos de alguns jovens matemáticos; eles consideram possível que as alterações da Física, já efetuadas pelos Jogadores, tenham levado às alterações da Matemática, ou, falando mais claro, à transformação da capacidade de construção dos sistemas não contraditórios nas ciências formais. Essa posição não fica distante da tese de que a famosa prova de Gödel[3], apresentada no seu trabalho *Ueber die unentscheidbaren Sätze der formalen Systeme*, que aponta os limites da perfeição alcançáveis em matemática sistêmica, não é válida universalmente, isto é, "para todos os Cosmos possíveis", mas vale apenas para o Cosmos em seu estado atual. (Podemos até dizer que no passado, suponhamos há meio bilhão de anos, a prova de Gödel não poderia ser processada, porque naquele tempo as leis de construção dos sistemas matemáticos eram **diferente**s das de hoje.)

Preciso confessar que embora entenda muito bem os motivos de todos aqueles que agora publicam suas diversas suposições acerca dos objetivos do Jogo, de suas intensões, dos principais valores a que eles talvez estejam apegados etc., ao mesmo tempo me incomoda a falta de precisão ou até o caráter confuso daquelas muitas vezes impensadas suposições. Alguns imaginam hoje o Cosmos como uma casa, que em poucos instantes pode ser remobiliada conforme o gosto dos moradores. Esse tipo de postura em relação às leis da Física, às leis da Natureza, é inadmissível. A velocidade das transformações efetivas é, em escala das nossas vidas, imensamente lenta. Daí, preciso acrescentar, não resulta absolutamente nada em questão da natureza dos Jogadores, por exemplo, da sua suposta longevidade ou até imortalidade. Também quanto a isso nada sabemos. Pode ser que, como já foi escrito, os Jogadores não sejam seres vivos, quer dizer, concebidos biologicamente; pode ser que os integrantes das Primeiras Civilizações em geral, e desde os tempos primordiais, não se ocuparam do Jogo, mas o repassaram a alguns autômatos gigantescos, timoneiros da Cosmogonia. Talvez muitas Protocivilizações que iniciaram o Jogo já não existam mais, e o seu papel seja desempenhado automaticamente pelos sistemas que integram o conjunto dos Parceiros do Jogo. Tudo

---

3 Cf. *A Prova de Gödel*, 2. ed., São Paulo: Perspectiva, 2001. (N. da T.)

isso pode ser verdade, mas acho que a essas questões não teremos respostas daqui a um, nem daqui a cem anos.

Mesmo assim, adquirimos um novo conhecimento. Porém, é comum que o conhecimento revele mais as limitações do nosso trabalho do que o seu poder. Certos teóricos sustentam hoje que os Jogadores, se quisessem, poderiam anular esta limitação da precisão das medições que lhes impõe a relação de indeterminação de Heisenberg. (O doutor John Command apresentou a ideia de que a relação de indeterminação é uma manobra tática, introduzida pelos Jogadores nas mesmas condições que a regra do *Silentium Universi*: para que "ninguém, a não ser um Jogador, possa manipular a Física de modo indesejável".) Mesmo se fosse assim, os Jogadores não podem anular o vínculo existente entre as mudanças da lei da matéria e o funcionamento da mente, porque é da mesma matéria que a mente é construída. A ideia de que haveria condições para se criar uma Lógica ou uma Metalógica válida "para todos os possíveis universos a serem construídos" está errada, **e hoje já conseguiram provar isso**. Pessoalmente, acho que os Jogadores, entendendo muito bem esse estado das coisas, estão com problemas, e, obviamente, não são problemas à altura de nossas capacidades.

Se a consciência de que os Jogadores não são onicientes pode nos inquietar, uma vez que dessa forma percebemos um risco imanente do Jogo Cosmogônico, então uma reflexão dessa espécie ao mesmo tempo aproxima impetuosamente a nossa situação existencial à condição dos Jogadores, porque no Universo ninguém é onipotente. As Civilizações Supremas também são Partes Que-Desconhecem-o-Todo-Até-o-Fim.

Ronald Schuer foi mais longe em formulações de hipóteses ousadas: ele disse, em *Reason-Made Universe: Laws Versus Rules*, que quanto mais os Jogadores estão transformando o Cosmos, mais modificam a si próprios. A mudança leva ao que Schuer chama de "guilhotinação da memória". Porque, de fato, quem se transforma de maneira muito radical, arruína em certa medida a memória do seu passado anterior a essa operação. Os Jogadores, diz Schuer, ao conquistar uma força cosmotransformacional crescente, apagam eles mesmos os rastros do caminho percorrido pelo Cosmos até então. A onipotência em ação leva em seu limite à paralisia da *retrognose*. Ao atribuir ao Cosmos propriedades do berço da Razão, os Jogadores reduzem a força da lei entrópica; em bilhão de anos, perdendo a memória do que aconteceu com eles e antes deles, levam o Cosmos ao estado de que falava Słysz. A liquidação do "freio entrópico" provoca a proliferação explosiva das biosferas; muitas civilizações imaturas entram no Jogo, provocando seu colapso. Sim, a falência do Jogo leva ao caos... daí, passados éons, surge um novo Coletivo de Jogadores... para recomeçar o Jogo. Assim, segundo Schuer, o Jogo é cíclico e por isso a pergunta sobre "o princípio do Universo" não tem nenhum sentido. É uma visão incomum, porém inverossímil. Se **nós** sabemos prever a inevitabilidade do colapso, imaginem que prognósticos serão capazes de fazer os Jogadores.

Senhoras e senhores! Desenhei aqui uma imagem cristalina do Jogo dos Cérebros separados por bilhões de parsecs, escondidos nos turbilhões estelares das nebulosas, para depois turvá-la com uma torrente de obscuridades, suposições contraditórias e hipóteses improváveis. Mas é justamente esse o modo comum de conhecimento. Hoje, a ciência vê o Cosmos como um palimpsesto de Jogos, dotado de memória mais profunda do que pode alcançar a memória de um ou outro Jogador. Tal memória é um conjunto de Leis da Natureza que mantém o Cosmos em movimento uniforme. Olhamos então hoje o Universo como um campo de trabalho de bilhões de anos, estratificando-se em éons, visando objetivos que só em frações minúsculas, mais próximas, somos capazes de captar. É verdadeiro este quadro? Ele não será substituído um dia por um novo, por outro tão radicalmente diverso como radicalmente diverso de todos os modelos históricos é este nosso modelo do Jogo dos Cérebros? Em vez da resposta, citarei as palavras do meu professor Ernst Ahrens. Há muitos anos, quando ainda jovem, me dirigi a ele com os meus primeiros esboços da concepção do Jogo para pedir a sua opinião. Ahrens disse: "Teoria? Teoria mesmo? Talvez não seja uma teoria. A humanidade não se prepara para viajar às estrelas? Então, mesmo que isso não exista, talvez se trate de um projeto, talvez um dia tudo suceda justamente dessa forma!" Com essas palavras – não tão céticas assim! – do meu professor, quero terminar esta palestra. Agradeço aos senhores pela atenção.

Provocação[1]

HORST ASPERNICUS. *Der Völkermord.*
I. *Die Endlösung Als Erlösung.* II. *Fremdkörper Tod.* Göttingen, 1980

Como alguém já disse, foi bom que essa história do genocídio tenha sido escrita por um alemão, porque um autor de outra nacionalidade seria acusado de germanofobia. Eu não acho. Para esse antropólogo, a germanicidade da "solução final da questão judaica" no Terceiro Reich é parte de segunda ordem do processo que não se limita nem aos assassinos alemães, nem às vítimas judias. Os horrores relacionados ao homem contemporâneo já foram escritos inúmeras vezes. Todavia, nosso autor decidiu resolver o problema desse homem de uma vez por todas, derrubando-o de tal modo que nunca mais possa ser erguido. Horst Aspernicus, cujo sobrenome lembra Copernicus, pretendia, como o seu grande antecessor em astronomia, realizar uma revolução em uma antropologia do mal. O leitor julgará, a partir do resumo dos dois volumes do referido trabalho, se ele foi bem-sucedido ou não em seu intento.

    O primeiro volume, como convém a um projeto tão ambicioso, começa com um estudo das relações no mundo animal. O autor se ocupa dos predadores que, a fim de sobreviver, matam por instinto. Ele insiste que o predador, sobretudo o grande,

[1] Título original, Prowokacja; primeira edição Stanisław Lem, *Prowokacja*, Cracóvia: Wydawnictwo Literackie, 1984. Traduzido a partir de Stanisław Lem, *Biblioteka XXI wieku*, Cracóvia: Wydawnictwo Literackie, 2003. (N. da T.)

não mata a não ser para suprir suas necessidades e as dos seus comensais, pois, como se sabe, os predadores de cada espécie têm uma comitiva composta por animais mais fracos, que se aproveitam dos restos abandonados da presa. Os animais não predadores, por sua vez, tornam-se agressivos somente na época do cio. Porém, são raros os casos em que a luta entre machos pela fêmea termina com a morte do rival. A matança gratuita é um fenômeno muito raro entre os animais. Ela é mais frequente entre os animais domesticados.

Com o homem, esse comportamento se dá de modo diferente. Conforme as crônicas, as guerras, desde os tempos mais remotos, resultavam no assassinato em massa dos vencidos. Os motivos para se adotar tal atitude geralmente eram práticos: ao liquidar a prole dos vencidos, os vencedores se preveniam de futura retaliação. Nas culturas antigas, tais massacres eram totalmente públicos, até ostentosos, uma vez que cestos cheios de membros cortados e de genitálias faziam parte da marcha triunfal dos vencedores como prova da vitória. Também na antiguidade ninguém questionava esse direito dos vencedores. Estes matavam os derrotados ou os levavam como escravos, considerados como ganhos materiais.

Aspernicus mostra, com base em vasta documentação, de que maneira sucessivamente eram introduzidas, nas regras de guerra, visíveis restrições nos códigos de cavalaria, embora tais restrições não tenham sido observadas nas guerras civis, uma vez que um adversário interno, vivo, era mais perigoso do que um inimigo externo, o que explica por que os católicos eram mais cruéis ao exterminar os cátaros do que os sarracenos.

As sucessivas restrições levaram, aos poucos, a acordos do tipo da Convenção de Haia, que, em sua essência, dissociavam definitivamente o sucesso bélico do assassinato dos derrotados. O sucesso bélico de modo algum pode levar ao assassinato dos derrotados. Essa dissociação foi vista como um avanço na ética

Provocação

dos conflitos bélicos. Os atos de genocídio também ocorreram nos tempos modernos, mas sem a ostentação arcaica e sem que os assassinos agissem por um interesse bem explícito. E então Aspernicus passa à análise das racionalizações praticadas em épocas diferentes como justificação do genocídio.

No mundo cristianizado, tais racionalizações tornaram-se comuns. Aliás, é preciso acrescentar que nem as expedições colonizadoras, nem a captura de escravos africanos, e, antes, nem a libertação da Terra Santa ou a destruição dos estados dos índios sul-americanos, eram movidos explicitamente pela intenção genocida, uma vez que se tratava de uma busca de mão de obra, uma conversão dos pagãos, uma anexação das terras ultramarinas, e os massacres dos aborígenes significavam a superação de obstáculos a caminho do alvo. No entanto, na cronologia dos genocídios é possível descobrir uma **diminuição dos motivos interesseiros** como peça motivacional em relação à componente de justificativas, ou seja, um crescente predomínio da vantagem espiritual sobre a vantagem material dos algozes. Aspernicus encontra o prenúncio do genocídio hitleriano no massacre dos armênios pelos turcos durante a Primeira Guerra Mundial, que já tinha todas as características do genocídio moderno: não trouxe aos turcos nenhuma vantagem significativa, e, ao mesmo tempo, o massacre foi falsificado em seus motivos e bem ocultado do mundo. Tal exemplo mostra, segundo o autor, que não é o genocídio *tout court* que representa a marca do século xx, porém o assassinato com uma justificativa totalmente falsificada, camuflado, tanto quanto possível, em seu decorrer e em seus efeitos. As vantagens materiais da pilhagem das vítimas até aconteciam, mas geralmente eram mínimas, como no caso dos judeus e alemães: no balanço do Estado alemão, o judeocídio se apresenta como uma perda material e cultural, o que, depois da guerra, ficou comprovado por autores alemães com base em extensa documentação. Ao longo da história, ocorreu então uma inversão da situação de partida: seja militar, seja econômica, a vantagem da prática do genocídio de real passou a ser imaginária, e foi isso que provocou a total necessidade de novas justificações do assassinato. Se essas justificações tivessem ganho a força de argumentos inquestionáveis, as execuções consequentes das sentenças de morte em massa não precisariam ser escondidas do mundo. Mas o fato de terem sido ocultadas por toda parte, significa que não foram suficientemente convincentes nem mesmo para os ativistas do genocídio. Aspernicus considera essa diagnose surpreendente e, ao mesmo tempo, imbatível diante dos fatos. Como mostram os documentos preservados, o hitlerismo observava no genocídio a seguinte gradação: aos povos dizimados, entre os conquistados, como os eslavos, uma parte das execuções foi comunicada publicamente, enquanto os grupos liquidados totalmente, caso de judeus e ciganos, não foram notificadas analogicamente as execuções decorrentes. Quanto mais total foi o assassinato, tanto maior estabeleceu-se o sigilo que o encobria.

Aspernicus investiga o conjunto desses fenômenos com um método de sucessivas penetrações, que devem alcançar os motivos cada vez mais profundos do genocídio. Primeiro ele mostra, no mapa da Europa, um gradiente disposto de Oeste para Leste, passando do polo de segredo ao polo de publicidade, ou, em termos de categorias morais, do assassinato envergonhado ao desavergonhado. O que os alemães praticavam na Europa Ocidental em segredo, lentamente, em escala local e não em massa, no Leste faziam em escala crescente, com violência, sem escrúpulos e cada vez mais abertamente, a começar das fronteiras da Polônia ocupada, ou seja, de General Gouvernement. Quanto mais ao Leste, tanto mais abertamente o genocídio se tornava uma norma para a aplicação imediata: com frequência matavam os judeus no próprio local de sua residência, sem separá-los em guetos e sem transportá-los para campos de extermínio. O autor julga que essa diferenciação prova a hipocrisia dos genocidas, que ficavam constrangidos em fazer no Ocidente o que faziam no Oriente, onde já não se preocupavam em manter as aparências.

O programa da "solução final da questão judaica" escondia no seu germe as diversas variantes da crueldade de intensidade desigual, mas todas com final idêntico. Aspernicus diz com razão que houve uma variante não sangrenta possível e, ao mesmo tempo, do ponto de vista militar e econômico, mais vantajosa para o Terceiro Reich, ou seja, a separação dos sexos e seu isolamento em guetos ou campos. Se em seu comportamento os alemães não consideravam os fatores éticos, deviam ter considerado pelo menos o fator da **própria vantagem**, óbvio nessa variante, uma vez que liberava uma boa parte de trens (em que judeus eram transportados de guetos para campos de extermínio) para as necessidades bélicas, reduzia o número dos destacamentos necessários para exterminação (porque a supervisão dos guetos exigiria forças bem numerosas), diminuindo também os encargos da indústria, que precisava produzir crematórios, moedores de ossos humanos, gás zyklon e outros utensílios genocidas. Os judeus separados morreriam em quarenta anos no máximo, considerando a velocidade em que a população dos guetos definhava de fome, doenças e esgotamento pelo trabalho forçado. A velocidade desse genocídio indireto era conhecida pelo estado-maior do "Endlösung" no início de 1942, e quando as decisões definitivas foram tomadas, esse estado-maior ainda podia contar com a vitória alemã, portanto, nada, a não ser a vontade de assassinato, falava em favor da solução sangrenta.

Como mostram os documentos que nos chegaram, os alemães examinavam também a possibilidade de uso de outros métodos, como por exemplo, a esterilização pela exposição ao raio-X, mas acabaram por decidir pela carnificina. Para a história da Alemanha, declara Aspernicus, para a ponderação da sua culpa, para a política mundial no tempo de pós-guerra, uma ou outra variante do judeocídio não tinha qualquer importância, porque, mesmo sem isso, os crimes de guerra do Terceiro Reich qualificavam-se à pena capital. E não é menor criminoso quem aniquila um povo com a esterilização forçada ou isolamento dos sexos do que quem o assassina. Porém, para a psicossociologia do crime, para a análise da doutrina hitleriana, para a teoria do homem, a diferença é crucial. Himmler justificava o judeocídio perante os seus colaboradores afirmando a necessidade de extermínio dos judeus com a intenção de que nunca mais pudessem ameaçar o Estado alemão. No entanto, se considerarmos uma ameaça desse tipo como possível, a variante de genocídio indireto parece mais econômica do ponto de vista material, tecnológico e organizacional. Himmler mentia aos seus homens, e talvez até a si próprio. Tal questão ficou encoberta pelos acontecimentos posteriores, quando os alemães começaram a sofrer derrotas, quando chegou a hora das retiradas e, ao mesmo tempo, das tentativas de apagamento das provas das execuções em massa por meio da queima dos corpos exumados. Se só naquela época houvesse começado o sangrento genocídio, poder-se-ia acreditar na autenticidade das convicções dos Himmlers e Eichmanns, ou seja, que foi o medo de retaliação dos vencedores que os apressava aos massacres. Como não foi assim, Himmler mentia da mesma forma, igualando os judeus a parasitas a serem liquidados, pois não se mata os parasitas fazendo-os sofrer, com premeditação.

Resumindo, não se tratava apenas de colher as vantagens do crime, mas também de uma satisfação em sua execução. Ainda em 1943, e talvez até depois, Hitler e o seu estado-maior podiam nutrir esperanças na vitória da Alemanha – e o fato é que "ninguém julga os vencedores". Por isso fica muito difícil explicar por que os atos genocidas não receberam uma afirmação plena em seu decorrer, e também é complicado explanar sobre o porquê de documentos estritamente confidenciais terem sido disfarçados por meio de criptônimos do tipo, por exemplo, "Umsiedlung", ou seja, "Deslocamentos", que, na verdade, significava "assassinatos". Aspernicus acha que nesse "bilinguismo" manifesta-se um esforço de induzir a algo não induzível; ou seja, que os alemães deviam ser arianos nobres, os primeiros europeus, vencedores heroicos e, ao mesmo tempo, assassinos de indefesos. Declaravam a primeira situação e praticavam a segunda, e, a partir disso, um dicionário volumoso de renomeações e falsificações tipo "Arbeit macht frei" (o trabalho liberta), "Umsiedlung" (reassentamento) ou mesmo "Endlösung" (solução final) foi criado a fim de exprimir eufemismos do crime. É justamente nessa hipocrisia que se revela, segundo o autor, à revelia das aspirações do hitlerismo, a adesão da Alemanha à cultura cristã, uma vez que foram por ela impregnados a ponto de, apesar da grande vontade de transgredir o Evangelho, não terem sido capazes de fazê-lo até as últimas consequências. No âmbito dessa cultura, diz o autor, mesmo quando tudo já pode ser feito, nem tudo ainda pode ser dito. Não há como negar o impacto da cultura cristã sobre o nazismo, senão os alemães não teriam nenhum freio para chamar os seus atos pelo nome de fato, sem lançar mão de eufemismos. O primeiro volume do trabalho de Horst Aspernicus, intitulado *Die Endlösung als Erlösung* (A Solução Final Como Salvação), contém uma revisão das recentes tentativas de declarar a verdade sobre o genocídio cometido pelo Terceiro Reich como uma falsidade e mentira com que os vencedores se serviram para dar o último golpe na Alemanha derrotada. Entretanto, uma tentativa dessas – a de negação de montes de fotografias documentais, depoimentos, arquivos hitlerianos, amontoados de cabelos das mulheres, próteses dos aleijados mortos, brinquedos das crianças assassinadas, óculos, fogueiras dos crematórios – não seria um sintoma de loucura? Seria possível uma pessoa não louca chamar de falsificação as provas inquestionáveis do crime? Se o problema fosse de caráter psiquiátrico, se os defensores do hitlerismo fossem doidos de verdade, seria dispensável o trabalho de Aspernicus. Ele procurou o resultado de exames feitos por norte-americanos em membros do partido hitleriano daquele país para citar a diagnose dos especialistas, declarando que não se pode negar aos neo-hitleristas a normalidade mental, embora casos de psicopatologia entre eles fossem mais frequentes do que no restante da população. Por isso, o problema não pode ser eliminado como restrito à profilática psiquiátrica, e, portanto, a sua investigação torna-se um dever da filosofia do homem. Nesse ponto, o leitor encontra a diatribe do autor contra alguns filósofos estimados como Heidegger. O nosso autor não censura Heidegger por ter sido membro do partido hitleriano, do qual, aliás, ele saiu logo depois de ter entrado. Como circunstância atenuante, ele coloca o fato de que, nos anos 1930, as consequências genocidas do hitlerismo não eram fáceis de serem reconhecidas. Os erros são perdoáveis se levam à mudança da atitude errada e a ações que essa mudança demanda. Nesse postulado, Aspernicus se considera um minimalista. Ele não sustenta que Heidegger, ou alguém como ele, tenha sido obrigado a fazer declarações em defesa dos perseguidos, e que se deve condená-lo pela insuficiência de coragem: nem todos nascem para ser heróis. A questão é que Heidegger era filósofo. Quem se ocupa da natureza do ser do homem não pode passar ao lado dos crimes hitlerianos em silêncio. Por isso, se Heidegger julgou que esse crime se situava numa ordem do ser "mais baixa", e então tinha caráter somente criminal, incomum apenas por suas dimensões amplificadas pelo poder do Estado, não lhe convinha ocupar-se dele. Justificando que, pelos mesmos motivos, a filosofia não analisa os crimes comuns, pois não situa nas suas prioridades o que é objeto de análise da criminologia. Se foi assim que ele julgou, só podia ser cego ou mentiroso. Se ele não enxerga o significado extracriminal desse crime, é mentalmente cego ou estúpido. Mas, será que um estúpido pode ser chamado de filósofo, mesmo se souber dividir um fio de cabelo em quatro? E se fica calado por hipocrisia, também trai a sua vocação. Em todo caso, torna-se cúmplice do crime, obviamente não do seu planejamento nem da sua execução, pois uma acusação dessas seria uma calúnia arrogante. Ele se torna cúmplice do crime por negligência, porque o degradara, o anulara, o precipitara para a margem distante das questões supostamente mais importantes, designando-lhe um lugar periférico na ordem do ser, se tal lugar realmente ali existisse. Da mesma forma, o médico que vê como irrelevantes os sintomas de uma doença mortal, que a silencia, que negligencia seus sintomas ou consequências, ou é um médico medíocre ou um aliado da doença – e *tertium non datur*. Quem se ocupa da saúde humana, não pode menosprezar uma doença mortal e excluí-la da área de pesquisa, e quem se ocupa do ser do homem, não pode eliminar o genocídio do seu campo de estudo. Justamente o fato de que o homem chamado Heidegger estava sendo acusado de apoiar pessoalmente a doutrina hitleriana, mas a acusação não apontava para suas obras, indiferentes nesse ponto, prova, segundo o autor, um complô dos corresponsáveis pelo crime. Cúmplices são todos aqueles que concordam com a diminuição da gravidade desse crime na ordem da existência humana.

    O hitlerismo recebeu muitas interpretações. O autor de *Genocídio* menciona três delas como mais frequentes: gangsterística, socioeconômica e niilista. A primeira equipara esse genocídio à prática de pilhagem, e foi essa prática que os processos de Nurembergue introduziram no centro da atenção pública, uma vez que, para os tribunais constituídos pelos vencedores, tornou-se mais fácil chegar ao consenso, nos atos acusatórios baseados no procedimento tradicional dos tribunais, em sua classificação dos crimes comuns, uma vez que montes de provas materiais hediondas apontavam, só com a sua existência, para esse caminho. Segundo a interpretação socioeconômica, a fragilidade da República de Weimar, a crise econômica, as tentações a que o grande capital tomado pelo fogo cruzado da direita e esquerda não foi capaz de resistir, representam um conjunto de causas que possibilitaram a Hitler tomar o poder. Finalmente, o nacional-socialismo como niilismo triunfante exercia um verdadeiro fascínio sobre grandes humanistas como Thomas Mann, que nele enxergava uma "segunda voz" na história da Alemanha, um motivo da tentação diabólica dos tempos medievais, e, em *Doutor Fausto*, Mann a transportara, através da apostasia de Nietzsche, até o século XX.

Essas interpretações procedem só em parte. A hipótese gangsterística deixa de lado a profunda hipocrisia do nazismo. Os gângsteres não recorrem, em seus conchavos, aos eufemismos nem às mentiras que embelezam os crimes. A interpretação socioeconômica não enxerga a diferença entre o fascismo italiano e o hitlerismo, diferença considerável se Mussolini não tivesse se tornado um instigador do genocídio. Enfim, a concepção de Mann, que faz da Alemanha um Fausto e de Hitler um satanás, é genérica demais. Portanto, fazer do nazi um gângster é uma banalização bem trivial do problema, e considerá-lo um servo do diabo é uma banalização ao quadrado. A verdade sobre o hitlerismo não é nem tão trivial, nem tão sublime como indicam esses dois clichês. O exame do hitlerismo entrou num verdadeiro labirinto de diagnoses, em parte coincidentes, em parte contraditórias, uma vez que os seus crimes parecem banais, enquanto o sentido profundo deles é uma perfídia disfarçada. Esse sentido profundo não inspirava os dirigentes do movimento enquanto eram só um punhado de politiqueiros carreiristas, e nem o perceberam depois, quando se apoderaram da máquina do grande Estado. Como novos-ricos, hipócritas e gananciosos seguidores de Hitler, eram incapazes de efetivar autoconhecimento. Como se sabe, *quos deus perdere vult, dementat prius*

(Deus primeiro enlouquece aquele a quem quer destruir). No início, o plano de expansão de Hitler não foi tão insano, mas com o tempo passou a ser, o que foi inevitável. Sabe-se que o Estado-Maior do Exército não quis a guerra com a Rússia, ciente da relação das forças, mas mesmo se Hitler tivesse ganho no Leste, a derrota definitiva do Terceiro Reich seria ainda mais terrível. Geralmente a ponderação das alternativas do real implica uma incerteza enorme, porém a situação no tabuleiro do mundo naquele tempo tinha no seu deslocamento uma lógica a que nenhum dos jogadores de guerra podia resistir. Os sucessos de Hitler no Leste Europeu levariam os norte-americanos ao bombardeio atômico no Japão, para derrotá-lo antes da chegada do reforço alemão. Assim revelada a existência da arma nuclear, os dois antagonistas já continentais, a Alemanha e os Estados Unidos da América, seriam colocados numa corrida nuclear em que os norte-americanos, bem adiantados, teriam vantagem logo no início e simplesmente iriam utilizá-la devastando radiologicamente a Alemanha, em 1946 ou em 1947, ou seja, antes que a física teórica, dizimada na Alemanha por Hitler, fosse capaz de introduzir no seu arsenal as armas nucleares. O armistício intercontinental ou a divisão do mundo em duas zonas de influência não foi possível, uma vez que as armas nucleares entraram em cena e que os norte-americanos, em guerra com a Alemanha, seriam suicidas se demorassem a usá-las antes da fabricação das bombas atômicas alemãs. Se o golpe de 20 de julho de 1944 fosse bem-sucedido, a destruição da Alemanha seria menor do que depois da capitulação em 1945, e se ela não acontecesse naquele ano, em 1946 ou 1947, a Alemanha iria desaparecer em uma nuvem de poeira radioativa. Nenhum presidente norte-americano poderia renunciar ao uso das armas nucleares, porque nenhum deles iria pactuar com um adversário tão desrespeitoso aos pactos como Hitler, que já era dono dos recursos da Europa e da Ásia. Isso significa que a catástrofe da Alemanha iria ser, em seu epílogo, tanto maior quanto maior fosse o seu sucesso em guerra. A catástrofe estava, desde o início, incorporada nos planos de Hitler, porque a sua expansividade não tinha limites, e a transformação da estratégia eficaz em estratégia suicida foi só questão de tempo. A sorte maliciosa fez com que Hitler expulsasse da Alemanha os físicos cujas mãos e cérebros fabricaram, nos Estados Unidos, a arma nuclear. Estes eram judeus, os chamados "judeus brancos", ou seja, as pessoas perseguidas por suas convicções inconciliáveis com o hitlerismo. Portanto, como se vê, o componente racista e, consequentemente, genocida da doutrina, não foi neutro nem casual em relação à falência da Alemanha, porque foi o que fez dela uma doutrina de expansão suicida. Assim, depois de situar o genocídio no quadro da Segunda Guerra Mundial, Aspernicus começa a analisar o seu caráter imanente.

O crime – afirma ele –, se não for uma transgressão esporádica das normas, mas uma regra a moldar a vida e a morte, cria autonomia, assim como a cultura. Pela escala programada de sua expansão, o crime necessitava das forças de produção e dos meios, portanto tinha que ter seus peritos, engenheiros e operários, os verdadeiros profissionais da morte. Foi preciso inventar e criar tudo isso do nada, porque até então ninguém o fizera nessas proporções. Proporções impossíveis de se abarcar. Diante do crime industrializado, as categorias tradicionais de culpa e castigo, memória e perdão, arrependimento e vingança, tornam-se totalmente inúteis, o que em nosso íntimo todos sabemos diante desse mar de morte em que se banhava o hitlerismo, porque nenhum dos assassinos, nem nenhum dos inocentes, é capaz de sondar com o pensamento o verdadeiro sentido das palavras "milhões, milhões, milhões foram assassinados". E, ao mesmo tempo, não existe nada mais desesperador, nada que encha a mente com maior vazio e mais venenoso tédio, do que a leitura dos depoimentos das testemunhas do crime, porque eles repetem continuamente o mesmo motivo desusado, esses passos à cova, ao forno, à câmara de gás, à fossa, à fogueira e, por fim, a consciência repele as filas intermináveis das sombras, ressuscitadas pela leitura por um instante antes do fim, porque ninguém é capaz de suportar isso tudo. Se a resignação se instala em nós, não é por nossa incapacidade de compaixão, mas por uma prostração total, por um tédio anestesiante da monotonia daquilo que, sendo um assassinato, de modo algum poderia parecer monótono, ritmado, objetivo, enfadonho como uma linha de produção. Não, ninguém sabe o que significa quando se diz que milhões de indefesos foram mortos. Restou um mistério, como acontece sempre quando o homem faz algo que supera sua capacidade física e mental. Porém, é preciso adentrar nesta zona apavorante, nem tanto para honrar a memória das vítimas quanto por consideração pelos vivos. Aquele doutor alemão, antropólogo e historiador, fala assim a esse respeito: "Você, Leitor, está correndo o risco de deixar-se levar pelo pensamento rotineiro. Quem fala como eu, se expõe ao risco de ser chamado de moralista, de ser visto como aquele que quer irritar as consciências para que nunca se acalmem, para que a cultura não se feche em autodefesa com uma cicatriz insensível, reservando apenas os dias de aniversário das memórias fúnebres só para manter a decência." Portanto, o autor pregador quer refrescar as feridas na esperança de que com isso não aconteçam novos holocaustos. Eu, no entanto, não sou nem tão exaltado nem tão santo para entregar-me a tão ingênuos devaneios.

Houve três tipos de reação dos alemães depois da derrota. Alguns, abalados com o que a sua nação cometera, julgavam, como Thomas Mann, que a infâmia seria um muro que separaria por milênios a Alemanha do resto da humanidade. Esta foi uma voz de poucos indivíduos, sobretudo dos emigrantes. A maioria procurava desconectar-se do crime, invocando algum álibi, declarando algum grau de não compartilhamento, de não solidariedade com o crime ou falta de conhecimento em relação a ele; os mais honestos confessavam que sabiam em parte, mas ficaram paralisados pelo medo. Nessas vozes, em tudo soava a nota "NÃO": não sabiam, não queriam, não participavam, não podiam, não conseguiam – Outro Alguém é que teria feito tudo. E finalmente alguns, os mais raros, se penitenciaram a fim de implorar, pedir perdão em atos de arrependimento, para de alguma forma reparar os danos causados, confraternizar-se com os sobreviventes numa convicção tanto desesperadora quanto respeitável de que alguém neste mundo tem direito ao perdão, direito de remir os pecados, de que algum homem, algumas entidades ou organizações, ou algum governo seriam capazes de mediar entre os alemães e seus crimes. Aliás, essa nobre loucura contagiou também alguns dos sobreviventes do genocídio.

E o que aconteceu com o próprio crime, enquanto uns o condenavam, outros se esquivavam da responsabilidade, e mais outros queriam redimi-lo? Ele permaneceu sem ser examinado a fundo pelo pensamento analítico. A morte iguala todos os mortos. As vítimas do Terceiro Reich para nós não existem mais, bem como os sumérios ou amalequitas, porque os mortos ontem representam o mesmo nada que os falecidos há milhares de anos. Mas o genocídio não significa hoje o mesmo que outrora; e me refiro àquele sentido humano do crime cometido que não se decompôs junto com os corpos das vítimas, que continua entre nós e que precisamos identificar. Essa identificação é o nosso dever, mesmo que não seja um remédio eficaz contra o crime, porque o homem deve saber sobre si mesmo, sobre a sua história e sua natureza mais do que lhe seja conveniente e útil para a realização dos seus objetivos. Não me dirijo, portanto, às consciências, mas à razão.

Em seguida, Aspernicus ocupa-se do neo-hitlerismo. Se hoje o hitlerismo surgisse de novo, com programas amplamente divulgados, diz o autor, não seria, afinal, nada surpreendente nesta época de super liberalismo permissivo e indiferente a quaisquer excesso e sacrilégio. Pois atitudes e programas extremos não faltam. Se Sade ousava, na época das normas solidificadas, proclamar sozinho o assassinato e as torturas como fontes da plenitude existencial, por que não poderia surgir hoje um grupo ou uma fração que proclamasse um programa análogo no plano coletivo? Mas o genocídio não chegou a ganhar uma aprovação pública. Ninguém anuncia a criação de um movimento que estabeleça a perfeição com o método de carnificina em massa, sendo necessário que tais ou tais homens, predadores, exploradores, canalhas, os contaminados pela raça, religião, riqueza, sejam interditos, isolados, e depois queimados, envenenados, trucidados, junto com os bebês, até o último deles. Em todo o mundo, agora tão cheio de extravagância que chega à loucura, não existe um programa desses abertamente proclamado. Ninguém declara que o ato de escravizar ou de matar deve proporcionar uma diversão, e ninguém diz também que, como aumentar a diversão é bom, esses procedimentos serão tecnicamente e administrativamente aperfeiçoados para que o maior número de vítimas possa ser atormentado o mais demoradamente possível. Nenhum anti-Bentham[2] apareceu com um programa desse tipo. Todavia, isso não significa que intenções semelhantes não possam nascer secretamente nas mentes. O genocídio, assim como o crime, hoje praticado como que desinteressadamente, por não dar lucros imediatos aos autores, já não pode existir sem a hipocrisia. E como a mentira enquanto premissa do assassinato tem muitas formas, é preciso primeiro identificar a falsidade do Terceiro Reich, assim será possível descobrir a sua metástase no tempo presente.

2   Alguém que defendesse ideias contrárias às de Jeremy Bentham (1748-1832), filósofo, jurista, economista inglês, um dos maiores representantes do liberalismo. Segundo ele, o objetivo do homem é evitar o sofrimento e buscar a felicidade e o prazer, e o objetivo do Estado e do direito é aumentar a felicidade da sociedade. (N. da T.)

O hitlerismo foi arrivista na política e, como um novo-rico, desejava incessantemente reconhecimento das honrarias recebidas; uma vez que ninguém dá tanta importância a conveniências como um *nouveau riche* enquanto está em evidência, o hitlerismo se comportava exatamente dessa forma, como um novo-rico, o que, no final das contas, era de fato. É o que se vê ao observarmos as suas principais figuras. Mas para avaliá-las adequadamente, é preciso examiná-las no contexto dos seus crimes. Hitler foi um asceta oficial do crime que abria mão das diversões sensuais, era vegetariano, amante dos animais, um anacoreta em quartel-general; porém, na verdade, não era bem assim, e só se tornava assim na medida em que a realidade se distanciava das suas miragens. Na verdade, ele só acreditava em si mesmo, e sobre a Providência falava apenas em consideração à conveniência, da qual, como um novo-rico, nunca soube se libertar. Ele foi, aliás, uma composição de características bastante raras, porque desprezava as falcatruas abomináveis dos seus acólitos, embora as tolerasse, o que podia permitir-se fazer honestamente, pois não tinha inclinações baixas tipo bisbilhotice, não sabia o que era satisfação sensual, não se deliciava com indecências. No entanto, só se mostrava homem justo desse jeito em seu círculo pessoal: no jogo pelo poder e na guerra que havia desencadeado, era mentiroso, intrigante, chantagista, cruel tirano, assassino – e justamente essa incompatibilidade dos seus traços de caráter até hoje traz dificuldades insuperáveis aos seus biógrafos. Ele foi realmente bom para os cachorros, secretárias, lacaios, motoristas, mas mandou pendurar seus generais em ganchos de matadouro feito porcos, mandou matar de fome milhões de prisioneiros de guerra. Não acho que isso seja tão inexplicável, pois cada um de nós sabe como se comporta, que tipo de atitude perante os outros seria capaz de ter num pequeno universo cotidiano, no entanto quem pode saber do que seria capaz face a face com o mundo? Isso não quer dizer que há um

Hitler em cada um de nós, mas que, perante a história, Hitler colocava de lado toda a sua honestidade. Sua honestidade era muito amaneirada, pequeno-burguesa, e, como tal, era inútil na política, pois na política ele não respeitava nada, visto que aquela sua honestidade vinha de convenções sociais e não de princípios éticos. Ele não tinha princípios éticos ou de nada valiam para ele diante de suas visões grandiosas, que, uma após a outra, transformavam-se todas em montes de cadáveres – aliás, o que ninguém conseguiu apresentar melhor do que Elias Canetti (*Hitler Segundo Speer*).

Himmler foi professor de escola do crime assim como autodidata do crime, porque no sistema de educação tal matéria era novidade. Ele acreditava em Hitler, em runas, em signos, em presságios, na grave necessidade de judeocídio, na criação de nórdicos altos e louros em casas *Lebensborn*, e, acima de tudo, na necessidade de dar o exemplo – por isso ele não hesitava em condenar seus próprios parentes à morte quando assim convinha, visitava campos de extermínio, mesmo que isso lhe desse nojo, quis liquidar Heisenberg, porque por um instante teve a impressão de que isso deveria ser feito, embora não tenha chegado a fazê-lo. Homens com esse perfil, quase sempre obtusos, cínicos, geralmente sem consciência do próprio cinismo, de baixa procedência, eternos marginais, desprovidos de qualquer talento, medíocres, mas sem assumirem a sua mediocridade, foram os que receberam uma chance incomum de gozar a vida como nunca. A eles serviram instituições notáveis do estado milenar, suas repartições, seus tribunais, códigos, prédios, suas máquinas administrativas, multidão de funcionários diligentes, um estado-maior de ferro, e disso tudo costuraram seus uniformes, brilharam e promoveram-se no momento em que o crime tinha se transformado em sentença da justiça histórica, os roubos em glória dos guerreiros, e assim, cada um dos seus atos hediondos e monstruosos podia, com essa renomeação, ficar impune e enobrecer. O milagre de tal transmutação durou doze anos. Se o hitlerismo tivesse vencido, diz Aspernicus, iria se tornar um "papado do genocídio", atribuindo-se a si mesmo a infalibilidade em matéria de crime, já não questionada por ninguém no mundo todo.

Foi justamente essa tentação que acabou sepultada nos escombros das cidades bombardeadas em que afundou o hitlerismo como uma força nua, desprovida de todos os freios e destroçada pela força maior. Ali e nas cinzas das grelhas dos fornos crematórios persiste uma sombra sedutora, a tentação das mais poderosas façanhas que o homem é capaz de realizar: não mais um frêmito febril do assassinato oculto, mas o assassinato como ato justo, um santo dever, labor expiatório e título de glória. Por isso era necessário excluir todas as variantes não sangrentas da "der Endlösung der Judenfrage" (solução final da questão judaica). Por isso o hitlerismo não podia entrar em nenhum acordo, em nenhum entendimento, em nenhum armistício com os povos conquistados. Nem podia haver abrandamento ou moderação recomendados por razões táticas. Portanto, o objetivo não foi "somente" o *Lebensraum* (espaço vital), "somente" fazer com que os eslavos servissem aos alemães, que os judeus simplesmente desaparecessem, morrendo, sem ter filhos, a caminho do exílio. O assassinato devia ser a verdadeira razão do Estado, um instrumento da política governamental insubstituível, e assim foi. Só faltou a concretização das generalidades e alusões ameaçadoras do programa do movimento para que a prática ganhasse uma justificação plena na teoria. Isso não foi possível devido à assimetria que rege a relação entre o bem e o mal. O bem nunca se refere ao mal como a sua razão de ser, enquanto o mal sempre aponta como sua justificativa algum bem. Por isso não faltam detalhes concretos nos projetos de utopias generosas, por isso na utopia de Charles Fourier há descrições detalhadas dos falanstérios, enquanto nos escritos da ortodoxia hitleriana não há nada sobre a organização dos campos de extermínio, sobre as câmaras de gás, sobre os crematórios, fornos, moinhos para trituração dos ossos, Zyklon, fenol. No fundo, o genocídio era dispensável – assim dizem os que hoje procuram tranquilizar os alemães e o mundo, explicando em seus livros que Hitler não sabia, não enxergava, não quis, não tinha tempo para tomar conta, que deixou de lado, que foi mal compreendido, que esqueceu, que foi negligente, que pela sua cabeça podiam passar coisas estranhas, mas não, com certeza, o genocídio.

O mito do bom tirano e das criaturas inferiores que deturpam suas intenções tem vida longa. Se entre as intenções de Hitler e o estado em que ele deixou a Europa existe alguma correspondência, mesmo que pequena, podemos crer que ele quis, soube e deu ordem. Porém, a polêmica sobre o seu conhecimento ou não dos pormenores do genocídio não tem o menor sentido. Cada grande projeto na história, branco ou preto, separa-se do seu autor e se completa pela ação do coletivo conforme a lógica a ele inerente. O mal é mais multifacetado do que o bem. Existem os teóricos do assassinato, incapazes de fazer mal a uma mosca, e os naturalistas, que matam com amor, embora não tenham o dom dos teóricos do assassinato, ou seja, o dom de saber justificar o crime. O hitlerismo juntou, em sua hierarquia, uns com os outros, porque necessitava de todos. Como um instigador moderno do genocídio, apoiava-se, em sua falsidade, em dois pilares: **na ética do mal e na estética do *kitsch*.**

Como foi dito, a ética do mal nunca faz sua própria apologia: o mal é sempre nela visto como um meio para atingir o bem. Esse bem pode ser um pretexto muito fácil a ser desmascarado, mas não pode deixar de figurar no programa. A baixeza da mentira foi um deleite institucional da máquina hitleriana de extermínio e não se iria abrir mão dessa fonte dos prazeres suplementares.

Vivemos numa época de doutrinas políticas. O tempo em que o poder não precisava delas, o tempo dos faraós, tiranos, césares, passou e não voltará mais. O poder sem legitimação não é possível. A doutrina do nacional-socialismo, já em seu berço, sofreu pela insuficiência intelectual dos seus autores, confusa até no plágio, mas no plano psicológico foi acertada. O nosso século não conhece governantes que não sejam bons. Só as boas intenções triunfaram no mundo inteiro – pelo menos no papel. Já não há Gengis Khans, ninguém também se oferece como Átila, "o chicote de Deus". Mas tal bondade oficial é historicamente forçada; os apetites opostos permaneceram e aguardam a sua vez. Alguma legitimação lhes é indispensável, porque hoje quem mata por sua própria conta e para o seu próprio lucro só pode ficar calado. O hitlerismo foi uma legitimação desse tipo. Com sua hipocrisia, prestava homenagem à virtude oficial do mundo, mentindo, procurando fazer parecer que era melhor do que parecia, embora fosse pior do que se admitia nos círculos internos do partido. Aliás, as análises teóricas devem ser tão radicais quanto as execuções a que são dedicadas. Aqui, meias-medidas não servem. Em 120 *Dias de Sodoma*, de Sade, o príncipe de Blangis, dirigindo-se a mulheres e crianças, que iam ser torturadas em orgias até a morte, antecipou em cento e cinquenta anos o mesmo tom com que foram pronunciados os discursos dos comandantes dos campos de concentração endereçados aos presos recém-chegados, uma vez que lhes anunciavam um destino severo, mas não a morte, ameaçando-os apenas de morte como castigo por transgressões, e não como uma sentença já dada. Mesmo que o Terceiro Reich tenha procedido exatamente dessa maneira, nunca e em nenhum lugar dos seus códigos constou um item que declarasse: "Wer Jude ist, wird mit dem Tode bestraft" (Qualquer um que seja judeu será punido com a morte). O príncipe de Blangis também não revelara às suas vítimas que o destino delas já estava decidido, embora pudesse fazer isso porque as tinha em seu poder.

Porém, Sade presenteou o príncipe monstruoso com uma retórica mais sofisticada do que a praticada pelos oficiais da ss. Um comandante nazi se dirigia aos recém-chegados ao campo para mentir a eles, sabendo que iam apegar-se à sua mentira como tábua de salvação, porque garantia-lhes uma sobrevivência: difícil, dura, mas sobrevivência, portanto, vida.

Costuma-se dizer que a comédia representada pelos algozes de encaminharem as vítimas para suposto banho, onde logo depois eram asfixiadas com o Zyklon (ciclone) B, o gás da morte, foi ditada unicamente por motivos práticos: a esperança, despertada com o anúncio de um banho bem natural para os novos presos, adormecia a sua vigilância, frustrava os atos de desespero e até incitava a cooperação com os algozes. Por isso, as vítimas cumpriam com diligência a ordem de se despirem, compreensível na situação encenada. E então, as multidões, transbordando dos vagões ferroviários, apenas em função dessa encenação caminhavam desnudas para a morte. Essa explicação parece tão óbvia, que todos os pesquisadores do genocídio paravam por aí e nem sequer tentavam procurar uma outra causa da nudez das vítimas que extrapolasse o sentido literal da mentira encenada. Porém, como afirma Aspernicus, embora a "pornomaquia" do Marquês de Sade tenha sido uma devassidão patente e o genocídio nazista, um crime industrializado, até o último momento fingia-se perante as vítimas um puritanismo administrativo; em ambos os casos elas tiveram que morrer nuas – e tal coincidência não é nenhum acaso. Trata-se de mentira? Por que então até os mais miseráveis, até os judeus pobres das pequenas cidades da Galícia, normalmente vestidos de aventais remendados, e aqueles dos campos de concentração, no inverno, vestidos de papel de sacos de cimento, andrajos e farrapos – por que também esses trapos todos tiveram que ser tirados à beira da fossa onde foram executados? Empilhados e despidos, aguardavam a descarga do fuzilamento, e não se podia enganá-los com nenhuma ilusão de esperança. Não foi assim com os reféns ou os guerrilheiros pegos com arma na mão: esses caíam na fossa vestidos, de roupa ensanguentada. Mas os judeus, à beira da fossa, tiveram que ficar nus. Que os alemães, econômicos por natureza, queriam guardar as roupas, é uma racionalização falsa e posterior. A questão não era as roupas, pois essas, amontoadas nos armazéns, lá permaneciam desbotando e apodrecendo.

Mais estranho ainda foi o fato de os judeus feitos prisioneiros durante a luta, como no levante de Varsóvia, não terem precisado despir-se antes de serem fuzilados. Geralmente, também os guerrilheiros judeus podiam morrer vestidos. Foram os mais indefesos, velhos, mulheres, aleijados, crianças, que morreram nus. O assassinato foi então, ao mesmo tempo, um sucedâneo de administração da justiça e do amor. O carrasco apresentava-se frente a uma massa de gente despida, que já se preparava para morrer, como se ele próprio fosse um meio pai, um meio amante, que iria dar àquela massa humana uma morte justa, assim como um pai justo fustiga com açoites, como um amante acaricia fitando a nudez. Seria possível?! Seria possível falar aqui de algum tipo de amor, nem que ele seja parodiado de uma forma macabra? Uma interpretação dessa natureza não seria uma fantasmagoria irresponsável?

Para compreender por que as mortes ocorriam justamente assim, diz Aspernicus, precisamos levar em conta o segundo, depois da ética do mal, pilar do hitlerismo, ou seja, o *kitsch*. Senão irá nos escapar o mais profundo, o último sentido daquele genocídio.

Aspernicus restringe esse conceito da seguinte maneira: nada criado pela primeira vez pode ser *kitsch*, que é sempre uma imitação do que outrora brilhou na cultura pela sua autenticidade, mas que, por ser muitas vezes repetido e mastigado, acabou em estado de degradação. Trata-se de uma versão tardia, como uma cópia amadora de uma obra-prima corrigida por imitadores medíocres, que adulteram as formas e cores do original, exagerando com tintas e verniz conforme gostos cada vez mais vulgares, porque o *kitsch* muito caprichado, ostensivo, geralmente é o último estágio da evolução, uma degradação com acabamento muito cuidadoso em todos os seus detalhes, uma composição em estado de obstrução esquemática, petrificada; um esboço não pode ser *kitsch*, uma vez que para o olho que o fita ele dá chance de complementação salvadora, o que o *kitsch*, muito seguro de si, nunca proporciona. O chamado mau gosto é, no *kitsch*, o ridículo involuntário da seriedade solene dos símbolos insuflados até rebentar. O *kitsch* foi um traço essencial de todas as manifestações do estilo hitleriano. Na arquitetura, estava nos colossos, em posição de sentido, nos panteões, em estado da gravidez avançada, nos prédios, chantageando oficialmente com a sua grandeza de portas e janelas para gigantes, nas esculturas, representando atletas nus e deusas nuas em seus postos. A função desse *kitsch* era forçar um arrebatamento em posição de continência, ou até um susto, por isso revelava-se altivo, enquanto em seu interior era vazio. Conseguia se inspirar nos modelos da Grécia, de Roma ou da Paris de Hausmann, porém, na esfera do genocídio, o estilo hitleriano tinha dificuldade de se manifestar, pois havia estilos respeitados que podiam ser potencializados para os fins imperiais do Terceiro Reich, mas, perguntamos, de onde importar os modelos do matadouro de homens. Portanto, foi o lado técnico do massacre que veio ocupar o primeiro plano, e a maquinaria da morte se caracterizava pela funcionalidade, bastante primitiva, porque não valia a pena investir muito em técnica, na qual era possível recorrer-se à colaboração das próprias vítimas, que, enquanto vivas, ocupavam-se do transporte, da revista e do despojamento dos cadáveres. Mesmo assim, o *kitsch* penetrou nos campos de extermínio, nas praças de toque, porque embora ninguém o tenha planejado, ele se infiltrou na dramaturgia do assassinato em linha.

Marquês de Sade, um aristocrata da velha estirpe, não fazia questão de uma decoração armorial em suas múltiplas orgias, porque o alto estado de nobreza lhe era natural, e então, conforme o seu **credo** de libertino, insultava e manchava os símbolos da sua superioridade aristocrática sobre a plebe, inconscientemente convencido de que nada podia privá-lo da sua alta posição: mesmo levado à guilhotina, o decapitado seria o marquês Donato Afonso Francisco, da parte do pai, o conde de Sade, e, da parte da mãe, descendente da linha lateral da casa real dos Bourbons. Mas a conquista hitleriana foi um arrivismo dos marginais, ignorantes, filhos dos sargentos, ajudantes de padeiro e escribas de terceira que almejavam as promoções como salvação, e a participação pessoal e permanente dos massacres parecia dificultar-lhes tal ascensão. Que modelo podiam então perseguir, a quem imitar e como para que, mesmo imersos até os joelhos em tripas, não perdessem de vista, neste matadouro, as suas altas aspirações? O caminho mais acessível para eles, o do *kitsch*, levou-os, pois, bem longe, até assumirem o papel do próprio Deus, obviamente o do Deus Pai severo e não o do Jesus chorão, este um Deus de piedade e de salvação pelo próprio sacrifício.

Como devem se apresentar os homens no Julgamento Final? Nus. Tratou-se justamente de um julgamento desse gênero: o Vale de Josafá se estendeu por todo lado. Os desnudos, os assassinados, deviam fazer o papel dos julgados no drama em que tudo foi mistificado, desde as provas da sua culpa até um julgamento justo, menos o desfecho. Porém, essa mentira era verdade, uma vez que eles tiveram que morrer de verdade. E o assassino, que tinha o destino deles em suas mãos, naquela hora devia estar, ao mesmo tempo, cheio de desejo assassino e de poder divino. É óbvio que ao descrever tudo isso dessa forma, logo percebemos que tal mistério, representado em dezenas de lugares da Europa, dia após dia, durante vários anos, não passava de uma farsa abominável. Certamente a dramaturgia mudava, oscilava, e em alguns lugares o cerimonial de antes da execução ficava reduzido ao mínimo. Não devia ser fácil fazer papel de Deus Pai na peça encenada em decorações lúgubres de barracos e trincheiras, nem matar milhões de seres humanos e discursar diante de suas fileiras na primavera, no verão, no outono, anos e anos seguidos. Representar esse papel sem cortes extravagantes, sempre com a mesma atenção, seria estéril e enfadonho demais; os assassinos estavam cansados e por isso, bastavam-lhes fragmentos do ritual, pedaços do Julgamento Final, pré-estreias, mas sempre com um epílogo autêntico. A qualidade da execução piorava, os cadáveres não queriam queimar, das sepulturas aplainadas com rolo compactador saía sangue, no verão o mau cheiro dos corpos queimados incomodava até nas casas dos oficiais ss situadas longe, mas pelo menos a morte nunca foi mal realizada.

Esse capítulo do *Endlösung als Erlösung* de Aspernicus é encerrado com as seguintes palavras: "Sei que quem não participou desses acontecimentos, como carrasco ou vítima, não consegue acreditar no que falo e considerará meu raciocínio como fruto de uma imaginação irresponsável. Tanto mais porque as vítimas não estão vivas e já quarenta anos nos separa dos massacres, sem que tenha aparecido um livro sequer de memórias de qualquer um dos algozes, com pelo menos uma descrição anônima de suas vivências. Como explicar este silêncio absoluto deles, tão contrário à natural propensão humana para registrar as mais intensas recordações da vida, ou pelo menos as mais extremas, dadas aos poucos; como explicar essa ausência total de confissões – não existindo nem mesmo uma qualquer assinada com pseudônimo –, que precisariam ser substituídas por apócrifos literários; como explicar tudo isso senão pela indiferença do ator em relação ao papel há muito não representado? Precisamos nos entender, meu leitor, quanto ao grau de inconsciência dos atores que representavam esses papéis, pois seria um absurdo, um completo disparate, achar que os algozes entendiam o que estavam fazendo, que encarnavam conscientemente a figura de um Deus justo que tira a vida. Porque foi um monstruoso *kitsch*, e o que caracteriza, antes de tudo, a estética do *kitsch*, condição *sine qua non* da sua existência, é que os seus criadores não o enxergam como tal, uma vez que nas suas convicções íntimas ele é uma boa pintura, uma escultura autêntica, uma verdadeira obra de arte de arquitetura. Portanto, quem enxergasse em sua obra marcas de *kitsch*, não iria continuá-la nem a concluiria.

Estou dizendo aqui algo bem diferente, ou seja, que as pessoas não podem agir sozinhas nem em grupo, não podem dar um passo, cumprimentar-se, sem dependerem de algum modelo, isto é, sem estilo e sem exemplo. Portanto, algum estilo, alguns modelos tiveram que simplesmente preencher um vazio sem precedentes do crime em massa deste século tecnológico, e o preencheram os que todos conheciam melhor, por terem-nos incorporado ainda na infância: os modelos e os signos do cristianismo, que renegaram com a sua adesão ao hitlerismo, o que não significa que assim tivessem destruído em sua memória todos os seus traços. Como nem nas SS, nem nas SA, nem no aparato do partido havia maometanos, budistas, taoístas, e certamente não havia também verdadeiros cristãos em horrenda apostasia nas praças dos campos, ali só foi produzido um *kitsch* sangrento, pois **algo** devia preencher um vazio sem nenhum estilo, e o preencheu aquilo que os algozes dispunham como que em pura reflexividade da mente, justamente porque tanto *Mein Kampf* (Minha Luta) e *O Mito do Século XX* quanto um monte de doutrinações de papel e toda a literatura do signo *Blut und Boden (Sangue e Solo),* não tinham uma palavra sequer de instrução ou de mandamento capaz de preencher o tal vazio com algo concreto. Foram então deixados a si mesmos pelos seus líderes, e assim surgiu aquele *kitsch* sacrílego. Em sua dramaturgia, ele foi, obviamente, apenas uma grosseira simplificação, como que tirada de uma apostila escolar, uma vaga lembrança da catequese, sua evocação inconsciente e irrefletida, de modo que sobraram nela apenas fragmentos dos quadros: Suprema Justiça, Onipotência, mais como imagens do que como conceitos. Outro argumento a favor da minha tese neste processo indiciário, é que os ocupantes faziam de tudo para que o genocídio fosse visto como fundamentado numa ordem justa das coisas. Geralmente se diz, e hoje há consenso entre todos os pesquisadores do hitlerismo, que os judeus foram uma *idée fixe* do Terceiro Reich, com que Hitler havia contagiado, feito suicida, o seu movimento e, consequentemente, os alemães, que isso foi uma mania de perseguição agressiva, uma verdadeira paranoia social, porque os judeus foram vistos como a origem de todo o mal, e para aqueles que não eram judeus e nem tiveram qualquer relação com eles, foi forjado o termo "judeus brancos", aplicado sistematicamente, apesar de ser tão absurdo. Como se vê então, o essencial da judaicidade não foi, à revelia das teses canônicas do hitlerismo, **a raça**, mas foi o **mal** que os judeus encarnaram em grau particularmente elevado. Assim eles se tornaram problema número um para o Reich, uma questão pessoal do nacional-socialismo, a sua liquidação tornou-se uma necessidade histórica, e, como tal, esse plano estava sendo executado.

Na história da perseguição aos judeus, os *pogroms* ocupam lugar principal, mas os alemães quase nunca os praticaram. Fizeram isso logo depois da tomada de poder que dava fim à República de Weimar, quando se tornou necessário sair às ruas e atrair os indecisos e dar chance aos decididos de "se mostrarem". No entanto, o hitlerismo consolidado, vitorioso na guerra, raramente instigava os *pogroms*, que costumavam ocorrer, embora nem sempre, quando os exércitos derrotados recuavam e nas cidades entravam as vanguardas alemãs. Tudo indica que eles se abstiveram e impediam os outros de fazer *pogroms*, porque os *pogroms* são badernas sangrentas, parecidas com o furto, com destruição descontrolada da propriedade dos judeus, portanto, pareciam **um crime** comum, enquanto a perseguição dos judeus não devia ser nenhum crime, mas o seu contrário, ou seja, uma aplicação da suprema justiça. Os judeus deviam receber o que mereciam de acordo com a lei. Esse comentário explica a aversão com que os alemães trataram os *pogroms*, a sua reserva diante de tal questão, mas não explica por que os alemães, que costumavam contrapor os guerrilheiros russos aos prisioneiros de guerra e desertores, como os soldados da divisão do general Vlasov, e também organizavam na Europa as unidades da ss entre os "voluntários nórdicos", espanhóis, franceses ou holandeses, nunca utilizavam estrangeiros para a liquidação dos judeus, a não ser em situações excepcionais de uma necessidade imediata e falta das próprias forças no lugar. É verdade que isso acontecia, mas só excepcionalmente, e em cada caso desses é possível provar que a decisão de designar os não alemães para as ações de extermínio deu-se quando não era possível agir de outro modo. Daí se percebe até que ponto os judeus representavam para os alemães uma "questão pessoal", e a sua liquidação, um acerto definitivo de contas que ninguém devia fazer por eles, nem mesmo **por procuração**.

Enfim, o deslocamento dos judeus para os campos de trabalho foi só o prelúdio da sua liquidação total; os campos de extermínio foram criados depois, e exclusivamente para eles. Sabemos que as intenções que patrocinam qualquer atividade podem ser deduzidas melhor dos fatos materiais do que das declarações e atestados precedidos por esses fatos ou que os comentaram *ex post*. Porque os fatos analisados em si mesmos, fora de toda doutrina hitleriana e dos esforços verbais de Goebbels e de sua imprensa, provam irrefutavelmente que a decisão de "Endlösung der Judenfrage" como programa de extermínio foi tomada antes do início do colapso das frentes de batalha alemãs; portanto,

Provocação

a pressa no extermínio de judeus não se explica apenas pela vontade de concluir a matança antes que alguém viesse para libertar os condenados à morte. Isso significa que o genocídio tinha outros motivos diferentes dos da vingança e da retaliação publicamente declarada pelos seus autores, porque foi algo mais: foi sua missão histórica. Mas o que significava esta missão em última instância? Nunca chamada diretamente pelo nome, ela cria um círculo nebuloso, em que, por meio da tecnologia e da sociografia do genocídio, transparece a simbologia judaico-cristã invertida em assassinato. Como se não podendo matar Deus, os alemães mataram o seu "povo eleito" para tomar o lugar dele e, depois de uma sangrenta destronação em efígie, tornar-se os autoproclamados eleitos da História. Os signos sagrados não foram aniquilados, mas invertidos.

Dessa forma, no fim de contas, o antissemitismo do Terceiro Reich não passava de um pretexto: os ideólogos não eram tão loucos para chegarem a praticar o teocídio literalmente, e não lhes bastava a negação de Deus com a palavra e a lei; já era possível se perseguir as Igrejas, mas ainda não se podia destruí-las por completo – para isso, ainda era cedo. No entanto, bem ao lado vivia um povo em cujo seio nasceu o cristianismo, e aniquilar esse povo significava chegar, nos lugares de extermínio, tão perto ao atentado a Deus quanto era possível aos homens.

O assassinato foi um ato antirredenção, com o qual os alemães romperam a Aliança com Deus. No entanto, o rompimento tinha que ser completo, ou seja, não podia significar apenas a libertação da tutela divina para passar à tutela do diabo. Não era questão de uma homenagem ao mal satânico, porém de uma rebelião coroada com a conquista da plena independência tanto em relação aos céus luminosos quanto aos obscuros. E mesmo que em todo o império nunca ninguém tenha se expressado ASSIM, a convicção da existência de uma ordem sobre-humana consolidou uma comunidade secreta de conspiração assassina.

O reverso do ódio às vítimas era o apego, comprovado por um alto comandante da ss quando, numa janela do seu vagão-salão, no trem que atravessava um terreno arenoso do seu distrito, coberto de anêmicos pinheiros, disse ao companheiro da viagem: "Hier liegen MEINE Juden" (Aqui estão MEUS judeus). A morte dada o unia a eles. Aos executores de baixo escalão, foi difícil entender por que as crianças tinham que morrer com suas mães, por isso, para consertar logo a falta de culpa tão fatal, a arranjavam *ad hoc*, por exemplo, quando as mães recém-chegadas ao campo tentavam renegar os próprios filhos, porque só as mulheres sem filhos eram encaminhadas para o trabalho, enquanto as que chegavam com os filhos eram levadas imediatamente ao crematório. Então, por meio desta renegação da maternidade, as mães degeneradas eram punidas imediatamente, e o fato de que as crianças pelas quais o algoz intercedia também iriam ser mortas logo, não impedia que esse algoz fingisse uma justa indignação. E que ninguém fale que entre esses assassinos, que manifestavam a justa ira, havia leitores do Marques de Sade, que 150 anos antes tinha inventado comédias análogas ao teocídio em efígie, e que os ss eram plagiadores de Sade. Intercedendo pelas crianças, cujos crânios estraçalhavam logo depois numa farsa da justiça, tão mal costurada que imediatamente se desmanchava, eles manifestavam, sem o saber, a sua fidelidade à verdade secreta do genocídio como substituição da execução de Deus.

No segundo volume do seu trabalho, intitulado *Fremdkörper Tod* (Corpo Estranho da Morte), nosso autor se arrisca a fazer uma síntese do ponto de vista da filosofia da história que extrapola a factografia do primeiro volume, embora nela esteja ancorada. Ele procura introduzir o conceito que denomina "a reutilização da morte". O extermínio de nações ou de grupos étnicos inteiros na antiguidade fazia parte integral das regras de guerra. O cristianismo pôs fim a todo massacre que fosse justificado apenas como ato **possível de ser feito** e sem qualquer outra razão. Desde então, para matar foi preciso provar a **culpa** das vítimas. Esta culpa das vítimas podia ser identificada em outra crença religiosa, e nos tempos medievais geralmente foi assim. A Idade Média tinha criado uma simbiose *sui generis* com a morte como o destino natural do homem pelo decreto divino, e incorporando os quatro cavaleiros do apocalipse, o "choro e ranger de dentes", a dança dos esqueletos, a peste negra e "Höllenfahrt" (viagem ao inferno) no bojo da condição humana aprovada, fez da morte uma componente natural e justa do destino, que iguala os pobres aos monarcas. Isso foi possível porque diante da morte, a Idade Média se via completamente indefesa.

Nenhuma terapia médica, nenhum conhecimento das ciências naturais, nenhum tratado internacional, nenhuma técnica de reanimação podiam, por não existirem, barrar o ímpeto da morte ou pelo menos domesticá-la como um fenômeno biológico universal, porque o cristianismo criou um verdadeiro muro de separação entre o homem e o resto da natureza viva. Foi justamente a alta mortandade e a brevidade da vida que haviam reconciliado a Idade Média com a morte, por lhe ser atribuída a mais alta posição no reino da existência fortemente ligado à extratemporalidade. Vista somente daqui, a morte parecia uma apavorante zona das trevas; do lado de lá, apresentava-se como uma passagem para a vida eterna, por meio do Julgamento Final, um tribunal temível, mas não aniquilador. Hoje não nos é possível compreender, nem aproximadamente, essa intensidade escatológica: as palavras memoráveis, pronunciadas por um cristão – "matem todos, Deus reconhecerá os seus!" –, que nos parecem sarcasmo rebuscado, expressavam uma fé autêntica.

A civilização de hoje se apresenta como uma constante fuga da morte: as reformas sociais, os avanços da medicina, a socialização dos problemas antes apenas pessoais (proteção aos aleijados, doentes, velhos, inválidos, miseráveis, medidas de segurança pública, de proteção ao desemprego), progressivamente **isolaram** a morte, porque diante dela ficavam impotentes, e por isso ela se tornava cada vez mais uma questão pessoal, ao contrário dos outros infortúnios, possíveis de serem remediados por meio dos recursos públicos. Nos "países de bem-estar", os serviços sociais reduziam a pobreza, as epidemias, as doenças, abasteciam a vida com comodidades, mas os avanços dessas coisas não resolviam o problema da morte. Tal circunstância era o que a isolava de todos os fenômenos da existência e a tornava "dispensável" na óptica das doutrinas do desenvolvimento material que iam se tornando uma nova religião no mundo laicizado. Esta tendência de eliminação da morte se intensifica no século xx, em que até do folclore sumiram as "domesticadas personificações" da morte, como o Anjo, o Esqueleto ou o Hóspede sem rosto. Desse modo, à medida que a cultura de uma severa administradora de ordens passava a ser uma serva das necessidades da vida, a morte, desprovida das sanções transcendentais e da aprovação social anteriormente inquestionável, tornava-se um corpo estranho, cada vez mais despido de significado, porque a cultura, como uma bondosa protetora e fornecedora de prazeres, não podia, conforme tais princípios, dar-lhe nenhum sentido.

Todavia, esta morte publicamente condenada à morte, não desapareceria da vida. Ausente na ordem da cultura, destituída da sua posição elevada, foi se refugiar na clandestinidade e se tornou selvagem. O único meio possível de domesticá-la de novo, ou seja, de recuperar a morte em benefício da coletividade, foi a sua aplicação normativa, porém, como não era possível denominá-la dessa forma, não era em nome da aculturação que se devia aplicar a morte, mas em nome do bem, da vida, da salvação, e foi justamente essa concepção que o nacional-socialismo elevou à condição de doutrina estatal.

O autor lembra aqui as polêmicas acirradas que, nos Estados Unidos, provocou a publicação do livro *Eichmann in Jerusalem*:

A *Report on the Banality of Evil* (Eichmann em Jerusalém: Um Relato Sobre a Banalidade do Mal), de Hannah Arendt. Saul Bellow e Norman Podhoretz, que tomaram parte delas, argumentavam que se "cada pessoa é, em seu interior, ciente da santidade da vida" (Bellow) e que "só o monstro pode cometer um crime monstruoso" (Podhoretz), então não se pode colocar sinal de igualdade entre o mal do hitlerismo e a banalidade. Na opinião de Aspernicus, erraram todos os participantes da discussão, porque, limitando a controvérsia à questão de Eichmann como um expoente do crime hitleriano, não podiam resolver o dilema. Como a maioria das criaturas do Terceiro Reich, Eichmann foi um burocrata assíduo do genocídio, mas não se pode dizer que o genocídio foi resultado da cegueira carreirista dos burocratas do partido, que competiam em uma zelosa adivinhação das instruções do Führer, quando ele próprio não as especificava por completo. Segundo Aspernicus, a doutrina era banal, os executores podiam ser banais, no entanto, não foram banais as suas fontes, situadas fora do hitlerismo e fora do antissemitismo. Aspernicus avalia que a discussão se atolou em particularidades das quais não há como extrair uma diagnose correta do genocídio do século XX.

A civilização materialista levou o pensamento humano aos caminhos de uma busca naturalista dos "autores do mal" – de todo o mal. Já não podia ser incriminado o anulado mundo do além, mas alguém devia ser culpado, porque **alguém devia ser responsável pelo mal**. Foi então preciso encontrá-lo e apontá-lo. Na Idade Média, para que isso se efetivasse bastava dizer que os judeus mataram Jesus; no século XX, tal afirmação não bastava; os culpados deviam ser responsáveis por todo o mal. Para ajustar contas com os judeus, Hitler se serve do darwinismo, que atribuiu à morte um sentido definitivo e irrevogável, embora extracultural: ela é condição *sine qua non* dos progressos da evolução natural. Hitler entendeu essa teoria à sua maneira, dando-lhe uma interpretação rasa e errônea, ou seja, como se ela fosse o mandamento e o modelo em virtude dos quais a Natureza (preferia chamá-la de Providência) justifica e até determina aos mais fortes uma sobrevivência à custa dos mais fracos. Como muitas mentes primitivas antes dele, Hitler tomava ao pé da letra a fórmula "luta pela sobrevivência", que na verdade não tem nada a ver com destruição física de vítimas por predadores, porque o progresso da evolução ocorre justamente dentro de estados de equilíbrio entre espécies mais e menos agressivas, e a liquidação total dos mais fracos levaria os predadores a morrer de fome. O hitlerismo tomou de Darwin o que precisava, como a necessidade sobre-humana, mas não transcendental, de igualar o assassinato ao essencial da história universal. O princípio darwiniano mal interpretado anulava totalmente a ética, substituindo-a pela razão do mais forte na luta de vida ou morte. Para fazer dos judeus um inimigo suficientemente monstruoso, foi preciso exagerar o seu papel mundial até além dos limites da credibilidade. Foi este o ponto de partida do raciocínio paralógico que chegou a transformar os judeus em verdadeiros demônios. Tal demonização dos judeus deve ter custado muito esforço aos nazistas, uma vez que contrariava a experiência cotidiana dos alemães que conviviam com eles há séculos e sabiam bem que, com todos os seus defeitos, mesmo que o antissemitismo tivesse alguma justificação em algumas de suas acusações, os judeus não mereciam ser sacrificados junto com seus filhos ainda não nascidos, não mereciam as fogueiras, os fossos, os fornos e os moedores de ossos, não só porque tudo isso representou algo monstruoso, como também porque, em sua monstruosidade, foi algo totalmente absurdo. Isso significa mais ou menos como se surgisse uma teoria pedagógica que recomendasse aplicar a pena de morte aos alunos que matassem aula ou roubassem os seus colegas. Pois não há dúvida de que, mesmo do ponto de vista do antissemitismo tradicional europeu, os judeus não mereciam ser aniquilados até o último deles.

Essa consciência é o que se percebe ao observarmos que os movimentos neonazistas, hoje em ascensão, não põem em seus programas o extermínio dos judeus, nem admitem que seus precursores do Terceiro Reich tenham planejado e executado tal extermínio. Todos esses movimentos se limitam a repetir sempre os mesmos slogans do antissemitismo ou colocam essa questão em segundo plano em seus programas, porque a ideia dos judeus como "portadores do mal universal" sofreu uma espécie de degradação. Segundo os antissemitas da época da Segunda Guerra Mundial, os judeus eram culpados "de tudo": do capitalismo até o comunismo, das crises econômicas e miséria até a degradação dos costumes. Hoje, cada um pode enumerar de cor muitos males que ninguém atribui aos judeus (poluição da biosfera, superpopulação, crises energéticas, inflação etc.). Assim, o antissemitismo foi degradado não porque desapareceu, mas por ter perdido o poder de explicar todos os infortúnios e problemas sociais. Aspernicus acrescenta, para não ser entendido mal, que não está questionando o impacto do antissemitismo em todas as suas vertentes, mas apenas numa perspectiva histórica e filosófica: no mundo pós-genocídio, os judeus já não servem para fazer o papel de bode expiatório, culpado por tudo.

E como é que as coisas evoluíram? O processo de busca dos responsáveis por "todo o mal" sofreu uma espécie de desintegração. Depois da perda da fé na verdade universal de Deus, depois do colapso da fé no mal universal do judaísmo mundial, chegou a vez de um passo seguinte e, ao mesmo tempo, último. A arbitrariedade na identificação dos "autores do mal" atinge o apogeu. Agora o responsável pode ser qualquer um.

Numa perspectiva mais ampla da filosofia da história, diz Aspernicus, estamos lidando com um processo secular de alienação da morte numa cultura de orientação hedonista, perfeccionista e pragmática. O medo da morte, que na cultura perdeu o direito de cidadania, ganhou formas institucionais na legislação, como a abolição da pena capital nos códigos penais nos Estados que neste caminho tinham chegado mais longe e como uma perversão na medicina, só aparentemente estranha, onde os terapeutas recusam o desligamento dos aparelhos de reanimação dos agonizantes que na verdade já são cadáveres, mantidos em vegetação com o sangue bombeado nas veias. Nesses casos, ninguém ousa assumir a responsabilidade pela morte. Atrás do declarado respeito à vida, esconde-se um medo, um sentimento de impotência e de indefensibilidade, e, por isso, de uma paralisante inutilidade dos esforços perante a morte. O correlato dessa impotência, ou seja, o reverso do medo de matar é o tamanho aumento do valor da vida individual, que os governos cedem às pressões quando o objeto de negociação é a vida dos reféns, independentemente de quem sejam eles. Esse processo foi longe demais, porque os governos, em princípio sujeitos à lei, não hesitam em infringir a mesma lei sempre quando assim se pode salvar alguém da morte. Tal processo já resultou em metástase, visto que já tem se espalhado pelo direito internacional e vem atingindo as imunidades das representações diplomáticas intocáveis há séculos. Enquanto isso, o otimismo e o perfeccionismo encontram, na cultura orgulhosa das suas proezas tecnológicas, um ambiente propício para promover as tentativas de uma ressurreição em condições laboratoriais: embora os especialistas saibam que a chamada vitrificação reversível do homem, ou seja, o congelamento com a chance de sua reanimação séculos depois, não é (pelo menos hoje) possível, milhares de pessoas ricas se deixam assim congelar para que seus corpos sejam guardados em recipientes com nitrogênio líquido. Trata-se, como observa Aspernicus, de contribuições de humor macabro *sui generis* da escatologia totalmente secularizada. Uma sociedade prestes a acreditar que não foi Deus, mas os Gentis Visitantes do Cosmos que criaram o homem, que não era a Providência que guardava os germes da civilização, e sim, os Pré-Astronautas Protetores vindos das estrelas, que não são anjos, mas Discos Voadores que pairam sobre nós e tomam conta de cada passo nosso, que não é o inferno que devora os condenados, é o Triângulo das Bermudas, uma sociedade dessas admite também, de bom grado, que a vida pode ser prolongada em geladeiras, e que o ideal do homem deve ser uma longa vida com prazeres e não a ascese e o cultivo das virtudes.

Finalmente, multiplicam-se as tentativas de temperar, modificar e tornar mais saborosa a morte, tão indigesta em estado cru, para que ela se deixe domesticar sem auxílio da metafísica e ficar boa para consumo. Daí a demanda pela morte espetacular, pelo assassinato e pela agonia observados de perto na tela, pelos tubarões assassinos, grandes terremotos, incêndios, pelas cenas de um autêntico genocídio (Holocausto); daí a oferta da literatura sádica e a indústria que explora os desvios sexuais vizinhos próximos das torturas que levam à morte; daí as amarras, ferros e instrumentos de flagelação e toda aquela indústria dos acessórios de masmorras pseudomedievais, mercadoria que faz tanto sucesso nos Estados Unidos; daí, finalmente, um autêntico risco da morte assumido como uma mercadoria procurada, ou seja, a prontidão dos heróis por um dia para ganhar a vida arriscando a própria vida. E daí, enfim, a popularidade da literatura pseudocientífica, que rendeu muitos livros com provas experimentais da vida depois da morte, incompatíveis com a ortodoxia da Igreja, que não sabia bem o que fazer com tão indesejáveis e duvidosos reforços.

Às sucessivas fases de expulsão da morte da cultura ocidental foi dedicado menos atenção do que à sua domesticação comercial; ganharam estudos os exageros, muitas vezes chocantes, da cosmética ou dramaturgia funerária, mas a força penetrante do pensamento analítico, excelente em casos singulares, não fez surgir nenhuma visão histórica e filosófica global de toda trajetória das metamorfoses da civilização em confronto com a morte dessacralizada, liberta dos misteriosos compromissos que a reconciliavam com a vida. Não entendemos, então, a linhagem de tais fenômenos atuais, como o terrorismo ou sectarismo religioso, porque os métodos da pesquisa empírica, típicos da sociologia e da psicologia, inclusive da psicologia da religião, com suas observações supostamente racionais, e por isso mesmo limitadas ao que se pode ver, fotografar, espremer dos depoimentos de testemunhas ou de acusados, evidenciam apenas as pequenas amostras dessas pragas sociais. Não é com o nariz junto à escrita que se pode "farejar" o sentido da escrita. Quem quer entender das cataratas do Niágara, deve virar as costas para elas e olhar o sol, porque é o sol que levanta de novo para o céu a água que cai das rochas.

Em seguida, o autor introduz o conceito de "utilização secundária da morte". Há cem mil anos, quando o homem reconheceu a própria mortalidade como seu destino (o que testemunham as sepulturas datadas daquela época – as primeiras tentativas de ritualização da morte), as sucessivas culturas lhe atribuíam um lugar privilegiado em sua organização do mundo. Quanto mais racional se tornava a civilização, tanto mais a morte ficava "sem dono", e já não dava nem para aceitá-la de bom grado nem a renunciar. Ao mesmo tempo, a cultura, ao deixar de ser uma administradora das ordens para se tornar uma submissa servidora da sociedade, cuidava cada vez menos da própria ortodoxia, permitindo gradualmente que seus protegidos se satisfizessem de todos os caprichos, inclusive do último, que era a rejeição de todas as suas normas e, por conseguinte, o seu abandono. Porém, antes da multiplicação das esquisitas invenções subculturais, antes de o decálogo murchar por completo, não eram indivíduos autônomos que poderiam ocupar esse lugar abandonado da cultura mediterrânea em que se encontrava a morte, a fim de usá-la como instrumento de autoafirmação, mas sim um poderoso soberano, que é o Estado. Só que tampouco o Estado podia fazer isso abertamente e nos tempos de paz. Por isso, a guerra que eclodiu serviu como uma cortina de fumaça e uma facilitação do genocídio; e por trás das linhas de frente que o separavam do resto do mundo, surgiram as instituições de extermínio em massa. Foi este o primeiro ato de reentronização da morte.

Nos tempos de reconstrução de pós-guerra, ocorreu uma verdadeira proliferação de subculturas, jovens em particular, originais em sua ausência de originalidade, pois tratava-se de uma imitação, meio lúdica e, portanto, não muito séria, dos antigos modelos de costumes e de roupa, emprestados da história como de um depósito de acessórios teatrais. Essas invenções "moles" de modo de vida tiveram que levar por fim às "duras", porque as pessoas sempre fazem até o fim o que se lhes apresenta como uma possibilidade ainda não explorada. Porém, a chance de uso subcultural da morte como um estandarte do século XX cheio de confusão e barulho, parecia inviável por uma razão bem simples – a de que era possível brincar de selvagens ou de anacoretas, mas não dava para brincar de assassinos, porque para tal brincadeira, se ela levasse a um verdadeiro assassinato, nem mesmo a cultura permissiva dava autorização, e o que parece mais importante é que o assassinato, mesmo desinteresseiro, faria dos assassinos **criminosos comuns**.

Os antigos usos da morte já eram, àquela altura, irressuscitáveis, porque não era mais possível matar com ostentação religiosa, caso do suplício inquisitorial dos hereges, como também não foram possíveis os sacrifícios humanos como aqueles oferecidos aos deuses pelos Incas, nem a ostentação da orgiástica fúria assassina dos berserkers[3]. Os caminhos de acesso a esses territórios não existiam mais, porque desapareceram junto com as crenças que davam sentido à morte. O assassinato não religioso também

---

3 Berserkers (*bersekir*) foram antigos guerreiros nórdicos ferozes que, dizia-se, em batalha eram acometidos por acessos de frenesi que os tornavam invulneráveis. (N. da T.)

se tornou inacessível diretamente, porque o século industrial faz a pergunta "PARA QUÊ?" a cada ato humano e, sob pena de desqualificação psiquiátrica, cada um precisa dar uma resposta convincente e objetiva. Como o novo extremismo não teve acesso à morte por via da religião (é possível inventar uma religião por capricho, mas não é possível acreditar nela por capricho), e o outro acesso, o profano, iria tornar seus militantes criminosos comuns, a única saída foi denominar o assassinato como **administração da justiça**. Contudo, este paradigma genocida do Terceiro Reich não podia ser retomado e aplicado conservando o caráter **clandestino** da "solução final" uma vez que, dessa forma, nesse século de guerras e lutas pela libertação, os assassinatos se tornariam invisíveis feito o Niágara imerso no oceano. Portanto, o que antes o Estado só podia fazer em segredo, terroristas chegaram a fazer abertamente.

A semelhança entre o terrorismo e o hitlerismo consiste no fato de que os assassinos de novo se consideram um tribunal justo. E como cada tribunal age não em seu próprio nome, mas por designação de uma instância superior, precisavam criar **a ilusão** de que existia uma instância desse tipo, independente dos critérios tradicionais, fossem religiosos, psiquiátricos ou criminalísticos. Por isso, tiveram que se denominar um braço da justiça maior e superior que eles mesmos, o que se vê nitidamente nos nomes com que batizavam os seus agrupamentos: "FRAÇÃO do Exército Vermelho", portanto só uma "fração" do que na **íntegra** existe fora deles; "Primeira Linha", o que significa que existem ainda outras, da retaguarda; "Brigadas Vermelhas", ou seja, de novo apenas alguns destacamentos de um exército **maior**.

Por outro lado, eles precisavam de um adversário o mais poderoso possível, porque quanto maior o inimigo, tanto maior o prestígio deles. Os representantes individuais do capital não eram para eles suficientemente notáveis como inimigos; procuravam um adversário mais concreto e mais sólido do que o sistema político-econômico diluído pelo mundo afora. Por isso, escolheram o Estado, mas não suas instituições materiais, pois não se apresentaram como seus dinamitadores, porque não esqueçamos que a questão foi a matança e não a destruição dos símbolos mortos ou núcleos vitais do Estado. No entanto, quando por uma única vez eles conseguiram alcançar um político de primeiro plano – na Itália –, e quando, em consequência das medidas de segurança, os principais expoentes do poder estatal se tornaram inalcançáveis, eles começaram a se satisfazer com vítimas substitutas, colocando na mira todos a quem pudessem provar participação, mesmo que indireta, no exercício de poder governamental ou, pelo menos, que tivessem um papel qualquer de direção ou de defesa da ordem vigente ou, finalmente, participação do sistema de educação pública, porque a ela também se podia atribuir funções de suporte ao Estado.

Portanto, se partirmos das condições históricas do terrorismo, lembrando que se tratava de assassinato disfarçado em cumprimento de dever, abnegação e justa ira, a análise lógica, realizada fora da conhecida factografia das chacinas, leva-nos, justamente, a esta factografia e aos seus pormenores táticos com progressiva renúncia das altas aspirações dos assassinos que chegaram a se contentar com vítimas cada vez mais "ordinárias" na hierarquia social. Quanto à ideologia, ela foi fabricada com aquilo que eles tinham à mão. Mesmo os mencionados nomes dos agrupamentos foram roubados da esquerda, visto que a revolução ganhou muita estima e porque um determinado revolucionário se tornou herói daquele tempo, de cujos gestos, atitudes e expressões se apropriaram aqueles que se serviram da morte, esse corpo estranho da civilização hedonista.

O cinismo, o plágio, o caráter caótico desta improvisada fabricação de justificativas do terror aparece só aos olhos de quem o analisa e observa de fora. O próprio movimento não se sentia nem cínico, nem hipócrita, e – o mais importante – nem admitia que a sua luta por um mundo melhor fosse apenas um DIS-FARCE. O fato de ele acusar o seu adversário, ou seja, o Estado, de fascismo, de uso dos métodos da Gestapo e de ligação com o nazismo, e ainda o fato de ele se situar à esquerda, do lado dos comunistas, como *plus catholique que le pape*, enganou muito os analistas em seus diagnósticos, porque levavam essas acusações a sério: se não o seu sentido literal, pelo menos suas intenções.

Sim, quanto ao assassinato desinteresseiro, gratuito, o movimento foi diferente do seu precursor, o nazismo, uma vez que surgiu e evoluiu em contextos diferentes. Não herdou do hitlerismo "a estética do *kitsch*" porque a clandestinidade não pode ter a sua própria gala, nem os desfiles, prédios, chancelarias, cerimoniais; mas na ilegalidade, a compensação foi a aura de poder com que o presentearam zelosamente os barulhentos e histéricos meios de comunicação de massa. Aliás, levando em consideração a etiológica, é preciso dizer que o hitlerismo, precursor do terrorismo, não foi a sua origem; a origem dos dois fenômenos é mais profunda: o assassinato a sangue frio, feito como se fosse um dever, ganhava de novo uma posição relevante na cultura graças ao procedimento de utilização secundária. Assim, rejeitada pela cultura, banida da cultura, a morte voltou triunfante.

No Estado totalitário, em que tudo o que é humano foi submetido ao controle do Estado, somente o poder supremo tinha direito de escolher as vítimas. E no Estado em que os indivíduos gozam de muita liberdade, aparecem os autonomeados exterminadores do mal, livres em sua identificação e perseguição. É o que explica o parentesco entre os dois sistemas, em que os assassinos se absolvem do mesmo modo, porque tanto a submissão total às autoridades como a negação categórica de qualquer submissão, no exame dos atos praticados exclui a consciência, levando, por caminhos diferentes, ao mesmo final sangrento.

Aspernicus mostra ainda mais coincidências nesse caso. Orientado executivamente e não revolucionariamente, o terrorismo empresta da esquerda apenas o que pode servir de folha de figueira ideológica dos seus atos, excluindo e negligenciando tudo o que poderia dificultar-lhe ou até impossibilitar o assassinato – a sua verdadeira razão de ser. O futuro a que ele oferece sacrifícios humanos é uma espécie de bandeira que serve para legitimar os seus atos, assim como para o nazismo servia a visão do "Reich de Mil Anos". Os terroristas que saem do movimento, rompendo os laços com a organização, perdem ao mesmo tempo a compreensão dos motivos que durante anos impulsionavam as suas atividades sanguinárias, e, aos seus ouvintes curiosos de revelações, fornecem um punhado de fofocas sobre os líderes, fofocas tão rasas como as revelações sobre as toscas "Tischgespräche" (Conversas à mesa) de Hitler no círculo dos seus mais próximos colaboradores. "Mas Hitler" – acrescenta o autor – "cometeu suicídio **antes** de ser preso." A expectativa de iniciação fica frustrada, porque não é possível comunicar o estado de espírito em que uma pessoa se sente no direito de aplicar a morte; porque é no próprio ato de matar e não nas mentes dos assassinos que se esconde o segredo. Então, tudo pode ser raso e mal costurado como os esforços – dos nazistas e dos terroristas – para evitar as execuções sumárias, pois matar logo, no lugar de aprisionamento, é cometer um homicídio comum, enquanto fugir disso significava assegurar a sua legitimidade; portanto, as vítimas eram levadas para os lugares de execuções, a não ser que resistissem, o que era muito mal visto, já que qualquer resistência é uma ofensa à justiça, e os terroristas cuidam das aparências de legitimação do julgamento e da sentença, mais até do que os nazistas, pois é a eles mesmos, desprovidos do guarda-chuva do Estado, que cabe reforçar a própria autoridade.

Porém os designados para morrer nunca foram e não são julgados de verdade. A sua culpa é sempre definida de antemão.

A suposta infalibilidade aproxima o terrorismo ao nacional-socialismo, esse pretenso papado do genocídio. Nenhuma persuasão, nenhum apelo, nenhuma imploração, nenhuma invocação da solidariedade humana ou qualquer circunstância atenuante, nenhum pedido de clemência, nenhuma prova de absurdo ou de inutilidade prática do assassinato, nenhum argumento desviarão os algozes da sua rota, porque eles dispõem de um arsenal de justificativas forjadas, que a moderação e a clemência qualifica como a mesma iniquidade que a legislação antiextremista e a política de repressão preventiva. A armação motivacional dos terroristas chega ao cume quando cada tipo de comportamento do adversário é considerado por eles como mais uma prova da sua culpa. Só assim dá para explicar a boa disposição dos ex-ss em suas reuniões de aniversário, como também a crença inalterada, por parte daqueles que escaparam, no horror do autoextermínio da Guiana e no carisma do seu monstruoso profeta.

Cada autêntico movimento de oposição que tem motivos sólidos para a luta na circunstância de uma verdadeira opressão ou exploração, externamente parecido com um extremismo pseudopolítico, favorece sem querer os falsificadores que apresentam o assassinato como um instrumento de luta pelo bem, uma vez que aumenta a confusão reinante na análise das ocorrências e dificulta, se não impossibilita, a distinção entre as culpas aparentes e verdadeiras. Mas em que lugar e quem neste mundo permanece angelicamente sem culpa até o fim? E assim surge um jogo de mímica, surpreendentemente eficaz. Se a razão simulada não se distingue da razão sincera, não é tanto em virtude da perfeição dos simuladores, mas por não ser totalmente limpa a consciência das sociedades que engendraram o terrorismo de pós-guerra.

Enfim, a agressão mortífera é repelida pela repressão mortífera; a polícia atira antes de identificar, a democracia, para se salvar, precisa, de algum modo, desistir de si própria, e por isso o extremismo, com suas justificações mistificadas, provoca uma série de reações que transformam o que foi fabricado como acusação falsa em acusação fundada. Do ponto de vista pragmático, o mal se mostra mais eficaz do que o bem, uma vez que nesse desequilíbrio das forças o bem precisa contrariar a si mesmo para deter o avanço do mal, portanto, não há nessa luta nenhuma estratégia vencedora de mãos limpas; a justiça vence na medida em que se assemelha à injustiça à qual está combatendo.

Portanto, a lição que o hitlerismo deu à nossa época não foi esquecida. Pode se desmantelar com a força o Estado totalitário e criminoso – o que se fez com o Terceiro Reich –, e então a responsabilidade pelo crime se dissolve, evapora, os culpados identificados diminuem, desaparecem, com exceção de um punhado dos que programaram o genocídio lá no topo e dos zelosos executores de baixo, que têm as mãos em sangue. Mas os grãos assim semeados não se perdem quando dispersos pelo vento. Com a sucessiva generalização de culpa o processo chegou ao fim, ficou logicamente encerrado. Este ciclo escatológico do século XX, ao começar no campo de tormentos forçados, completou-se no campo da morte voluntária. Na última fase do processo, os algozes se confundiram com as vítimas, demonstrando que todos são culpados. Assim, a situação inicial de desamparo voltou, uma vez que a herança do crime, presente em suas novas excrescências, já não é mais suscetível ao procedimento simples e brutal de derrubada da tirania. O doutor de filosofia, historiador e antropólogo Horst Aspernicus, cujo nome nos lembra outro Horst, termina o seu trabalho sem nenhuma receita universalmente eficaz para curar a endemia de niilismo apresentada, pois considera a sua tarefa concluída por ter revelado laços monstruosos que ligam o tumor geneticamente maligno do genocídio às metástases numerosas no bojo da civilização europeia. Por mais controversas que sejam as suas elucubrações, por mais fortes que possam provocar protestos, é impossível ignorá-las. Esta tentativa de integração do hitlerismo na ordem da cultura mediterrânea que se recusa a considerá-lo uma exceção, uma única e pavorosa transgressão, deve entrar, queiramos ou não, no *corpus* de conhecimento sobre o homem contemporâneo, mesmo em tempos em que a epidemia assim diagnosticada poderá finalmente ser tratada com sucesso. O fenômeno ao qual o doutor Aspernicus consagrou dois volumes da sua obra, concerne ao que ele tem definido como a alocação da morte na cultura. Quanto às novas perturbações associadas a essa alocação e às suas consequências no futuro, fica muito difícil fazer previsões, porque o processo já completou o seu ciclo, visto que o mal pouco a pouco estava sendo alocado em todo lugar onde a sua alocação era viável, e o jogo niilista inaugurado pela paranoia do hitlerismo tem chegado ao seu final lógico, ou seja, até o delírio do suicídio coletivo. O que mais a humanidade ainda pode fazer no terreno desses trabalhos lúgubres? Que brincadeiras com a morte ainda irá inventar – uma morte toda coberta ou uma morte que pretende excitar com um *strip-tease* sangrento? Com esta pergunta sem resposta, Aspernicus encerra a sua *História do Genocídio*.

Cracóvia, março de 1979 – fevereiro de 1980.

Segunda fase

Robinson Crusoé da Futurologia[1]

I.

Tornei-me sem querer, e até sem saber, o chamado "pesquisador do futuro". Hoje, olhando para trás, percebo mais ou menos como isso ocorreu. Antes de tudo, quando comecei a me ocupar "com o que ainda seria possível", nada sabia de qualquer "futurologia". Não conhecia esse termo e, portanto, não sabia que ele fora cunhado por Ossip Flechtheim, em 1943. Para certificar-me sobre a data, fui ao léxicon de Joseph Meyer, o *Meyers Konversations-Lexikon*, e soube que Flechtheim dividia sua futurologia em três áreas: prognóstico, teoria do planejamento e filosofia do futuro. Parece-me que eu estava testando um pouco minhas forças em cada uma dessas modalidades ao mesmo tempo. Sim, reconheço ser esquisito ocupar-se, ao longo de um bom tempo, de forma bem pormenorizada e ignorante, com algo que nem se sabe o que é. Suponho que quando o primeiro proto-homem começou a cantar, ele não fazia ideia do que era o canto. Mas foi assim mesmo. Assim como muitas das coisas que imaginava então sobre as futuras façanhas da humanidade (e futuras desgraças) já se cumpriram (muito inesperadamente para mim), posso também, fugindo da acusação de estar me vangloriando, confessar coisas menos elogiosas.

[1] Este título é do tradutor. Este ensaio é o capítulo XXXII do livro: Stanisław Lem, *Sex Wars*, Varsóvia: Biblioteka Gazety Wyborczej, 2000, p. 161-168. (N. da T.)

A tal "propulsão" começou provavelmente nos anos do ginásio. No livro dedicado à minha infância (*Alto Castelo*) descrevi, por exemplo, a minha "atividade inventiva" aos treze anos. Preenchia cadernos com desenhos de máquinas rastejantes, voadoras e até as que facilitavam o consumo de milho cozido, pois me interessava **por tudo**. Naquela época, entregava-me também a outros tipos de ocupação, ainda mais fantásticos. Assim, durante as aulas enfadonhas me dedicava a fazer, com papel recortado dos cadernos escolares, carteiras de identidade para imperadores e reis, documentos de outorga de diversos tesouros, joias e passes de entrada para Castelos Muito Secretos, que cheguei a produzir de montão. Talvez este tenha sido o germe de minha criatividade literária posterior; não sei. Em geral, ocupava-me muito pouco com minha própria pessoa: interessavam-me muito mais as respostas à pergunta **porque e**, desde que me lembro por gente, importunava com essa interrogação meus tios e meu pai. Da escola, da sala de aula, saía correndo com meus pensamentos o mais longe possível – ao passado, e não ao passado dos manuais de história, mas ao antiquíssimo, povoado de dinossauros (tinha livros sobre eles, devorava **todos** esses livros, inclusive o *Brockhaus Konversations-Lexikon*, de 1890) e, além disso, desenhava monstros que nunca existiram, mas, pelo jeito, conforme a minha convicção, deveriam ter existido. Fugia, então, em minha imaginação para outros tempos e outros mundos e, embora soubesse que "não era de verdade", guardava bem meus segredos. Porém, não há como considerar as esquisitices infantis como início da "atividade futurológica". Todavia, quando, depois da guerra, achei-me com meus pais em Cracóvia, aquilo que começara a escrever enquanto estudava medicina, não era uma ficção científica apenas medíocre.

2.

Quem me auxiliou muito em minhas escapadas ao futuro foi o regime comunista, porque devo a ele (eu e a Polônia toda) o meu isolamento completo do Ocidente, portanto também da sua literatura em escala mundial. Até 1956, não tinha lido nenhum livro de ficção científica (com exceção de Júlio Verne e H.G. Wells, que conheci antes da guerra, em Lwów), como também não tinha acesso a obras científicas. Porém houve uma exceção. O psicólogo doutor Mieczyslaw Choynowski fundou, em 1946, o Conservatório de Estudos da Ciência, onde tornei-me assistente. Choynowski dirigia-se aos centros científicos dos EUA e do Canadá, solicitando publicações científicas para a ciência polonesa forçada a jejuar nos anos de ocupação alemã. Os livros chegavam em pacotes, e minha tarefa era desempacotá-los e enviar pelos correios para as universidades do país, e assim, o que me interessava, simplesmente levava para casa, lia à noite e, no dia seguinte, entregava nos correios. Desse modo, tomei conhecimento da *Cibernética*, de Norbert Wiener[2], e da teoria de informação (Claude Shannon), dos trabalhos de John von Neumann, que me impressionaram muito, da teoria dos jogos e assim por diante. Como não sabia inglês, tive que ler com um dicionário na mão. Porém, em pouco tempo as leituras deixaram de me satisfazer e, a partir dos seus alicerces, comecei a erigir as minhas próprias concepções. Primeiro inventei "uma ressurreição atômica do homem", que me parecia possível, porque se cada um de nós é composto de átomos, depois da morte era possível juntá-los novamente e reconstruir o organismo. Do bispo Berkeley emprestei os interlocutores Hylas e Filonous, e dei a eles a tarefa de investigarem essa ressurreição. O senhor Oświęcimski, que era um dos assistentes do Conservatório e a quem

---

2 *Cibernética: Ou Controle e Comunicação no Animal e na Máquina.* Trad. Gita K. Guinsburg. São Paulo: Perspectiva, 2017. (N. da T.)

mostrei meus escritos, tentava demolir a minha conclusão, argumentando que o homem construído de átomos não pode ser o **mesmo** que morreu, quanto mais um **igual**, ou seja, uma cópia, como que um gêmeo. Ele vinha cada dia com um novo contra-argumento que eu refutava, e assim surgiu, sem querer e sem ser planejado, depois ainda lapidado, o primeiro capítulo do meu livro, *Diálogos*. Escrevi esse livro em 1953, quando Stálin ainda estava vivo, e publicá-lo (porque deduzi muitas novas chances futuras da cibernética, oficialmente considerada uma "ciência de mentira") era impensável. Aliás, dos prognósticos do futuro não se ouvia falar, pela simples razão de que o futuro já estava previsto com toda a precisão na forma do **paraíso comunista**, para onde, como Moisés à Terra Prometida, conduzia-nos o partido comunista. Porém isso tudo não me satisfazia e nem interessava: eu ficava na minha. Graças ao "degelo", os Diálogos puderam sair em 1956, mas como na editora ninguém fazia ideia do que se tratava e nem o que significava o livro, em sua capa apareceu um palco com uma escada e dois chinelos abandonados.

Paralelamente escrevia também ficção científica, que já gozava de certa popularidade, mas quanto a seu papel no meu "trabalho futurológico", por enquanto não falarei nada. O meu pensamento estava estranhamente dividido: ainda pode acontecer que alguém se apaixone sem querer, mas que se case sem querer e não perceba, isso já é algo raro. Agora escrevem que daquela futurologia que estourou por volta dos anos 1960 (e conquistou o mercado do livro), eu não me ocupava. Primeiro porque comecei a escrever sobre o futuro antes que essa moda veio a dominar o Ocidente, mas mais ainda porque eu não podia saber de nada do que acontecia no Ocidente. Ouvia somente a rádio Free Europe, e com dificuldade devido às interferências, mas sobre o futuro, não falavam nada.

Quanto à razão pela qual em 1962 resolvi escrever meu *opus magnum*, a *Summa technologiae*, também não direi nada, porque na verdade não sei o motivo. A explicação mais sucinta é que estava curioso, muito curioso acerca do que poderia acontecer no futuro. Não me ocupava do futuro político do mundo, das futuras crises, nem da "explosão demográfica", mas, sobretudo, tratava das possíveis realizações instrumentais. Francis Bacon escrevera, há centenas de anos, que surgiriam máquinas capazes de andar no fundo do mar e de voar. Provavelmente sem saber que o filósofo Karl Popper declarara que qualquer previsão do futuro é **impossível**, foi justamente com esse tipo de previsão que resolvi me ocupar. Como não tinha acesso a nenhuma das fontes da futurologia, precisava inventar, eu mesmo, um modelo, uma estrela guia, uma senha que abrisse caminho ao futuro mais remoto, e então segui o famoso conselho dos alemães: *Aus einer Not eine Tugend machen* (Faça da necessidade uma virtude).

Não quis, deus me livre, fantasiar como fazia no ginásio; agora precisava de um embasamento seguro, ou seja, de algo que já existisse e que um dia os homens conseguissem dominar enquanto tecnologia. Vejam como era fácil: as plantas existem, existem os animais, e nós existimos com certeza; todo o mundo vivo surgiu graças à evolução natural darwiniana. Se a natureza tem conseguido, nós também – e essa foi a esperança que manifestei – conseguiremos ao sermos seus discípulos e criarmos como ela, e **até melhor**, porque para o nosso próprio uso. E assim, todos os meus esforços ao escrever *Summa technologiae* direcionei para definir com toda precisão possível **como fazer isso, qual seria o resultado** e como se poderia "alcançar e ultrapassar a natureza".

Quando escrevi esse livro, ainda não se ouvia nada a respeito de biotecnologia, de engenharia genética, sobre as descobertas do mapa da hereditariedade humana, o Human Genome Project (Projeto Genoma Humano). Ao meu redor reinava o marxismo-leninismo, e eu dispunha apenas de obras editadas em Moscou, portanto em russo, obras de ciências exatas – astrofísica, biologia darwiniana (os comunistas até gostavam de Darwin) –, e havia também livros "roubados" (por exemplo, a física de Feynman), porque Moscou traduzia os melhores sem pagar, naturalmente, direitos autorais. Quanto aos prognósticos, não dava para falar deles gaguejando. Tive muitas dificuldades com a terminologia, mais ou menos como teria alguém em 1800 se tivesse a ideia de escrever sobre ferrovias que ainda não existiam: como nomear os fornos, cilindros, válvulas, freios de segurança e assim por diante? Tive que inventar tudo sozinho e dar nomes, assim como Robinson Crusoé teve que aprender como fazer uma panela de barro com uma camada de verniz. Fui como que um Robinson Crusoé da futurologia, e devo muito àquela solidão, àquele isolamento, porque se eu soubesse que no momento em que minha *Summa* saía (na altura não apareceu nenhuma resenha, só um conhecido filósofo polonês escreveu que confundi utopia com informação e que tudo isso não passa de contos de fada) já começavam a aparecer no Ocidente institutos como Rand Corporation, Hudson Institute, e na França um grupo Futuribles etc., diante dessas potências de sabedoria apoiadas por brigadas de computadores, com acesso a toda literatura mundial e com a liberdade de participar em todos os congressos e conferências, não ousaria abrir a boca vendo-me esmagado por uma avalanche dessas. Pensem bem: eu sozinho, numa quase aldeia – porque morava num subúrbio ao sul de Cracóvia –, iria competir em profecias, concorrer com *experts* que lançavam um *bestseller* após outro no mercado de leitores, Herman Kahn aqui, Alvin Toffler ali... Para a minha sorte, eu não sabia nada a respeito deles nem da fama de que gozavam... Então, o isolamento pode ser saudável. Pois naquele tempo apareceram coortes, legiões inteiras de futurólogos, e quando (já depois de saírem várias edições da *Summa*) chegaram às minhas mãos os volumes enviados do Ocidente, pude ver gráficos precisos (segundo a profecia de H. Kahn, a Alemanha Oriental iria ocupar o segundo lugar na Europa em crescimento de PIB, logo depois da Alemanha Ocidental), e quando vi essas estatísticas, essas extrapolações, essas interpolações, só então percebi bem a vantagem da minha solidão... Digo isso porque a União Soviética em pouco tempo se desintegrou, a Alemanha Oriental deixou de existir, a futurologia sumiu das vitrines de livrarias e, em compensação, apareceram novos artigos e títulos, tratando não daquilo que um dia será, mas do que já está acontecendo e se desenvolvendo aqui e agora.

3

O quê? Uma virada em direção à biologia e à biotecnologia, ao laborioso mapeamento da hereditariedade humana e à procura dos genes responsáveis pelas diversas características e doenças. Começaram a surgir poderosos consórcios, como Genetech (nem consigo enumerar todos), várias novas bactérias começaram a ser patenteadas e usadas para a elaboração de produtos químico-sintéticos. Fiquei muito surpreso com tudo isso. Pois antes já havia escrito, com convicção equivalente à certeza, que não chegaria a presenciar **nenhuma** realização dos meus prognósticos, e que as coisas sobre as quais estava escrevendo só poderiam surgir no terceiro, talvez no quarto milênio. E vejam o que sucedeu: agora não consigo dar conta da leitura dos livros sobre as novas descobertas da biotecnologia, e a terminologia que está surgindo é bem diferente daquela que como Robinson Crusoé inventei em minha *Summa*. Assim, por exemplo, já existe a minha "Fantomologia" e "Fantomática", mas com o nome *virtuelle realität*, *virtual reality* (realidade virtual). E a cada semana surge mais e mais novos termos como esses. É possível prever o rumo geral do desenvolvimento (sim, e tenho provas que é), mas prever, além disso, os nomes dos produtos específicos, das técnicas e dos instrumentos, já não seria uma previsão, mas um milagre. Não acredito em milagres.

Minhas ideias, embora nem todas, já estão ultrapassadas pelo progresso cada vez mais acelerado do conhecimento teórico e por suas aplicações práticas. Obviamente, não consigo resumir aqui toda a *Summa*, mas posso explicar, em poucas palavras, qual seria o fator básico, o princípio fundamental que devia, no meu entender, ter feito da tecnologia retomada da evolução natural da vida um domínio completamente novo, bem diferente da prática de engenharia desenvolvida ao longo dos séculos, da capacidade construtora e do pensamento produtor das hipóteses dos humanos.

Sempre lidamos com a máquina operatriz e com aquilo que é trabalhado, com instrumento e com matéria-prima, com cinzel e com pedra, com invenção e com protótipos, com modelos construídos, e, no nível de abstração suprema, com hipóteses e teorias que submetemos aos testes de verificação (testes que, segundo Popper, são fator principal de autentificação das nossas teorias: o que não pode ser submetido ao teste de verificação não é confiável do ponto de vista dos critérios da veracidade da ciência). É assim que atuamos, e desde os tempos em que o primeiro proto-homem começou a atiçar o fogo esfregando duas pedras de sílex, antes ainda criando o martelo de pedra e o raspador, até a invenção da Discovery, dos satélites e das usinas nucleares, o método, no fundo, permanece o mesmo.

Porém a evolução, que precisava emergir por si só do caos e dos reboliços moleculares, não cria quaisquer concepções teóricas, não conhece divisão entre o trabalhado e o que trabalha, porque nela o plano é a espiral do DNA composta de moléculas (só que continuamos sem saber como ela conseguiu fazê-lo) ao longo dos quatro bilhões de anos de desenvolvimento da vida na Terra. Aliás, ela deve ter trabalhado e se esforçado bastante, pois durante **três bilhões** de anos só conseguiu produzir diferentes **bactérias**; seres multicelulares, plantas, animais surgiram "só" há 800 milhões de anos, e o homem – nesta escala de tempo – "há pouco", ou seja, há uns dois ou três milhões de anos. Portanto – retornando à minha futurologia –, minha maior preocupação e o problema que tive estavam ligados à pergunta se a humanidade conseguiria **acelerar** o desenvolvimento da tecnologia de uma forma tão extraordinária que poderia alcançar o que a evolução tem formado em bilhões de anos, e assim, em algumas centenas de anos, o homem estaria apto a dominar essa arte...

Duas coisas não consegui antever. Primeiro, que será possível ganharmos essa corrida, que já no final do século XX, começaremos a ganhar a competição, que isso começará a se concretizar bem rápido, de repente, em muitos segmentos da frente biotecnológica. Nesse sentido, pelo visto, fui pessimista. Mas, em outra esfera e em outro sentido, tornei-me otimista: contei com o espírito prometeico da humanidade. Não imaginava que as mais estupendas conquistas da técnica seriam usadas para fins infames, desprezíveis, vis, estúpidos e baixos; que as redes de computadores (sobre elas escrevi em 1954) serviriam para transmitir pornografia. Aliás... será? Como não me interessavam os prognósticos limitados aos produtos técnicos ou biotecnológicos apenas, mas quis adivinhar o uso que os homens e as sociedades fariam dessas conquistas, e como em minhas meditações acerca desse lado de coisas futuras me deparava com a natureza humana que, infelizmente, *non est naturaliter christiana*[3]... e, ao mesmo tempo, tentava fazer frente àqueles lados sombrios, estúpidos, antes de tudo, e, ao mesmo tempo, homicidas da natureza do homem, não inseri na *Summa* nem nos *Diálogos* nenhum capítulo sobre o futuro "negro" das maravilhas tecnológicas. Porém, mesmo sabendo que ao adentrar nessa "Filosofia do futuro" (de

---

3 *Non este naturaliter christiana* (lat.) – "não é naturalmente cristã", paráfrase da famosa expressão de Tertuliano: *Anima naturaliter christina* (a alma é naturalmente cristã). (N. da T.)

Ossip K. Flechtheim) seria preciso reconhecer que quase todo tipo de tecnologia muito avançada deve colidir inevitavelmente com a nossa tradição cultural, com a ética das crenças religiosas formada ao longo da história, com os nossos costumes protegidos pelos freios da lei e por tabuísmos sociais, e que desses choques frontais cada vez mais violentos resultarão fenômenos perigosos, tornando a civilização autodestrutiva, não empreendi descrições de transformações assim perigosas. Não sei se foi com plena premeditação que não quis fazê-las, mas, de qualquer forma, não predizia a "sociedade permissiva" assim como predizia os triunfos da tecnologia retomada da evolução da vida.

A solução para mostrar esse lado veio a ser a ficção científica: o que era lúgubre e sombrio demais, também descrevi, porém num disfarce grotesco, de palhaço. Assim surgiu *Congresso Futurológico* (que saiu em muitas traduções pelo mundo afora), uma imagem do mundo em que não só as simples drogas de uso comum, mas também os psicotrópicos, seriam capazes de alterar o caráter do ser humano, sua personalidade, manipulá-lo como se fosse marionete. Só que escrevi dando risadas, e o livro foi recebido da mesma maneira. Infelizmente, tal situação já pode ser encontrada hoje em dia nas páginas dos jornais. Essa "civilização psiquímica"[4], ou "psicivilização"[5] se abreviarmos, parece já estar chegando: *Ante portas*[6]... Foi o que adocei com

---

[4] Neologismo de Lem que, no seu romance *Congresso Futurológico*, assim denomina a civilização do futuro, em que o adjetivo "psíquico" ("psychiczny" pol.) não existe, sendo substituído por "psiquímico" ("psychemiczny", pol.), uma vez que a identidade humana foi alterada pelo consumo excessivo e generalizado dos químicos. (N. da T.)

[5] "Psicivilização" ("psycywilizacja", pol.) – uma "abreviação" do neologismo "psiquímico" que, em polonês, ganha um sentido satírico, uma vez que o prefixo "psi" ("psy"), nessa língua é também o plural do substantivo "psy" ("os cães"). (N. da T.)

[6] "Ante portas..." evoca uma expressão latina "Hannibal ante portas!" (Aníbal perante os portões!) diante da ameaça a Roma imposta pela campanha de Aníbal, depois da sua vitória de Cannas (216 a.C.). (N. da T.)

escárnio, zombaria, humor, também em outros livros, e sempre numa tonalidade satírico-surrealista, pois do contrário soaria como um *réquiem* para a tecnologia, como *pompe funèbre* (pompas fúnebres), como *mene mene tekel upharsin*[7]...

4.

Agora terminando, devo confessar o seguinte: não fui nem um pouco profeta onisciente das explosões da criatividade tecnológica com um anverso magnífico, luminoso, e um reverso sombrio, sepulcral. Não foi de modo algum que há quase cinquenta anos agi de uma maneira que, sentando e meditando, teria dito a mim mesmo: eis que anunciarei à humanidade o que a espera do bem e do mal, nos tempos que inevitavelmente estão chegando, mas

[7] Na *Bíblia de Jerusalém*, as palavras enigmáticas em aramaico são "Menê, menê, teqel, parsin". Estas foram escritas por misteriosos dedos de mãos humanas em uma parede do palácio do rei Baltazar da Babilônia. O profeta Daniel é chamado ao palácio para desvendar o significado daquelas palavras. Nelas ele lê o fim do reinado de Baltazar, o que ocorre naquele mesmo dia. A interpretação de Daniel é a seguinte: "MENÊ – Deus mediu o teu reino e deu-lhe fim; TEQEL – tu foste pesado na balança e foste julgado deficiente; PARSIN – teu reino foi dividido e entregue aos medos e aos persas." (*Daniel* 5, 26-28) Seguindo a ideia de Lem na frase em que se encontra a inscrição *mene mene tekel upharsin*, parece que o autor quer evocar, com essa citação bíblica, a face mais soturna e desprezível dos avanços tecnológicos. Porém, como vimos, deixa claro que, em seus romances, trata desse aspecto censurável dos avanços tecnológicos sob um disfarce grotesco, de palhaço. Com isso se recusa a tornar pesado demais o lado sombrio das tecnologias, o que para ele significaria uma indesejável apologia e defesa à sentença de morte e total aniquilação delas. (N. da E.)

o direi separando o bem do mal de modo que as notícias boas anunciarei com seriedade, nos livros chamados de literatura documental, enquanto os prognósticos ruins, fatais, cobrirei com o glacê da brincadeira, apresentarei piscando um olho, assim como se conta piadas inimagináveis. Não, nada disso. Quando comecei a escrever, não havia na minha cabeça – ou melhor, na minha mente – nenhum pensamento que apontasse conscientemente a divisão dessa minha escrita.

Essa divisão, essa bifurcação ocorreu como que por si só, e apenas agora, no fim do meu trabalho de escritor, consigo perceber esta dupla maneira de expressar, como se fosse duas metades compondo a unidade do que tinha conseguido passar para o papel, quase sem querer, como que inconscientemente, como que dirigido por algo em que nem acredito. Seria um exemplo de *genius temporis* (espírito do tempo)? Simplesmente não sei. Em relação às origens de tudo que escrevi, não me perguntem. Se soubesse acrescentar algo à guisa de explicação, já o teria feito, mas não consigo.

Escrito no dia de 4 de outubro de 1994 para os suíços.

Civilizações Cósmicas[1]

A ideia de procura por civilizações extraterrestres, nascida há cerca de cinquenta anos, rendeu até agora abundante bibliografia, cujos volumes enchem prateleiras da minha biblioteca. Trata-se de um fenômeno um tanto curioso, considerando que todas as escutas e outras buscas por sinais de atos racionais no cosmos que nos rodeia, resultaram literalmente em nada. Não citarei aqui a fórmula aplicada para uma avaliação probabilística de chances de existência no Universo de seres de uma racionalidade capaz de construir, num corpo celeste por eles habitado, uma tecnosfera[2], que é condição necessária para emissão, ou pelo menos captação, dos sinais de uma inteligência extraterrestre. Nos trabalhos de um congresso americano-soviético, dedicado à procura de civilizações hipotéticas no cosmos, propus, de modo pessimista, que um comitê de cientistas constituísse um grupo "autofuturológico", cuja tarefa seria prever que estratégias de busca de inteligência extraterrestre seriam inventadas no fim do século XX, caso até lá continuássemos sem saber nada sobre seres extraterrestres pensantes e atuantes. Não se convocou, porém, um grupo de estrategistas visionários; nossas expectativas otimistas, aos poucos, tornaram-se bem reduzidas.

1   Título original, *Cywilizacje kosmiczne*; este ensaio faz parte do livro de Stanisław Lem, *Okamgnienie*, Cracóvia: Wydawnictwo Literackie, 2000, p. 41-47. (N. da T.)
2   A tecnosfera abrange as estruturas constituídas pelo trabalho humano no espaço da biosfera. (N. da E.)

Primeiro: agora já não se fala nem se escreve tanto sobre civilizações de seres extraterrestres tecnologicamente avançadas, quanto mais modestamente sobre a esperança de se descobrir no Cosmos vestígios de vida em formas mais rudimentares, ou seja, bacterianas. Até agora não foi descoberto qualquer vestígio de vida nem na Lua, nem em Marte, mas a esperança de que semelhantes vestígios, mesmo em formas remanescentes, possam ser descobertos em Marte ou em luas de grandes planetas do nosso sistema, debaixo da camada de gelo dos seus oceanos, não morreu completamente. Da mesma maneira, a hipótese da presença de água, mesmo em estado de gelo, também no polo da Lua, e até no planeta mais próximo ao Sol, que é o Mercúrio, é acarinhada hoje como um resquício da fé ingênua de meio século atrás. Naquele tempo, atuava Francis Drake, tentando captar sinais de criaturas inteligentes, assim como Carl Sagan, astrônomo norte-americano, e Joseph Chklovski, um rádio astrônomo russo, ambos já falecidos, que fundaram uma organização cujo nome, em tradução livre, seria Comunicação com Civilizações Extraterrestres, transformada depois num grupo modesto dedicado à procura desses tipos de civilizações. Se eu citar apenas uma parte dos cientistas que se dedicaram a tarefas dessa espécie, só a relação dos nomes e trabalhos deles não caberia neste livro.

Pelo que sei, nenhum zoólogo ou hipólogo tentou compor uma tabela taxonômica de centauros, de modo que pudesse distinguir homo corcéis árabes originados de mulo e, sobretudo, aqueles provenientes de burro. Porém, um astrofísico russo, Nikolai Kardashev, criou uma escala de três graus de civilizações extraterrestres. As menos desenvolvidas e mais novas apareciam nesta escala como aquelas existentes na Terra, as mais poderosas seriam capazes de dominar o seu sistema planetário, enquanto as civilizações de terceiro grau já governariam as galáxias.

Questões tecnológicas relativas à comunicação interestelar foram elaboradas com muita seriedade, tanto do lado soviético quanto do norte-americano. Foram levadas em consideração e calculadas as mais variadas espécies de emissores de ondas eletromagnéticas, de radiação molecular e de laser. Em nosso país, também não faltam entusiastas desta problemática, à qual se dedica, por exemplo, a monografia de Mieczysław Subotowicz. Aqui me vêm à memória as palavras de uma crítica bastante maliciosa dirigida aos neopositivistas, cansados de pensar e escrever seus trabalhos: se têm asas, por que não voam? Fomos obrigados a aumentar incessantemente o raio de ação das nossas buscas. Fomos também obrigados a separar, como que em dois, os procedimentos de transmissão de sinais, ou seja, em seções isotrópica e anisotrópica. O problema é que a emissão dos sinais às cegas, em todas as direções a partir do planeta emissor, exige uma potência bem maior do que a emissão do sinal de faixa estreita. Especialistas, principalmente os rádio astrônomos e informáticos, conseguiram calcular a energia do emissor termodinamicamente indispensável, assim como a necessária potência receptiva, bem menor. E de novo, infelizmente, nada mudou, não descobrimos nenhum "irmão em razão", e começa a parecer-nos, pelo menos aos decepcionados com a inutilidade daqueles trabalhos, que no Cosmos inteiro não há ninguém, exceto nós mesmos.

Entretanto, toda essa questão pode ser examinada ao se colocar sob a lupa apenas a história terrestre. Graças a um enorme esforço de geólogos, climatologistas e paleontólogos, sabemos que a vida fecundou em nosso planeta "somente" algumas centenas de milhões de anos depois do seu surgimento, ou seja, há perto de quatro bilhões de anos. Soubemos recentemente que os seres procarióticos, para nós muito esquisitos, antecederam a Era Cambriana, em que ocorreu uma verdadeira explosão das espécies. A vida fervilhou nos oceanos; os protoanfioxos, ancestrais dos seres vertebrados, deram origem aos anfíbios. Depois chegaram os répteis, até que há uns 65 milhões de anos, graças a uma série de cataclismos que puseram fim ao domínio dos répteis, chegou a vez do desenvolvimento dos mamíferos há 130 milhões de anos. Atualmente, a maioria dos paleontólogos, sobretudo norte-americanos, sustenta que as formas pré-humanas (*hominoidea*) devem o seu surgimento a uma fenda na biosfera, resultado de uma catástrofe. Ou seja, ocorreu o que pode ser projetado para todo o Universo e ao que dediquei dois ensaios – "Das Kreative Vernichtungsprinzip" e "The World of Holocaust" –, no livro *Biblioteca do Século XXI*: o criacionismo criativo no Cosmos é determinado pela destruição. Não há nenhum pingo de exagero no que dizem a respeito de termos nascido das cinzas de estrelas: no interior das supernovas surgem, em sucessivas fases de reações nucleares, elementos cada vez mais pesados, até que a explosão que põe fim à existência daquelas estrelas semeia tais elementos por vastos espaços siderais, e assim surgimos do pó estelar, nós e os nossos planetas. Por isso, a destruição como condição preliminar de formação dos planetas e dos seres vivos não é nenhuma metáfora. Sabemos que provavelmente a melhor incubadora da vida é o chamado círculo corrotativo das galáxias espirais, como a Via Láctea, que as estrelas ali nascidas conseguem produzir discos nebulosos protoplanetários que giram, e que, dentro desses turbilhões, surgem condensados que dão origem aos planetas. Para que a vida pudesse nascer, assentar-se e prosseguir no planeta, foi indispensável a presença da água e talvez também de oxigênio na atmosfera. A Terra primitiva, ou seja, a proto-Terra, não era banhada por oceanos, nem possuía uma atmosfera favorável à vida. Parece-nos, e falo com cautela, que a vida, emergindo e ao mesmo tempo espalhando-se, participa da formação do meio ambiente atmosférico e hídrico de tal modo que favorece cada vez mais o desenvolvimento da mesma. Pode-se ainda acrescentar que a nossa civilização tecnosférica será cada vez mais o galho biosférico em que estamos sentados. Mesmo sem provocar conflitos nucleares em grande escala, a humanidade pode estar preparando o próprio suicídio.

Sabe-se que nem os fatos nem as teorias neles baseadas, que explicam racionalmente a estrutura de tudo, bastam às pessoas. A idade da nossa civilização tecnocientífica, que no relógio geológico não passa de uns segundos, bem como as distâncias interestelares e as que separam os sistemas planetários, evidenciam que não passa do domínio da fábula e do mito a existência de supostos objetos, chamados UFOS, sobrevoando a Terra. Tanto o Universo quanto bilhões de nebulosas que nele giram e centenas de milhões de sistemas planetários escondem em si mistérios por nós ainda ignotos. Mas às pessoas isto não basta. Ao lado das drogas com que hoje se envenenam milhares ou milhões de pessoas no mundo todo, a emissão de pseudocósmicos disparates, já em escala global, faz tudo para contaminar nossas mentes. Os antigos diziam: *mundus vult decipi, ergo decipiatur* (o mundo deseja mentiras, logo, é enganado).

As chances de encontrarmos uma "outra inteligência" parecem, então, bem remotas. Contudo é preciso lembrar que nos últimos milênios surgiram na Terra centenas de civilizações que se desenvolveram ao longo dos séculos, que os cataclismos, como terremotos ou desconhecidos efeitos de explosões de estrelas novas mais próximas, bem como uma variante de desenvolvimento escolhida por uma determinada civilização, não precisavam de modo algum resultar na construção da tecnosfera e das ciências exatas, seu suporte. As civilizações que pararam em sua marcha de desenvolvimento histórico foram depois, e continuam até hoje, obrigadas a importar tecnologias que brotaram primeiro na bacia do Mediterrâneo, para depois invadirem o continente europeu e, de lá, darem um salto para terras americanas. Esse quadro mostra que nenhuma necessidade desenvolvimentista, nenhum progresso precisa levar à fase de formação de um potencial tecnológico. Um esquema analógico, que lembra mais uma perambulação sem rumo na história no decorrer da história do que uma inevitável ascensão na escala do progresso, aplica-se também a outras esferas da atividade humana. Assim, por exemplo, a humanidade criou cerca de cinco mil línguas diferentes e um número pouco menor de diferentes tipos de escrita, mas o alfabeto de letras do qual nos servimos, procedente da Ásia Menor e difundido na Europa e em parte da Eurásia, foi inventado só uma única vez. Os especialistas, aos quais não me incluo, sustentam que justamente ele é o melhor do ponto de vista informativo, porém, infelizmente, nem sempre é possível abarcar e aproveitar o que pode ser o melhor para nós em nossa travessia.

Somos Instantes[1]

I.

Somos instantes! Do que, geralmente não fazemos ideia, porque, "por dentro", tais instantes parecem-nos bastante dilatados. Num certo sentido, e cada vez mais evidente, poderíamos nos chamar de "pequenos seres viventes", mas uma minusculização dessas reveste a existência de uma espécie de glacê adocicado, portanto, de algo sem seriedade, já que com tanta facilidade pode ser lambido pela morte. No entanto, para muitos – porque não para todos – trata-se de uma questão séria, de vida ou morte. De qualquer forma, situamo-nos – talvez nem tanto com os nossos sentidos (*sensorium*) quanto com as limitações da imaginação, também "cientificamente" sustentada e intumescida – algures no meio de uma escala que apresenta, "de um lado", as dimensões de átomos (ou "partículas elementares") e, do outro, abismos meta-galácticos. Podemos pensar em um ou outro "limite", mas trata-se de um pensamento que facilmente naufraga, pois não é como se pensar acerca de uma cadeira.

[1] O título é do tradutor. Em Stanisław Lem, *Sex Wars*, Varsóvia: Biblioteka Gazety Wyborczej, 2000, p. 317-321. (N. da T.)

2.

Em fotografias do telescópio orbital Hubble, pudemos avistar duas galáxias espirais em colisão, distantes vinte e poucos (vinte cinco?) milhões de anos luz do nosso lugar de repouso (do giro em torno do Sol). Pouco antes desse fato, o Hubble tornou possível a descoberta de uma estrela que, conforme a teoria de construção das estrelas, não podia existir, porque a teoria determina que estrelas tão grandes como a localizada pelo Hubble, antes de crescerem gorduchas "nos fermentos do hidrogênio", supostamente sofrem uma desintegração fatal. Porém, essa estrela grande além da conta existe e certamente muitas como ela ainda podem ser descobertas no Cosmos. Ela aparenta ser milhões de vezes maior do que a astrofísica acredita ser possível às estrelas. Entretanto, prefiro voltar a pensar na colisão das galáxias, de como as espirais com seus braços enroscados, girando no espaço, chegaram a se chocar. No passado (ou seja, há bilhões de anos terrestres), havia mais espirais e mais choques dessa natureza. Embora cada galáxia desse tipo seja um conjunto ramificado de estrelas (o Sol é uma estrela menor), cujo número chega a pelo menos centenas de milhões, as distâncias entre elas são mais ou menos como em relação à nossa. Portanto, são consideráveis, pois as estrelas do Centauro em nossa galáxia, as vizinhas mais próximas do Sol, encontram-se alguns anos luz de distância (não há estrelas mais próximas do que mais ou menos quatro anos luz). Julgando que as galáxias são conjuntos concentrados de estrelas (não estou falando das galáxias não espirais, por exemplo, da galáxia de Seifert), porém com distâncias interestelares consideráveis, a colisão desses "piões" espirais de pelo menos alguns milhões de anos luz de diâmetro cada, não significa ainda quaisquer colisões, no sentido literal da palavra, entre as estrelas de uma galáxia com as de outra. Não.

Elas se cruzam num movimento em direções opostas, sempre numa distância de anos luz entre si, enquanto o gás produzido sobretudo pelo hidrogênio nuclear (embora não só pelo hidrogênio), que preenche "lugares vazios" em cada galáxia, choca-se "frontalmente" com o gás da galáxia que vem na direção oposta e, dessa colisão, resultam os condensados, formando a imagem de curvas nada harmoniosas (pelo menos na foto do Hubble).

E então surgem os germes de uma catástrofe que, num dos meus livros, chamei de "princípio da destruição criativa" do Cosmos, uma vez que o efeito final é a compressão dos gases interestelares que dá início ao surgimento de novas estrelas a partir dos condensados produzidos por essa compressão.

3.

Não pretendo aqui dar aula de astrofísica e nem saberia: o que contei deve servir a outra coisa. Todo este fenômeno (o da penetração mútua das duas galáxias) nos parece, então, totalmente imóvel: vimos como duas galáxias "entram uma na outra", como em seus redemoinhos espirais ficam deformadas, e se os astrofísicos do século XXI as fotografarem, verão praticamente o mesmo que nós podemos ver agora. A questão é que somos "viventes momentâneos" do Cosmos, e os processos que nele ocorrem, como a fuga das nebulosas, o desabamento de estrelas pesadas nuclearmente extintas em buracos negros, os redemoinhos, as estrelas disparando de duplos pares feito uma pedra de estilingue (porque um dos pares de estrelas próximas desintegrou-se e por isso a sua gravitação não pode mais manter o outro par numa órbita comum) –, tudo isso, como também muitas outras imagens por nós observadas, fotografadas e espectrograficamente fixadas, sucede com uma grande velocidade, natural a tudo que é cósmico. Mas para nós, seres momentâneos, tudo isso parece tão imóvel e fixo como um cavalo no ar, acima de um obstáculo, captado numa foto. Só indiretamente conseguimos saber que em qualquer lugar reinam criatividade, destruição, nascimentos e agonias dos sistemas de fogos nucleares, conforme os dados das nossas teorias e cálculos derivados de teorias. Apenas ao retornarmos em pensamentos e em sentidos à nossa velha (e por nós cada vez mais arruinada em seu invólucro biosférico) Terra é que conseguimos, a partir daqueles dados intermediários, perceber como "é fugaz o tempo da nossa vida". Contudo, por outro lado, apesar de sermos viventes momentâneos, podemos, graças às simulações computacionais, modelar o que acontecerá com o Universo daqui uns cem bilhões de anos, se antes ele não desabar em alguma singularidade. Conseguimos também, e é uma tarefa mais fácil, vislumbrar o que ocorrerá daqui uns cinco bilhões de anos terrestres, portanto, já depois do apagamento do nosso Sol que nos dá a vida, porque então deve ocorrer uma colisão mais próxima, ou seja, da nossa Galáxia (Via Láctea) com a Grande Nebulosa de Andrômeda, que corre em sua (nossa) direção e que, como a Via Láctea, é uma galáxia espiral. Mas, por enquanto, ainda não sabemos se as duas galáxias vão se chocar frontalmente ou só se roçar lateralmente – (*na kulawy sztych*, "na língua dos caçadores [poloneses]") –, e o esforço dos pesquisadores dos céus é investido em descobrir e constatar como será o decurso do encontro de colisão resultante, entre outros, do fato de que as galáxias não são distribuídas proporcionalmente, "por amostragem", em todo o espaço cósmico, mas de "andarem" em grupos, e por isso tanto a Via Láctea quanto a galáxia Andrômeda são elementos de um grupo local de galáxias.

4.

Porém, naquele tempo – para nós, viventes momentâneos, apreensível e mensurável somente por meio dos cálculos, mas, devido à nossa "instantaneidade", literalmente fora do alcance da imaginação (alguém pode sustentar que se calculamos logo podemos imaginar, mas eu não acho) –, na Terra já completamente torrada como carvão (com o Sol inchado até o tamanho de um Gigante Vermelho), seca e fria como Marte é atualmente (porque os oceanos ferverão e evaporarão com tudo, e não haverá Ninguém, nem uma bactéria), também não teríamos condições de imaginar, apesar de tudo, o que um Alguém, diante da colisão das duas galáxias, poderia ver no firmamento terrestre. Situado no meio dos Niágaras de uma radiação terrível e penetrante, provocada pela compressão do gás de ambas as galáxias, ele estaria vendo o céu semeado de estrelas, muitas delas do tamanho da nossa hoje bem conhecida Lua cheia, ou até maior. Só que não seriam discos frios e pálidos como a nossa Lua, mas ardentes quase como o Sol, e naquele cortejo dos discos estelares em fogo, em vendavais de radiação, mover-se-ia bem torrada a nossa Terra Mãe e Defunta.

5.

Tudo isso foi dito aqui com intenção de instruir os viventes humanos de hoje, e assim se deu um passo para o futuro, como também, na ocasião, ficou esclarecido o que costumo declarar (e que pelos ouvintes geralmente não é levado geralmente a sério), ou seja, que não sei prever o que ocorrerá daqui a vinte anos, enquanto a previsão que visa antever o que acontecerá daqui a bilhões de anos, é possível: *quod erat demonstrandum*.

6.

Além disso, na escala de proporções, há o limite oposto dos corpos celestes, das galáxias, que por ora deixei de lado, ou seja, o limite quântico, atômico, de partícula elementar que, do ponto de vista da ciência da matéria, é a matéria-prima de que somos construídos, nós mesmos e o mundo inteiro, tanto animado como não animado. Porém, apesar de ser tão familiar e de substancialidade congênita, a respeito dessa matéria-prima que nos constitui sabemos ainda muito menos do que sobre o que ocorrerá com os sóis, com os buracos negros e galáxias daqui bilhões de anos. Isso porque nosso "conhecimento exato" é disperso e assimetricamente disposto, sujeito a testes cognitivos; porém é possível nutrir uma esperança de que isso mude para melhor e que iremos saber cada vez mais sobre nós mesmos e sobre o que com essas informações será possível fazer, como mudar, como consertar, e até saber se em minúsculos elementos da escala de proporções, abrem-se portas abismais para os curtos-circuitos entre o macro e o mega-espaço, e se são possíveis agora os "Q-balls" ou os "**friedmons**", partículas do tamanho do átomo que em seu interior são grávidas de universos cósmicos (tais hipóteses são feitas para uma averiguação popperiana – e não para qualquer ficção científica). É disso que a ciência falará daqui a vinte, talvez daqui a trinta anos. Mas, de qualquer forma, para os Instantâneos trata-se de expedições para destinos bem longínquos – e isso é uma pena.

Outubro de 1997.

A Minha Visão do Mundo[1]

1.

O que a minha visão do mundo tem em comum com a informática? Acho que quase tudo, e tentarei explicar por quê. "O mundo", ou seja, "tudo o que existe", é composto de "coisas" das quais podemos saber graças à "informação". As coisas podem "emitir" tal informação diretamente (como uma pessoa que fala, como um livro lido, como uma paisagem observada) ou através das cadeias de "raciocínios sensitivo-racionais". "Raciocínios", coloco entre aspas no sentido de que dá para definir como um rato que corre seguindo um rastro no labirinto até a portinhola atrás da qual encontrará algo para comer; tal roedor também se serve, naquela busca, de sua pequena razão (de rato). Como pretendo ocupar-me exclusivamente do que é vivo, e vivo graças à "informação", esboçarei assim os limites da "minha visão do mundo":

[1] Título original, "Mój pogląd na świat"; este ensaio faz parte do livro de Stanisław Lem, *Bomba megabitowa*, Cracóvia: Wydawnictwo Literackie, 1999, p. 22-30. (N. da T.)

2.

Cada criatura viva possui o seu SENSORIUM (típico da espécie, formado em milhões de anos da evolução natural darwiniana). Tal palavra não se encontra no dicionário de palavras estrangeiras, nem em enciclopédias, e no *Wielki Słownik Warszawski* (Grande Dicionário de Varsóvia) aparece com ponto de exclamação, sinal de que é melhor não a usar. Porém, preciso dela. *Sensorium* é o conjunto de todos os sentidos e de todas as vias (geralmente nervosas) em que as informações, que nos comunicam sobre "a existência de algo", seguem até o sistema nervoso central. No homem ou no rato, trata-se do cérebro. Os insetos precisam se satisfazer com centros bem mais modestos. Assim, "o mundo" percebido pelo inseto, pelo rato ou pelo homem são, na verdade, mundos bem diversos. A evolução formou criaturas vivas de modo tão econômico para que pudessem apreender a informação indispensável para a sua sobrevivência individual e/ou da sua espécie. Como a evolução é um processo muito complexo de bilhões de anos de duração, e como as criaturas vivas ou devoram criaturas vivas ou são por elas devoradas (comer plantas significa também devorar algo "vivo", o capim, por exemplo), vem daí uma gigantesca hierarquia de conflitos, mais ou menos típicos, que de modo simplificado e parcial pode nos representar a teoria (matemática) dos jogos. O problema é que, em consequência deste estado das coisas, as informações a uns servem para perseguição, a outros para fuga, e a outros ainda "para nada senão à própria sobrevivência" (o capim). O *sensorium* com que é equipada a criatura geralmente é, como já disse, bem econômico. Ainda há pouco a psicologia pregava que os cães não distinguem cores, ou seja, tudo o que é visível enxergam em tonalidades de branco e de preto (como nós em relação aos filmes antigos). Agora tal constatação mudou: os cães enxergam cores. A aranha, o rato, o gato, o homem, enfim, cada espécie está equipada com seu próprio *sensorium*. Nesse ponto, entre todos os animais, o ser humano dispõe de um excesso máximo, e, além disso, dispomos ainda, quase que individualmente, de uma "razão" que nos permite também o reconhecimento daquelas propriedades do "mundo" que com os nossos sentidos não somos capazes de perceber diretamente.

3.

O que resulta das banalidades colocadas acima? Resulta que o mundo ("a visão do mundo" num certo sentido) de cada criatura é fortemente condicionado pelo seu *sensorium*. O homem parece exceção graças à "razão", mas na verdade não é bem assim. "O mundo" percebido pelos seres humanos é composto de coisas de "tamanho médio", proporcionais ao tamanho do corpo humano. Coisas muito pequenas, moléculas, átomos, fótons singulares, não somos capazes de enxergar, e, do lado oposto, macroscópico, não podemos enxergar nem um pedaço do planeta em que vivemos, ENQUANTO GLOBO, nem um planeta inteiro, nem a Via Láctea em suas "dimensões reais", nem outras galáxias, nem estrelas, nem, evidentemente, o Cosmos. Criamos diversos modos experimentais e hipóteses ou teorias correspondentes, ou mesmo modelos, para "enxergar com a razão" o que não podemos enxergar com os sentidos: isso significa que a nossa visão do mundo "se estende a várias frequências" além da imagem do mundo que devemos ao trabalho direto do nosso *sensorium*. Mas será que isso quer dizer que vemos o que não vemos, que podemos sentir o que não sentimos, que ouvimos o que para o nosso sentido de audição é inaudível? Nem um pouco. Servimo-nos de "abstrações" ou, especialmente, da "técnica", ou seja, de instrumentos produzidos por situações e condições que nos permitem, por exemplo, "observar" a Terra da órbita de satélites ou da Lua quando nela entramos, ou, graças aos dispositivos de naves espaciais, podemos observar também a superfície de Marte ou camadas superiores da atmosfera de Júpiter. Usamos o microscópio ou o telescópio Hubble na órbita, aceleradores, a câmara de Wilson, a câmara de gota, as salas de cirurgia (nelas é possível adentrar com o olho no interior do corpo ou do cérebro do ser humano) etc. Portanto, adquirimos muito mais informações graças a diferentes espécies e modos de intermediação, artificialmente produzidos por nós. Porém, na prática, somos completamente inaptos quanto à percepção sensível do micro, macro e megamundo. Isso porque ninguém pode ver nem imaginar o átomo ou a galáxia, ou um processo de evolução da Vida ou da formação das montanhas na geologia, ou o surgimento dos planetas a partir dos condensados protoplanetários, como que de nebulosas. A língua étnica, como transmissora polissêmica e de larga faixa de informação, e a matemática, derivada dessa língua (dessas línguas) e com estreita faixa de informação, possuidora de "precisão" fortemente intensificada, nos servem de "tentáculos", de muletas, de "próteses". No entanto, assim como um cego batendo com sua bengala branca em um piso de pedra procura saber com os ouvidos se está num quarto, na rua ou na nave de uma igreja, também nós, com aquelas próteses (da matemática), "tateamos" o que está fora do alcance do nosso *sensorium*.

4.

Todavia... será que é assim "de verdade"? As folhas são verdes "de verdade" ou devem a sua cor verde aos compostos fotossintéticos de clorofila? Será que não é assim como escreveu

Eddington, dizendo que estava sentado à mesa simples de madeira, bastante firme, envernizada, e, ao mesmo tempo, junto à nuvem de elétrons que a mesma mesa "também" era? Talvez isso seja "de verdade". Se pensarmos desse modo, deveríamos acrescentar que há bem mais mesas ao mesmo tempo. Existe a mesa do nosso *sensorium* (nossos sentidos) cotidiano, há a mesa molecular (pois, de que é composta a madeira?), a mesa atômica, a mesa bariônica, mas também a mesa partícula da "matéria", partícula microscópica, componente da totalidade da Terra que contribui (minimamente) para a sua gravitação. E, continuando, existe a mesa nanofração do planeta que gira em torno do Sol etc., até "a influência da mesa para o Universo", se ignorarmos o grau das desproporções. Essas "mesas todas" juntas, nem o nosso *sensorium*, nem a nossa "razão" serão capazes de abarcar sem dividir em categorias e classes.

A morte de uma pessoa pode ter impacto não só emocional na outra pessoa. Se morrerem dez pessoas, será diferente. No entanto, não somos capazes de "sentir", de fato, qualquer diferença entre a informação de que morreu um milhão de pessoas e a de que houve trinta milhões de mortos; e quem diz que sente a diferença (além do próprio número), está consciente ou inconscientemente mentindo.

5.

Quero dizer que assim como coexistem "mesas diferentes", coexistem também "mundos diferentes" de gatos, ratos, insetos, crocodilos e homens, diferenciando-se muito e em graus variados uns dos outros, porém todos, em conjunto ou separadamente, não fornecem bases para sustentar de que "se trata de uma e mesma coisa", apenas percebida "de modos diferentes" e "de uma perspectiva variada".

Naturalmente, nós humanos somos propensos a pensar que "verdadeiramente" existe o mundo por NÓS perceptível direta ou indiretamente, enquanto "outros mundos" são só recortes, simplesmente recortes pequenos, muito imperfeitos, defeituosos, do "nosso mundo". Dá até mesmo vontade de discutir com essa visão do mundo que eu chamaria de chauvinismo humanístico. Os maias tiveram um sistema de codificação da aritmética diferente do nosso, mas tal sistema foi criado por humanos, por uma cultura diversa da mediterrânea; porém, sem sombra de dúvida, a cultura maia foi elaborada por seres humanos, assim como a sua língua. Como podemos saber se "inteligências" de outros planetas – caso existam – não são providas de outros processos evolutivos ou de outras condições físico-químicas ("contingências") de outros planetas e sóis, diferentes dos nossos sensórios? Consequentemente, como podemos saber se desses sensórios não derivam "outros sistemas quase formais", outras línguas, outras matemáticas, outros micro e macro mundos distintos dos nossos padrões humanos? Em resumo, do que disse até agora pode resultar "uma teoria geral de relatividade epistemológica e ontológica para toda potência do conjunto de todos os psicozóicos do Universo". É possível que estejamos situados numa curva de distribuição cósmica dos psicozóicos (que não precisa ser uma curva de sino de distribuição "normal" de Gauss, nem de "cluster", de Poisson – só Deus sabe lá qual) algures acima do rato, do chimpanzé e do boxímane, mas abaixo dos eridianos, por exemplo (o mais provável é que não exista nenhum eridiano, porém nem disso é possível termos certeza neste fim do século XX, quando se multiplicam as descobertas de sistemas planetários extraterrestres de outras estrelas – extrassolares).

6.

Sim, uma tão diversificada grandeza de mundos resultante de diversas Razões (funcionando socialmente) parece bem possível e até provável. O ser humano seria então um de mil ou um de um bilhão de rebentos finais da neuralização[2] progressiva da evolução, aqueles que conseguem munir-se de *sensorium* razoavelmente desenvolvido.
 Sim, é possível. É possível Outros conceitualizarem outras formas de matéria, dos nuclídeos, por exemplo? É possível não "acreditarem" nos ciclos intraestelares de Hans Bethe, ou na evolução com sua seleção natural? Aqui é preciso fazer o chamado "distinguo"[3], com muito cuidado e delicadeza. Há decerto domínios em que nos aproximamos epistemologicamente, empiricamente e, quiçá, até assimptoticamente da VERDADE; ou talvez não. A probabilidade das funções de veracidade (para falar aqui pelo menos uma vez numa língua um pouco mais coerente e logicosemanticamente mais afiada), pelo menos dividida toscamente (o que é necessário, porque sabemos muito pouco), depende dos efeitos quase-finais do trabalho de bilhões de anos de evolução. A nossa (humana) ignorância é um oceano, enquanto o conhecimento CERTO são pequenas ilhas nesse oceano. Falando com maior prudência, na minha opinião, os resultados do conhecimento (CIÊNCIAS EXATAS) são situados em uma curva (ou antes, em seu molho), e não é possível afirmar (pois não se trata de um axioma) se a curva sobe feito hipérbole ou parábola ou se, pelo menos, manifesta-se como uma curva logística de Verhulst-Pearl. Pode até ser que já existam lugares quase adjacentes ao Verdadeiro Estado das Coisas, ou talvez (e até com certeza) também lugares onde desviamos do caminho assimptótico.

---

2 Neuralização (biol.) é a formação de tecido nervoso a partir do ectoderma do embrião. (N. da T.)
3 Distinguo (latim *distinguo, -ere*, separar, dividir) – palavra usada na filosofia escolástica, nos argumentos. (N. da T.)

Eis um exemplo concreto, para mostrar o que quis dizer nas palavras acima: ultimamente tenho lido alguns livros muito interessantes, como, *Teorias de Tudo*, de John D. Barrow, *Sonhos de uma Teoria Final*, de Steven Weinberg, e muitos outros, em geral TAMBÉM escritos por físicos prêmios Nobel. Contrariando esse coro que é a favor de uma Teoria Geral de Tudo, GUT, ou seja, Grand Unified Theory, coro sábio que certamente me supera em potência do intelecto, sigo a opinião de Hermann Bondi (cosmólogo), segundo a qual a Teoria Geral de Tudo não é de modo algum imprescindível, e que é *pointless and of NO scientific significance* (inútil e SEM NENHUM significado científico). Ou seja, falando agora com minhas palavras, ela não é imprescindível, pois, pergunto, por que um reducionismo incondicional deve gerar uma teoria ÚNICA. Pode até ser que gere, para que daqui a cem ou duzentos anos alguns Outros criem um conjunto de modelos incongruentes ou até provem que não há como criar uma GUT para o nosso *universum*. Pode ser que se prove, por exemplo, que as galáxias que hoje parecem mais velhas que nosso Cosmos (cuja idade já foi calculada várias vezes) o invadiram, vindo de algum Cosmos "vizinho". Quero dizer que o que conhecemos (em física e astrofísica teórica, por exemplo) é sempre resultado de uma travessia pelo caminho das suposições físico-matemáticas e, ao mesmo tempo, teórico-experimentais, conectadas e enlaçadas de modos diferentes, que foram provadas (ou seja, não foram derrubadas experimentalmente) ou ainda continuam em moda nas mais altas regiões da ciência exata (porque nela também reinam modas e, como na história da moda, passam da mesma forma). O ser humano – resumindo o que já disse – é uma ilhota do saber, que parcialmente emerge do oceano da ignorância extrassensual, e que parcialmente está imersa nessa imensidão do não saber. Não sabemos se o oceano tem algum fundo nem temos conhecimento se poderíamos alcançá-lo caso existisse. Atualmente surgiu e alastra-se feito um incêndio florestal a moda de comunicação global: entendo bem as suas vantagens e, ao mesmo tempo, temo o seu efeito de ricochete, e suas falhas ou seus abusos que podem ser danosos para os homens e para o planeta. Por enquanto, nada anuncia que os usuários de internet poderão e deverão se conectar (após a interligação de milhões de computadores), criando um "eletroencephalon" – uma espécie de "cérebro planetário com computadores como neurônios" – sujeito – por falta dos seus próprios sentidos – à plena privação sensorial. Se isso extrapolar a ficção científica, pode se tornar um passo rumo ao "fechamento do Planeta ao Cosmos", uma vez que o Planeta-Cérebro pensaria só dentro dos limites internos da rede, e a humanidade seria, por assim dizer, feita de boba pela rede.

7.

Mas, falando a verdade, me custa acreditar nesta última visão. Quis simplesmente expressar o quão modesto me parece o poder do conhecimento humano no Cosmos, a usurpação que vejo no *Anthropic Principle* (Princípio Antrópico) e quanto arriscamos confiando às máquinas de processamento de dados (*data processing*) todo o nosso saber. Aliás, lendo certos periódicos, mais ou menos especializados, dá para perceber que as bolsas, que os produtores de várias espécies de automóveis ou de alimentos, que, resumindo, os criadores, os admiradores e dependentes do Capital servem-se de redes, e todo o resto, inclusive o Cosmos inteiro, quase nada interessa a eles. Nós nos coroamos prematuramente, não merecemos a Coroa da Criação: convém esperar pelo menos uns cem anos para ver se realmente já saberemos algo além do que navegar no ciberespaço entre um polo e outro, e se a rede não roerá nossos Mercados.

O que escrevi pode ser dito de outra forma ainda. O ser humano é adaptado, pelo seu *sensorium* perceptivo, ao nicho ecológico de sobrevivência, numa escala comparável, *grosso modo*, à sua corporeidade (suas dimensões, por exemplo). Porém, com suas suposições, concepções, hipóteses, que com o tempo se "solidificam" em "certeza científica", ele é capaz de transpor as fronteiras desse nicho que, junto com os fluxos de hereditariedade (genomas), o formaram.

Ocorre, contudo, uma regularidade bem generalizada: quanto maior ou menor a escala (Cosmos-átomos), tanto menos seguras parecem as teorias, menos unívocas e como que mais "flexíveis" e "elásticas". Ninguém (a não ser os solipsistas, mas quem os tem visto?) duvida da forma, durabilidade, comportamento da pedra. Certezas como estas já não podemos ter nem em relação às galáxias, nem às partículas (como neutrino). E o que parece mais curioso ao ser humano, é que as inabaláveis regras da sua lógica, um dos sustentáculos da certeza dos seus raciocínios, como, por exemplo, "se A, logo B" (causalidade), ou "A ≡ A" (identidade da coisa consigo mesma), ou as regularidades da conjunção ou disjunção, parecem perder o seu poder decisivo no micromundo e, no macromundo, também provocam incertezas gnoseológicas. A matemática (Gödel, por exemplo) mostra a sua ineficácia. Gell-Mann insiste que a antinomia "elétron – onda – partícula" – o colapso da onda – o princípio de complementaridade (proveniente da escola de Copenhague), não são enigmas inalcançáveis para a nossa razão. Outros físicos "acreditam em enigmas", enquanto as últimas experiências pareciam provar que o elétron pode estar ao mesmo tempo "aqui e em outro lugar". Em uma palavra, ao ultrapassarmos as fronteiras do nosso *sensorium*, fica comprometido também o "senso comum"; o que "não cabe na cabeça" se revela, nos experimentos, como um fato: por exemplo, sabe-se o que é o tempo de meia-vida dos átomos se desintegrando espontaneamente (como os isótopos radioativos), e sabe-se também que, neste domínio, não se sabe nada além da informação exclusivamente estatística – sobre muitos átomos podemos saber que depois de um certo tempo determinado número deles sofrerá uma desintegração, e que para certas "espécies de átomos" este número (e o tempo) é fixo, mas temos consciência de que não há como descobrir as causas da desintegração deste e não daquele átomo. Resumindo, fora dos limites do nosso nicho ecológico temos que dizer adeus às "obviedades": a matemática nos permite partir para além, mas as interpretações dos resultados da física matematizada podem não ser idênticas e, pior ainda, as suas "traduções" para a língua comum de que nos servimos em nosso nicho, podem ser divergentes e até contraditórios. Existimos entre o macro- e o micromundo, e não há como contestar o fato de que, com o nosso saber (mesmo sabendo com certeza que o urânio com massa crítica explodirá sem erro), chegamos mais longe do que com a COMPREENSÃO do tipo "senso comum". É possível se acostumar com esse estado das coisas e chegar a sustentar que "se compreende" tão bem quanto "se sabe" (caso dos especialistas – *experts* da ciência), mas é a questão de treinamento que constitui os hábitos, preferências e *last but not least*, "a familiaridade" do objeto. Aliás, somos sempre falhos, e é assim – quer dizer, com incerteza epistemológica irremediável – que é preciso viver. A outra questão é que esses são problemas da grande minoria dos humanos, e que, ao mesmo tempo, esses problemas servem de nutriente a outros humanos em seus trabalhos intelectuais – desde a matemática e a física das galáxias até às hermenêuticas que também não são poucas. Contudo, esses demônios da "exatidão" são cercados pelas nuvens de preconceitos, convicções, suposições – petrificados na história dos grupos e das sociedades em axiomas das crenças.

Estatística das Civilizações Cósmicas[1]

O principal problema aqui deve ser a resposta à pergunta se uma estatística dessas realmente existe. Preliminarmente convém dizer que a biosfera com certeza é uma coisa e a civilização nela nascida é outra, porque só esta tem como princípio a comunidade dos seres racionais. Considero maior a probabilidade de surgimento de planetas com vida do que a probabilidade da presença cósmica de seres capazes de construir, ao longo do seu desenvolvimento, uma tecnosfera. A opinião de que o homem seria o modelo universal e único em todos os aspectos, principalmente a opinião infame dessa existência em outros planetas, aos poucos desaparece no limbo, em parte graças à produção cinematográfica em massa, que hoje dispõe de possibilidades de efeitos especiais praticamente ilimitadas. Em meus livros escritos há quase quarenta anos, eu não questionava a tese da universalidade cósmica do homem, embora já naquele tempo tivesse começado a amadurecer em mim a concepção da nossa acidentalidade local. Portanto, convém agora fazer uma revisão radical das antropogenéticas suposições da razão. E não se trata de sustentar que se um cataclismo provocado por um meteorito há sessenta e cinco milhões de anos e seus efeitos sísmicos e climáticos não tivessem extinguido

[1] Título original, Statystyka cywilizacje kosmicznych, este ensaio faz parte do livro de Stanisław Lem, *Okamgnienie,* Cracóvia: Wydawnictwo Literackie, 2000, p. 48-60. (N. da T.)

com quase todos os répteis (dinossauros), uma lacuna enorme surgida então na biosfera não iria ser preenchida pela radiação geradora de espécies de mamíferos, hominoides, antropoides e finalmente hominídeos. Aliás, o cataclismo jurássico, que destronou os répteis, não foi o único na história da Terra. Um bem anterior, o permiano, extinguiu, com força de genocídio, cerca de noventa porcento de tudo o que vivia há perto de um quarto de bilhão de anos na Terra e em seus oceanos.

Para se ter uma ideia, pelo menos conjuntural, sobre o surgimento dos animais em nosso planeta, é preciso voltar ao fundo dos tempos, há bilhões de anos. Nenhum dos animais hoje vivos poderia ter vivido naquele tempo em nosso globo, porque a atmosfera, desprovida de oxigênio, seria para ele venenosa. O prelúdio da vida animal e vegetal se deve aos procariontes, tais como as cianobactérias, que no processo de metabolismo expeliam oxigênio na atmosfera. A vida, mantendo-se numa corrida constantemente transformada pelo surgimento darwiniano das espécies, foi possível, praticamente na sua totalidade, graças aos processos de oxigenação, por isso já disse antes que ela foi "queima fria"[2].

Nossa propensão para imaginar a evolução como um incessante progresso, hoje está sujeita a revisões críticas, cada vez mais incisivas. A biosfera, construída desde os primórdios da vida pelos organismos unicelulares, não nucleares e nucleares, constituía o mais poderoso sistema planetário de segurança genética dos processos vitais. Isso se deu dessa forma porque bactérias totalmente desprovidas de massa cerebral, de sistema cardiovascular, e até parcialmente independentes do fornecimento de oxigênio, como as algas processadoras da fotossíntese, ao longo de bilhões de anos constituíram para a vida, destroçada pelos cataclismos geológicos e cósmicos, um trampolim que garantiu a proliferação de rebentos investidos de complexidade capaz de alcançar, graças ao jogo dos nucleótidos, uma estupenda diversidade de

---

[2] "Queima fria" ou "combustão fria" é a oxidação eletroquímica em que ocorre reação entre átomos do combustível e do oxigênio. (N. da T.)

formas e dimensões. Ao mesmo tempo, a dependência que dominava em todo o mundo animal tinha caráter duplo: neural e sanguíneo dependente. A hemoglobina, proteína transportadora de oxigênio, difundia-se e passava (omito exceções marginais) de uma subespécie a outra, assim não houve e não há animais completamente desprovidos de sangue. Ainda que organismos de pequeno porte sejam capazes de sobreviver com quase total parada do metabolismo tecidual, a substância líquida, o sangue, que lhes fornece oxigênio e imunidade contra a invasão de parasitas, nunca poderia parar em sua perpétua circulação. Como bem se sabe, os centros cerebrais, após seis minutos sem fornecimento de oxigênio pelo sangue, morrem. O sangue, transportador de oxidantes, e os impulsos eletroquímicos neurais compõem toda a epopeia da vida terrestre.

Sempre achei, embora não teria como fundamentar tal suposição, que o próprio modo, ou seja, a tática do surgimento da vida na Terra, que a partir dos primórdios procarióticos evoluía, rumo a eucariontes de dimensões consideráveis se comparados aos pequenos viventes dos quais eles provinham, devia ter restringido a diversidade criadora das espécies. A clorofila das plantas e o sangue dos animais deviam ter se espalhado por todos os lados na terra, na água e no ar. Hoje, muitos evolucionistas são de opinião que os fautores da diversidade das espécies não se enquadram em concepções uniformes de "progresso", que, embora Darwin tivesse razão, a complexidade da construção dos organismos, sobretudo dos multicelulares, não é um atestado de tendências progressivas em ascensão ao longo de milhões de anos, mas antes tem, como responsável pelas transformações, todo um fortuito conjunto de causas. A vida em formação na Terra alterava a composição da atmosfera e criava sedimentos dos resíduos comprimidos em rochas e sedimentos no fundo dos oceanos e, em seguida, as variações orográfica, sísmica e da insolação, de radiação da estrela central, essas forças gigantescas em confronto foram criadoras e tornaram possível a vida. Por isso, nesse contexto, as ideias da mãe Gaia, a fonte vital, ultimamente em moda, me parecem idílicas demais.

Nos últimos tempos, graças a um exame preciso e uma seleção de bilhões de nucleotídeos compostos em genomas, surgiram projetos de aperfeiçoamento autoevolutivo do homem. Eles não podem se limitar às diversas compilações, tratamentos, eliminação de "genes defeituosos", porque isso exigiria um trabalho milhões de vezes mais complicado do que o desmonte de uma grande catedral gótica, tijolo por tijolo, pedra por pedra, para construir, a partir dos elementos assim dispersos, algo bem diferente, por exemplo, um anfiteatro. Seria necessário retornar, mas não à fase dos hominoides, nem à dos terópodes ou à dos peixes mais antigos, como o latimeria, nome científico do celacanto (espécie com centenas de milhões de anos de idade que sobrevive até os nossos dias). Se ousássemos iniciar uma fabricação não divina de seres racionais equipados da vontade criativa desprovida do mal, seria necessário simplesmente substituir a árvore evolucionária de cujos ramos brotamos, por uma árvore bem diferente e esperar centenas de milhões de anos para uma colheita quase paradisíaca da razão. Muitos evolucionistas de hoje (os biólogos) consideram o progresso uma ilusão nossa, sobretudo o que havia começado para valer há quatrocentos milhões de anos: eles sustentam que a evolução é uma dança dos genes autocomplicadora e não autoaperfeiçoante progressivamente. Permanecem os seres que conseguem sobreviver melhor que outros no espaço das perturbações na atmosfera, na água e na terra.

Poderíamos dizer que a concepção esboçada acima de "uma outra evolução: anoxibiótica[3]" é uma utopia, e, no que tange à Terra, estou de acordo com esta avaliação. Porém, nada sabemos sobre outros planetas que giram em torno das estrelas. Acho que

---

[3] Qualquer organismo que vive na ausência de oxigênio e este pode afetar seu desenvolvimento. (N. da E.)

a energia de radiação daquelas estrelas centrais pode, de modo completamente diferente, tornar-se impulso na superfície dos planetas, pode se transformar em algo capaz de produzir formas de pensar e conhecer não necessariamente antropoformes. E não acho que a característica dominante desses Outros necessariamente deveria ser a vontade de entendimento, ou pelo menos de comunicação com seres semelhantes a nós.

O descobrimento da presença de Outros poderia não só ser uma prova de que a humanidade não é uma extravagância esquisita do panóptico multiplanetário, mas talvez também pudesse nos esclarecer se o antropomorfismo é uma regra ou uma configuração singular. Os humanos, crescendo em poder conforme suas próprias medidas, de vez em quando ainda são despertados pelas contrações das placas continentais, por perturbações climáticas etc. Desse modo, para enxergar as proporções, muitas vezes contraditórias, do nosso poder e da nossa impotência, é preciso que nos apercebamos do fato de que a antropogênese durou por volta de um milhão de anos, enquanto as civilizações humanas criadoras de cultura ocupam apenas alguns poucos últimos segundos no mostrador do relógio geológico. A nossa civilização poderia ser riscada da superfície da Terra num instante pela intervenção de um fenômeno cósmico, por um choque com um planetoide ou por uma chuva de meteoros, por exemplo, ou simplesmente por uma das já conhecidas erupções solares.

Muitas das estrelas que parecem satisfazer as condições necessárias para uma estável planetogênese apresentam violentas e tempestuosas alterações de radiação. Além disso, a estrela geradora dos planetas, que seria capaz de transformar ao longo de bilhões de anos o seu disco de poeira em planetas vivos, não pode ser uma estrela dupla, nem múltipla, porque os corpos que giram em torno das estrelas múltiplas, não podem alcançar uma durabilidade estável. Hoje sabemos também que as galáxias espirais, tipo a Via Láctea, de pelo menos centenas de milhões de anos de idade, estão sujeitas a poderosos turbilhões para nós inimagináveis, e que, aos olhos dos astrônomos, transformam a metagaláxia num espaço de violentas e imensuráveis catástrofes, o que, aliás, mostra que nos encontramos numa zona de paz com o nosso sistema solar, que não pode durar infinitamente. Constatações semelhantes nos levam a uma conclusão há muito conhecida pelos estudiosos dos céus de que o cosmos, sendo autor e protetor da vida em nosso recanto, na grande escala do tempo e do espaço não é nada favorável à vida. Repetindo um aforismo que não é meu: ele não sabe que estamos nele. Embora não seja eterno, existe, porque se estende ao passado e ao futuro, além de todos os limites das nossas capacidades imaginativas.

Independentemente se entendermos a evolução como um processo gigantesco, contínuo e uniforme, ou como pontual e que se dá em saltos, isto é, uma estase interrompida e solapada pelas erupções das espécies, convém reconhecer que, dos quatro nucleotídeos formadores de um grêmio bioquímico que serve para gerenciar a construção de tudo o que vive, a evolução conseguiu espremer mais habilidades do que se podia esperar *a priori*. Por isso, desde quando comecei a procurar modelos dignos de imitação, insistentemente passei a escrever sobre a necessidade de alcançarmos potências criativas da evolução, seja por meio de plágios, isto é, copiando certas resoluções, seja por meio da submissão criativa à modelagem tecnobiológica. Era este o rumo que minhas miragens tomavam, para que, depois de algumas dezenas de anos, eu pudesse me certificar de que a razão estava do meu lado e, ao mesmo tempo, de que muitas vezes o uso feito pelos homens daquelas imitações, que eu chamava de imitologia, não nos trouxe glória, pois as mais extraordinárias das nossas realizações, secundárias ou não secundárias em relação à biologia, serviram para a destruição da biosfera ou para indignas brincadeiras bélicas e, enfim, muito do que já conseguimos criar a caminho da inteligência artificial, ainda não alcançada, serve, muitas vezes, a tolices, a diversões, ou a esquisitices para mim, incompreensíveis. Não é nada engraçado observar a degradação sofrida pela criatividade humana, perseguidora de altos ideais. Parece-me que seria melhor se estivéssemos sozinhos no Cosmos. Digo isso porque pior comportamento do que o do ser humano, acho impossível. O canibalismo, que esteve no berço da nossa espécie, o que provam os longos ossos dos Neandertais rachados com sílex, não foi nem a primeira nem a última atividade transgressora dos proto-homens. Por isso, é compreensível a projeção para o cosmos, pelas mais diversas variedades da criatividade humana, dos confrontos bélicos, ou seja, do assassinato em massa.

o o o

Sempre quando se fala e se escreve a respeito dos processos que regem a vida biológica, parece inevitável que se entre numa floresta extremamente densa de ligações moleculares muito intrincadas, pormenorizadas e complicadas. Por conseguinte, dá a impressão de que uma pessoa iniciada em biologia, não só em biologia evolutiva, é incapaz de expressar-se a não ser em uma língua processual e desmontável, cada vez mais especializada. A meu ver, a vida é sem dúvida enraizada em matéria molecular e atômica e até – quem sabe – deve o seu surgimento e suas transformações ao mundo subquântico, cuja existência apenas alguns especialistas de renome suspeitam. Acrescentarei só de passagem, que aquele hipotético mundo subquântico é um domínio de criaturas de corda enroladas feito novelo, centenas das quais caberiam num único próton. Mas não pretendo me envolver na criação de hipóteses dessa espécie. Jacques Monod intitulou seu livro como *Le Hasard et la Nécessité* (O Acaso e a Necessidade). Embora muitos dos teoremas de Monod estejam parcialmente desatualizados, o título do livro continua válido.

A casualidade e, portanto, o azar associado ao risco e casado com a necessidade, constitui tanto força quanto fraqueza da vida. Obviamente seria possível inventar muitos suportes e sustentáculos, mas, para entrar *in medias res*, procurarei metáforas familiares à imaginação. Acerca das complexidades e espantosas coincidências que resultaram em protovida, já se escreveram muitos volumes.

Confesso: para nós, ou pelo menos para mim mesmo, há algo quase grotesco e macabro – como um espetáculo de Grand Guignol – na percepção do nascimento e da ascensão da vida de nano- e de micromundos até macromundos, ao longo de bilhões de anos. Tais processos, sempre tão espantosos, lembram uma acrobacia e falsa feitiçaria que experimentamos assistindo a esquisitíssimas, excêntricas, estranhas e, para nós, até impossíveis façanhas dos saltimbancos chineses, formando multi-hierárquicas pirâmides. Toda performance desses mestres fenomenais mal começa e já dá a impressão, cada vez mais forte, de que vai se desmantelar, porque a configuração pretendida deve simplesmente desabar, visto que não pode ser bem-sucedida. Contudo, ela permanece. Então, a vida para mim, enquanto multiplicação processual da modelagem dinâmica de quatro nucleotídeos administrando vinte aminoácidos, é um equilibrado balanceamento de uma persistente homeóstase.

Os mais duradouros seres vivos que conhecemos são as bactérias, num leque enorme de variedades, capazes de sobreviver a todo e qualquer colapso climático e cataclismo geológico, ou seja, às poderosas forças da Natureza que podem varrer da superfície da Terra tudo o que não seja bactéria. Uma grande guerra nuclear, de cujo fantasma ainda não nos livramos, poderá destruir milhões de espécies, e só algumas bactérias conseguirão sair ilesas. Assim, é possível dizer que a criatividade de muitos seres celulares em geração de espécies prossegue e continua em marcha junto ao inevitável aumento de risco. Sobreviventes de diversos zoocídios, que podem ser encontrados em nosso planeta, comprovam tanto a resistência da biomassa inteira a golpes destruidores, como também explicam por que a vida, a que a ciência tentava incutir a ideia de perpétuo progresso, sabe fabricar formas acrobaticamente confusas, simplesmente porque em sua totalidade ela foi, no passado, e continua a ser hoje em dia, moldada e talhada por uma seleção natural multiforme. Suponho que um visitante racional de outro mundo, pairando sobre os oceanos do mesozoico, nunca seria capaz de adivinhar os caminhos embaraçados através dos quais surgiria o ser humano. Nossa complicada fisioanatomia não é para mim nada óbvia, porém revela um efeito bastante desesperador e uma resultante dos processos em que a vida precisou se defender do extermínio. Embora estejamos longe da construção de uma "inteligência artificial", sabemos que já existem processos ocorrendo, até em certas soluções líquidas, que representam uma surpreendente analogia simples de operações cerebrais bem complicadas. Quero dizer que não surgimos conforme algum plano prévio, que somos seres compostos de fragmentos processuais improvisados em tempos diferentes, como se alguém que estivesse se afogando fosse salvo por ter encontrado um tronco flutuante, e depois, aos poucos, dos diferentes pedaços de madeira jogados pelas ondas, momentaneamente úteis, criasse, após muitos insucessos e sofrimentos, um grande navio. Aliás, o mesmo posso expressar de outra forma, dizendo simplesmente que nossa anatomia e fisiologia humana está cheia de diversas, mas na verdade dispensáveis, complicações, as quais, como diria o evolucionista, "ficaram congeladas". De uma quantidade muito grande de elementos primordiais da crosta terrestre, do alfabeto nucleotídico e das possibilidades enzimáticas de proteína, a evolução extraiu, até agora, muito mais do que poderiam sonhar os tecnólogos filosofantes. No entanto, como nenhum dos projetistas filosofantes esteve presente na largada da biogênese, nem a controlou com seu intelecto, surgiu o que pôde surgir e que podemos estranhar, porque são feitiços espremidos no decorrer de épocas variáveis, ou seja, uma arte de cambalhotas dos genes, das espécies, das ordens, das famílias etc., incessantemente apressada em nome da existência.

Acreditava e não deixava de manifestar, assim como continuo a acreditar, que a sabedoria totalmente irrefletida da Natureza, cujo fruto somos nós, pode ser roubada por nós, ou seja, alcançada em sua genialidade por ninguém arquitetada, e ultrapassada em várias dimensões se as condições extra-humanas, sempre temporais, favorecerem a nossa existência. Quero frisar quanto a isso que não se trata de nada mais do que possibilidade, ou seja, que também é possível que nos percamos e, quem sabe, com toda a biosfera. Ideias desse tipo se configuraram, para mim, numa concepção do horizonte conceitual, ou seja, das ideias as mais distantes no tempo, que poderíamos realizar para dominá-las. Também não se pode descartar a possibilidade de essas realizações humanas – que nesse momento tremeluzem no futuro só de maneira fragmentária – dominarem os humanos. Justamente essas são minhas convicções quase meio século depois da articulação de minhas primeiras suposições, que, dessa forma, permaneceram possíveis de serem articuladas.

Será Que Apreenderemos a Tecnologia da Vida?[1]

1.

Repito o que escrevi há trinta anos no final da *Summa Technologiae*: "A partir das vinte letras dos aminoácidos, a Natureza construiu uma língua em estado puro que expressa, com um pequeno deslocamento das sílabas nucleotídicas, os fagócitos, vírus, bactérias, tiranossauros, térmites, colibris, florestas e nações. Só é preciso um tempo suficiente à sua disposição. Essa língua, perfeitamente ateorética, antecipa não apenas as condições das profundezas dos oceanos e dos picos das montanhas, como também a quantidade[2] da luz, a termodinâmica, a eletroquímica, a ecolocação, a hidrostática e Deus sabe o que mais nós, por enquanto, não sabemos. Ela faz isso só 'na prática', porque, criando tudo, nada entende; mas o seu não entendimento é bem mais hábil do que a nossa sabedoria. Faz tudo isso errando, é uma administradora perdulária dos teoremas sintéticos sobre as propriedades da luz, porque conhece a sua natureza estatística e age justamente de acordo com ela: não dá importância aos 'teoremas singulares' – o que conta para ela é a totalidade do enunciado de bilhões de anos.

1 Título original, Czy przejmiemy technologię życia?; este ensaio faz parte do livro de Stanisław Lem, *Tajemnica Chińskiego pokoju*, Cracóvia: Universitas, 1996, p. 97-105.
2 Quantidade, no original "kwantowość", substantivo que Lem deriva de "kwantowy" (quântico), referindo-se à teoria quântica. (N. da T.)

Realmente, vale a pena aprender tal língua que cria os filósofos, enquanto a nossa, cria apenas as 'filosofias'."

2.

No livro citado – e depois também em outros –, eu insistia com muita determinação na necessidade de o homem se apropriar da mesma biotecnologia que o criou. Mostrava a superioridade da "língua criadora da Natureza" sobre todas as espécies de tecnologia que inventamos e, sucessivamente, acionamos e utilizamos ao longo da história da civilização (com resultados cada vez mais desastrosos, porque nossas tecnologias produzem os efeitos colaterais tipo "ricochete" que roem o galho bioesférico em que levamos nossas vidas). As diferenças entre a biotecnologia e a nossa tecnologia (em todas as suas variedades) são muitas. A mais importante consiste em que nós geralmente agimos conforme o método TOP-DOWN (de cima para baixo), enquanto a biotecnologia segue o método BOTTOM-UP (de baixo para cima). Assim construímos – o que é possível vermos muito bem na produção de *hardwares* e de *software* dos computadores – a partir de certas "totalidades" materiais, e como a maior compressão das unidades lógicas encontra-se no "chip", favorecendo o aumento da velocidade operacional (e com isso o aumento da potência calculadora total), tanto mais, então, miniaturizamos e microminiaturizamos os "chips". No entanto, sempre agimos "de cima" (macroscópico) para "baixo" (microscópico), desenhando circuitos e sistemas integrados cada vez menores. Continuamos sem alcançar a meta final, que seria apanhar, com uma "pinça" (talvez química), cada uma das moléculas para delas construir os menores "chips" ou circuitos possíveis, enquanto a evolução

Será Que Apreenderemos a Tecnologia da Vida?

natural opera "em direção contrária", porque constrói em modo BOTTOM-UP. Primeiro ela "aprendeu", ou seja, exercitou, durante três bilhões de anos, as formas ainda primordiais do código genético desde a solidificação da última superfície da protoplanetária Terra. E somente depois de intensificar com trilhões de "ensaios e erros" a universalidade do código hereditário, ela dele derivou conjuntos celulares, ainda simples, depois mais complexos, capazes de existir e de replicar-se nas águas, no solo e, finalmente, no ar.

3.

Se vocês já ouviram isso cem vezes, permitam-me retomar o assunto mais uma vez, a fim de alongar a pista de decolagem. Portanto, a segunda diferença paralela entre a biotécnica e a nossa técnica consiste em que nós agimos utilizando instrumentos (que podem ser manejados pelo homem ou – hoje – pelos autômatos, como computadores), ou seja, sempre estamos lidando com uma espécie de máquina operatriz e com algum material trabalhado (em qualquer produção, com exceção dos simples e antiquíssimos empréstimos da biologia, como, por exemplo, a produção que utiliza processos de fermentação de queijo, vinho, cerveja ou simplesmente processos de criação de longa duração, que, de alguns descendentes de chacais, fizeram provir uma gama enorme de cães). Porém, na evolução biológica a vida sempre começa de uma célula e é dela que surgem, em diversos trajetos de gestação, os organismos maduros. E então só agora quero iniciar a reflexão sobre o tema mencionado no início. Será possível a apreensão da tecnologia da vida? Este é *o primeiro ponto*. *O segundo* é o seguinte: será possível, depois de apreender essa tecnologia, ir além, ou seja, da fase "cisbiológica" ("cis" – "aqui") passar para a fase "transbiológica", quer dizer, em que apenas o método será um plágio, uma cópia, uma inspiração tática aprendida nos procedimentos biológicos, mas que será aplicada nos objetos, criaturas, circuitos, sistemas que hoje ainda nem têm nome, e que graças à "vida fora da vida" acionaremos? Tratar-se-ia então dos tais "tecnobiontes", sobre os quais já falei (mas só em termos muito gerais) na *PC Magazine*.

4.

Não é fácil responder às duas perguntas colocadas acima. Mas, como já se passaram trinta anos desde quando articulei este postulado pela primeira vez, a bagagem de conhecimento neles acumulada me enche de otimismo. Escrevendo *Summa Technologiae*, não esperava que chegaria a presenciar sequer uma migalha dos anúncios/esperanças nela expressos. Ao mesmo tempo, porém, ficamos sabendo que o que para nós constitui um protótipo, em sua fase primordial mostrou-se muito mais complicado do que a ciência de então sustentava. Quanto maiores os avanços da biologia molecular e em especial da genética (com os nascidos em seu bojo sendo embriões resultantes da engenharia genética), tanto melhor podemos ver como espantosa, esquisita e – dá vontade dizer – *não humana* (ou seja, em desacordo com qualquer tipo de pensamento da engenharia humana) é a construção e a atuação do *código hereditário*. É o que em parte resulta do fato de que ele tinha que "construir a si próprio sozinho", porque não existia nenhum Construtor-Engenheiro acima dos oceanos da proto-Terra desenhando os projetos. Assim surgiu o que não é apenas nem simplesmente "complicado de modo infernal", como também é, pelo menos em parte, "carregado de complicações dispensáveis". Dispensáveis pelo menos no sentido de que o código "arrasta consigo mesmo" os seu próprios primórdios antiquíssimos, como que os destroços do que eram os resíduos das "tentativas e erros" e o que poderíamos imaginar (numa simplificação colossal e ingênua) como, digamos, uma locomotiva aerodinâmica moderna de trem capaz de atingir a velocidade de 400 km/h, equipada com uma chaminé totalmente inútil, oriunda da época das locomotivas a vapor. Ou um míssil auto-navegável com uma "mira" em seu dorso, completamente dispensável, lembrando os tempos em que o homem precisava mirar "pessoalmente". Tal "lastro arrastado pelo código" é, em primeiro lugar, uma espécie de "lixo nucleotídico". É também algo como, digamos, em um livro submetido a uma revisão não muito cuidadosa e mesmo assim legível, os borrões à margem ou sinais deixados no texto tipo ^, /, +, * etc. Daria para ler tal texto pulando os "acréscimos" dispensáveis, e é justamente dessa maneira que se comportam os sistemas celulares "de leitura", como RNA, como ribossomos etc. O lastro é arrastado, não se sabe há quanto tempo, em diversos ramos especiais da árvore da evolução; ou seja, em diversas espécies de animais está "enfiado" um número bastante desigual desses "lixos – passageiros de carona". Isso (e não só isso) me levou a considerar o código como um veículo de transmissão em bioevolução de bilhões de anos necessários a tal evolução, porque os sucessivos organismos nessa abordagem são "apenas" sucessivos transmissores, como que subestações, "carteiros" de um eterno código nucleotídeo, eternamente (apesar da sua mutabilidade) passado de geração a geração. Mas tudo isso é só um perênteses. Dois anos depois dessa minha ideia inicial, ela foi elaborada (independentemente de mim) pelo biólogo inglês Richard Dawkins, em *The Selfish Gene* (O Gene Egoísta), livro em que o autor se dedica a esse problema na bioevolução, o que é mais importante.

5.

O código é um "manual de construção" que faz a leitura de si mesmo e, conforme o plano sucessivamente decifrado, constrói a si próprio. Surgiram vários "desvios" embaraçados desta leitura autógena, como, por exemplo, as metamorfoses de insetos em ciclos "ovo-larva-crisálida-inseto adulto". Em ciclos semelhantes, tais movimentos "labiríntico-serpentinados", causados pelo código dos insetos, resultaram da necessidade de aplicação de muitas manobras, simplesmente para a sobrevivência das espécies. Quando um ciclo de manobras por fim deu certo, ficou fixado para milhões de anos, por exemplo, no caso das formigas, abelhas, vespas, besouros etc.; há cerca de um milhão de espécies de insetos. "O manual" chamado genoma é escrito com nucleotídeos "só com quatro letras", que compõem todo o alfabeto da técnica biológica; são as bases dos ácidos nucléicos. Porém, neste ensaio, não pretendo adentrar em sua química, como não é preciso adentrar na química das tintas usadas nas impressoras de computadores. O importante é que o genoma construído dessas quatro "letras" se compõe de um jeito que nos leva a ter dois códigos: um formado de genes estruturais, a cuja "tradução" se deve o surgimento de determinadas proteínas; e um código tipográfico, cuja atuação assegura a separação dos genes estruturais com uma espécie de "sinais de pontuação" (como na impressão).

6.

À pergunta "por que diabo em uma revista que trata de computadores se escreve a respeito de código genético?", a resposta é a seguinte: porque, na informática, temos um dispositivo que serve para o processamento de dados, ou seja, um dispositivo que transforma e reelabora, na informação de saída, a informação introduzida, e os transformadores podem ser objetos completamente diferentes, desde lâmpadas catódicas e semicondutores até agregados moleculares. No entanto, sempre introduzimos informação e recebemos informação (ou seja, ela "entra" por um *input* e "sai" por um *output*). A informação na biologia, porém, é guardada em carregadores que a transformam em algo que é o organismo, por exemplo, da palmeira, do elefante ou da tia Francisca. A autoexecução, em que já está embutida a futura autorreprodutividade (a palmeira graças aos cocos, o elefante graças à elefanta e aos elefantinhos, a tia graças ao tio e filhos, vão se "replicar"), exige, devido às condições do seu surgimento e da duração de bilhões de anos, uma construção bem complicada, a qual podemos ir conhecendo aos poucos, como também exige sistemas que possam traduzir o genoma para proteínas derivadas e enzimas, até que disso surja – graças aos recém descobertos morfógenos – um organismo completo. Tal processo é um pouco parecido com as línguas, mas, em alguns aspectos, tem mais semelhança com partituras de sinfonias, em que vários instrumentos são tocados ao mesmo tempo. A ocorrência de erros e de notas falsas é possível na execução de uma sinfonia, assim como tropeços e desvios no desenvolvimento embrionário, o que geralmente provoca o surgimento de diversas monstruosidades, das quais se ocupa a *teratologia*, da qual não vamos nos ocupar aqui.

7.

Se as letras-nucleotídeos fossem escritas em uma página em que coubesse mil letras, o genoma completo exigiria *mil* volumes de *mil* páginas cada. (Este exemplo corresponde, grosso modo, à transcrição do genoma de um rato.) Como se vê, o genoma é uma espécie de enciclopédia física e quimicamente autoexecutável, que funciona numa fase líquida porque esta é a condição presente nas células. Para uma engenharia que desejasse se apropriar da tecnologia acima esboçada, essa se apresentaria como uma novidade bastante radical.

Parece que o primeiro passo rumo à implantação do meu postulado preliminar, ou seja, de apreensão da biotecnologia da vida por nós, foi dado por Douglas Hofstadter num livro volumoso intitulado *Metamagical Themes*, no qual ele se ocupa de examinar, entre outras, uma questão interessante: o código de hereditariedade, que é um só, ou seja, construído das mesmas letras conforme a mesma "sintaxe" química e a mesma "gramática" para toda a Vida na Terra, é o único código possível ou o mais provável é que ele seja arbitrário? Portanto, a questão é se outro código, construído de outras "letras", poderia funcionar de modo semelhante, o que, se for possível, significaria que ele vem surgindo simplesmente porque o código que nos cria pôde surgir "com maior probabilidade" na Terra, mas em outro lugar substitui-lo-ia "algo" química e sintaxicamente diferente. E também, acrescentaria eu, se tal código fosse arbitrário, "de certo modo casual", o engenheiro genômico poderia começar a retomada dos métodos do código a partir de outras "letras". Aqui eu deveria acrescentar que Hofstadter não estava sendo guiado pela ideia de construção cis-biológica (defini acima o sentido desse termo) nem trans – ou seja, *além*-biológica *a fortiori* –, conforme o método do código. Em outras palavras, sua posição de pesquisador foi mais acadêmica e teórica (porque ele quis saber se o código que aqui tem criado vida poderia ser substituído por outro, por exemplo, por um código construído já não dos nucleotídeos como bases dos ácidos nucleicos, ou, talvez, só das mesmas bases, porém derivadas de outros ácidos nucleicos, que são muitos, e que a Evolução "não quis" utilizar).

Contudo, minha posição a esse respeito é de uma transgressão do código mais atrevida: queria saber se seria possível usar este código como um manual e mestre para construir (por enquanto não se sabe como) outro código biológico capaz de produzir outra vida que não a nossa, e, mais ainda, se seria possível chegar a uma "tecnocivilização biótica", descrita por mim em meus livros de Ficção Científica, com um toque brincalhão, por exemplo, em uma situação em que plantamos "sementes técnicas" e regamos com um punhado de água de onde "brota um aparelho de vídeo".

No entanto, é preciso ressalvar que nem automóveis nem aparelhos de vídeo, parecidos com os de hoje, nenhum deles *jamais* brotará de tecnosementes e, ao mesmo tempo, é bom lembrar que até um rato, sem falar do inteligentíssimo homem, é uma "aparelhagem" alguns milhões de vezes mais complexa que qualquer automóvel ou até computador, mesmo o de Cray[3], porque o conteúdo informático tanto do genótipo quanto do fenótipo de um rato é muito mais complicado e rico do que todos os produtos de (qualquer) tecnologia humana. Infelizmente, até uma mosca comum é, em vários aspectos, mais eficiente do que um supercomputador, embora não saiba jogar xadrez nem seja capaz de aprender algo novo para o seu genoma.

Aqui reparemos, de passagem, antes de começar uma abordagem sucinta do tema principal, como foi possível toda a medicina contemporânea, toda a química farmacêutica, todo o domínio da síntese dos antibióticos serem derrotados nos últimos tempos por tantas cepas de bactérias que, graças à aplicação maciça

[3] Seymour Roger Cray (1925-1996) foi um engenheiro eletrônico norte-americano projetista de supercomputadores (N. da T.)

dos remédios mais novos, adquiriram imunidade total. E assim estão retornando, em assustador traje preto, as doenças que achávamos já vencidas graças aos antibióticos: a difteria, a tuberculose, sem falar de doenças de vírus, como a terrível AIDS. A resposta talvez possa parecer geral demais: as bactérias que habitam a Terra há alguns bilhões de anos ganharam, com esse treinamento, em tempos bem "pesados para o planeta", uma universalidade mutante que lhes permite vencer cada novo preparado bactericida, pagando com o preço da morte em massa dos inadaptados. Quando 98% de bactérias morre, no "campo de batalha" permanece 2% de resistentes que se reproduzem rapidamente. A chance de solucionar isso com estereoquímica das sínteses é outra questão, bem difícil e não para este momento, por isso é preciso deixá-la agora sem uma resposta clara.

8.

Não é possível resumir aqui, de modo satisfatório, toda a argumentação de Hofstadter: ela é demasiadamente extensa, "técnica" e, sobretudo, mesmo que o autor tenha chegado ao QED - *quod erat demonstrandum* (como se queria demonstrar; que parece possível a alteração do código, ou seja, que o atual *é* arbitrário), convém acrescentar, o que, aliás, especialistas dos EUA e da Europa lhe comunicaram, que decerto o código DNA não é "puramente arbitrário", ou seja, tão casual como o prêmio principal da loteria, porque, no princípio, surgiram certamente "os germes químicos – os projetos dos códigos" e, graças à seleção natural, "ganhou" o código mais eficiente – isto é, o nosso. Porém, aquele que ganha na loteria não apresenta nenhuma superioridade no decorrer do jogo enquanto competição.

9.

O que se deve dizer então acerca desse tema? É o seguinte: o código DNA é composto de genes, e cada gene é "um pedaço de DNA" (do fio desoxinucleotídico) que codifica "algo bem concreto", que pode ser uma espécie de proteína, pode ser a proteína-catalisadora, o regulador do crescimento, o "projeto de um órgão" e assim por diante. A princípio, o código DNA é uma *matriz* que passa de geração a geração, uma matriz fixada mais ou menos como um livro impresso (ou, talvez melhor: como a composição de um livro na gráfica). Porém, para que dessa matriz resulte o futuro organismo, são necessários sistemas de "mensageiros" (mRNA – que aqui nos baste essa misteriosa sigla), os sistemas de "impressoras" locais (algo como o *New York Herald Tribune*, oriundo de sua única redação – "um genoma", mas que é impresso simultaneamente em Paris, Haia e em outros lugares do mundo) e os sistemas que finalmente surgem deste conjunto de "translação". Para que tudo seja ainda mais complicado, um feto em crescimento possui mais informações do que uma célula fecundada (de ovo), porque a embriogênese é montada e organizada de modo tão inteligente que aquilo que com partes constituintes do organismo emerge no decorrer do desenvolvimento fetal, interagindo reciprocamente, "ajustando--se", dirigido pelas vizinhanças, pelos hormônios e repressores de genes, ganha porções locais da informação subsequente. Trata-se de algo como encontrar no caminho seguidos postes itinerários. E, outra coisa curiosa, na célula flutuam moléculas que instruem os aminoácidos. Será que essas moléculas-instrutoras conhecem o *código* DNA? Não, elas só encaminham para os ribossomos. Pois é! E quem instrui os ribossomos? As sintetases. E as sintetases conhecem o código DNA? Não, elas só catalisam a ligação de certas moléculas aos aminoácidos.

Parece que na célula "ninguém conhece o código DNA": nenhuma "estação transmissora de translação em separado". Isso porque somente tudo junto, devidamente reunido, é capaz de "conhecer o código DNA", isto é, "sabe o que vai resultar do genoma". Não ocorre diferente com as partituras de sinfonias: nenhuma parte da partitura "conhece a obra sinfônica inteira". A diferença é que a sinfonia genomática "toca a si própria", sem maestro e sem orquestra, porque ela é, ao mesmo tempo, partitura (código) e executores (os transladores e as sintetases da célula).

10.

Não é à meta que chegamos enfim com o suor do rosto, mas àquele estado certamente transitório, hoje ainda possível de alcançar. Ora, cada gene costuma ser composto de milhares de pares nucleotídicos; por enquanto, na empreitada mundial do Human Genome Project (Projeto Genoma Humano), foi possível decifrar apenas fragmentos do genoma humano com distribuição reduzida – os trabalhos são demorados, árduos, pois, embora os computadores tenham entrado em ação, até pouco tempo eram realizados manualmente. Assim a codificação será, a princípio, mais ou menos dez vezes mais rápida. Obviamente, decifrar os Livros escritos pela natureza é só uma, e a mais fácil, apesar de tudo, parte da tarefa que propus e continuo propondo teimosamente ("alcançar e ultrapassar a Natureza"). À nossa frente temos uma tarefa bem mais difícil, ou seja, a de "escrevermos novos Livros-Códigos" com o método retomado da Natureza, porque dela decifrado e graças a ela aprendido.

Acrescentaria só um pormenor importante e curioso à primeira vista: a totalidade da herança genética do macaco, elefante, vaca, girafa, baleia, homem encontra-se em *cada* célula dos seus corpos. E para que esta totalidade da transmissão genética não seja acionada ao mesmo tempo (o que seria uma catástrofe da vida), todos os genes do código, com exceção daquilo que localmente é indispensável, são freados até o grau zero por meio de várias espécies de depressores. (E se alguns dos freios falhassem, ocorreria neoplasia, hiperplasia, ou outro tipo de desvio da norma.) Essa espécie de falha dos freios corresponderia então a um caso hipotético em que alguém fizesse a construção de uma casa ou de uma igreja com tijolos tão incomuns que cada um deles seria capaz de conter o projeto de toda a futura construção? Penso que isso é simplesmente resultado de um efetivo percurso da evolução que teve dificuldade – ou não lhe "compensava" – de jogar fora "um lastro dispensável do projeto da totalidade". A frenagem dos dispensáveis planos e projetos arquitetônicos ao longo da prática da história da vida em bilhões de anos deve ter sido, simplesmente, bem mais fácil. Penso assim, embora não tenha provas.

À pergunta se o futuro construtor, especialista de "fetogênese", irá pecar com o mesmo excesso em suas construções, não posso dar resposta, porque não a tenho.

Tertio Millennio Adveniente[1]

Escrevi *Summa Technologiae* num isolamento completo das fontes mundiais de informação. Gostaria agora de confrontar não apenas esse, como também livros ainda mais antigos, por exemplo, *Diálogos*, com os prognósticos atuais que têm aval de renomados cientistas, entre outros, os publicados na revista *Scientific American*, de dezembro de 1999. John Maddock afirma que as mais importantes descobertas do próximo meio século serão tão impressionantes que nem conseguimos imaginá-las. Steven Weinberg, por sua vez, expressa uma vaga esperança de que a física das partículas elementares avance consideravelmente, mas ao mesmo tempo é de opinião que para a criação sólida de uma grande e completa teoria, nos faltará simplesmente potência energética, de pelo menos 10^{16} erg (nem um sistema de tamanho igual à órbita solar da Terra seria suficiente para a produção de uma energia dessa magnitude). A decifração do código da vida deveria permitir a resolução do enigma do seu surgimento e, com isso, introduzir-nos num território, primeiro virtual e depois real, da autoevolução dos seres vivos, do homem em particular. A quatro outros problemas, queria dedicar aqui algumas palavras. Há meio século, não os adivinhava.

[1] Título original, *Tertio millennio adveniente*; este ensaio faz parte do livro de Stanisław Lem, *Okamgnienie*, Cracóvia: Wydawnictwo Literackie, 2000, p. 145-151. (N. da T.)

A atividade tecnocivilizacional do homem tem impacto cada vez maior e até mais assustador no clima do planeta. Falei disso numa conferência soviético-americana em Byurakan, mas disse apenas: os parâmetros independentes de nós, transformamos involuntariamente em variáveis dependentes da nossa atividade global. No entanto, naquele tempo não via solução, nem a vejo hoje. O problema é que a salvação do clima desequilibrado é barrada por numerosos e contraditórios interesses de muitos países.

A questão a seguir, de que não me ocupava, foi o prolongamento da vida humana, o retardamento significativo da velhice. Nenhum elixir da juventude pode ser produzido. Nosso envelhecimento e nossa mortalidade estão profundamente enraizados nos processos químicos fundamentais do organismo animal. Algumas plantas duram centenas de anos, como, por exemplo, as sequoias, porque a estabilidade dos ciclos vitais é condicionada pela duração, portanto, pelo esgotamento da fase reprodutiva. Toda a frente dos compostos orgânicos que sustentam a homeostase começa a quebrar e decompor-se depois da finalização da fase de fertilidade, porque é assim que na evolução funciona a seleção natural. Isso significa que as mais básicas e mais universais reações bioquímicas no organismo deveriam, para o seu rejuvenescimento, passar por um processo de reafinação em suas diversas escalas.

O tema seguinte, tratado pelos norte-americanos, foi a busca da explicação de como o cérebro produz a consciência. Hoje não se vê nem as menores chances de esclarecimento desse fenômeno. Porém, assistimos ao aparecimento de uma quantidade cada vez maior de programas (*software*), construídos de modo cada vez mais eficiente, imitando diversas manifestações da consciência.

As observações acima, bem sucintas, permaneceriam incompletas se não me pronunciasse a respeito de um trabalho recente dedicado ao surgimento de robôs cada vez mais próximos ao que é o racional. Tal pesquisa foi publicada numa revista norte-americana cheia de prognósticos. O autor, Hans Moravec, assegura que os sucessos na fabricação de robôs equipados de razão devem ocorrer em um futuro não muito distante. É preciso notar que recebemos semelhantes promessas desde os tempos da primeira geração de ciberneticistas dos anos 1950. Quanto melhor conhecemos a construção do nosso cérebro – enfeitado pelos anatomistas com nomes estranhíssimos, como aquedutos de Sylvius – tanto melhor percebemos a real, ou seja, a tremenda dificuldade de construção da razão. O otimismo que compartilhava com os pré-cibernéticos se dissipava na medida em que prosseguiam os avanços no conhecimento do funcionamento do cérebro. Acho, porém, que os sucedâneos, ou seja, simplesmente as imitações da autêntica racionalidade podem se multiplicar. Podemos imaginar programas eletrônicos capazes de fingir comportamentos racionais, embora isso não passe de uma vaga aparência. Muitas surpresas espantosas ainda são esperadas por nós nesse processo.

No limiar do terceiro milênio, apareceram numerosas bifurcações e encruzilhadas em várias áreas da atividade humana. Nas ciências exatas, em que a exatidão é cada vez mais infiltrada por grande número de conjecturas, arriscadas e controversas, realmente não se sabe em que setor dos diversos fluxos da construção conceitual, muitas vezes turva, dever-se-ia preferencialmente concentrar a atenção. O início dos anos 1960, quando me ocupava, de modo caseiro, com prognósticos, até que consegui parir a *Summa Technologiae*, foi, paradoxalmente, um período de cativeiro bastante propício para a minha futurologia. Vivendo e escrevendo atrás da cortina de ferro (de memória nada saudosa), portanto sem acesso à literatura científica e filosófica mundial que, aliás, naquele tempo ainda não tinha entrado na fase atual de reprodução das hipóteses em massa, podia me satisfazer com indicadores bastante vagos que anunciavam transformações em áreas como biotecnologia, realidade virtual (*fantomatyka*), imitologia, pantocreacionismo (*pantokreatyka*). A perfeição puramente intencional dessas áreas que me limitei a denominar, sem me embrenhar em detalhamentos, assim como a minha solidão intelectual de então me ajudavam, porque os muros do sistema, ou antes, as barreiras, me separavam de toda crista das ondas de inovação. É óbvio que foi mais fácil inventar impunemente a diferenciação das correntes em biotecnologia, uma vez que ao clamar para que fossem plagiados e até superados os fenômenos produzidos pela natureza, não só os fenômenos evolutivos, eu não podia rachar os galhos biotecnológicos ou extrair deles as diferenciações cada vez mais abundantes para mostrar a ramificação das disciplinas ainda inexistentes, sem existência até mesmo em forma embrionária (como, por exemplo, a engenharia genética, genômica, xenologia) e, ao mesmo tempo, migrar para o campo de invasão tecnológica dentro do corpo humano. Pois naquele tempo não havia conceitos como estrutura arquitetônica molecular usada para o serviço digital (computacional), para a terapêutica médica, ou também para a neocirurgia que invade o interior do corpo humano sem cortes cruéis em sua superfície. Tudo o que os termos acima designam não existia naquele tempo, e se, por algum milagre, eu tivesse conseguido profetizar pelo menos uma parte deles, vários filósofos poloneses iriam resumir as minhas ideias com um conhecido provérbio *difficile est satiram non scribere*,[2] assim eu seria não só ignorado e menosprezado, como simplesmente ridicularizado.

Qualquer um que hoje pretenda radiografar o terceiro milênio, irá se encontrar numa situação incomparavelmente mais difícil do que a minha há quarenta anos. Escrevi minha *Summa* sob o patrocínio da censura, por isso fui forçado a calar-me diante das portas do poder, por exemplo, militar. Atualmente, após um curto espasmo de satisfação do Ocidente em relação ao

---

2 *Difficile est satiram non scribere* ("É difícil não escrever sátira"), provérbio latino. (N. da T.)

colapso do império soviético, os políticos e politólogos, ou simplesmente os publicistas, já perceberam que os dois conjuntos de cargas de hidrogênio apontados um contra o outro começam, aos poucos, a dispersar-se pelo mundo, e, por isso, temo que a probabilidade de uso de armas nucleares possa aumentar com o tempo. Depois da ovelha chamada Dolly veio a loucura da clonagem. Depois do inconcluso trabalho de decodificação do genoma humano, comercialmente corroído (pelo patenteamento dos fragmentos do código hereditário!), veio um tsunami ético e jurídico. Tal situação poderia ser resumida num aforismo: já sabemos da liberdade de toda ação, quase sem limites, a que estamos chegando, e ficamos estarrecidos.

Certamente nem tudo, mas muito do que pode acontecer, daria para encontrar debaixo das máscaras do grotesco, burlesco e cômico dos meus textos literários, tipo *Ciberiade*, e não nos escritos sérios. No entanto, aqueles núcleos cruelmente sérios poderiam ser extraídos da casca das nozes engraçadas dos meus contos. Empolguei-me tanto que terminei o meu conto sobre o professor Donda com a descrição da arte da criação cósmica. Afinal, não me importo com o destino tardio de minhas concepções crescidas nas margens de um penhasco da literatura fantástica, por exemplo, dos sermões de *Golem XIV*. Evidentemente, enganava-me muitas vezes, porque tentava temperar a natureza humana com racionalidade sadia. Eu estava com medo dos tempos em que a população mundial chegaria a seis bilhões, porque só na ilha de Robinson Crusoé a morte de uma pessoa significa o fim do mundo. O inverso, ou seja, quanto maior o número dos vivos, menor o peso e a dignidade da existência individual, isso é fato. A aldeia global de Marshall McLuhan é uma armadilha global. A cosmonáutica é um novo desafio e uma ameaça para a nossa espécie, porque somos organicamente seres muito terrestres. Porém, isso não impedirá a expansão cósmica da nossa espécie, pois gostamos do risco, inclusive à beira da autodestruição. Muitos sucessos, sobretudo científicos, mostram que, no decorrer do tempo, o custo global dos trabalhos em favor da vida irá certamente crescer cada vez mais, o que pode resultar em disparidades na estratificação social, inescrupulosas, mas também racionais, provocando o surgimento de uma vanguarda capaz de aperfeiçoar e prolongar sua vida, e o enorme resto da humanidade continuará a levar uma existência miserável como antes. Não será possível conter a explosão demográfica reduzindo a fertilidade com métodos puramente naturais. Sexo e, aliado a ele, dinheiro se tornarão paraísos temporais muito bem falsificados.

As tecnologias surgem, amadurecem, envelhecem e somem. A imitologia, o pantocreacionismo, a fé – porque é a fé – na vida quase eterna das redes de computadores inteligentes que herdarão a Terra depois de nós, têm propriedades consoladoras para muita gente. Creio na onipotência temporal da árvore tecnológica da Espécie, mas não creio na tecnologia temporal da salvação.

Posfácio
Nas Trilhas da Escrita Ensaística de Lem:
Anotações do Tradutor

1.

Quanto mais leio e releio as "teorias de tudo" de Lem – *Summa technologiae* e *Filosofia do Acaso* –, tanto mais complexa e difícil para ser resumida parece a sua visão do mundo, das evoluções biológica e tecnológica que ele comparava e em que encontrava semelhanças. A mania ou a virtude de abarcar todo o conhecimento e relacionar tudo com tudo produz as generalidades de efeito, ousadas e atraentes, mas ao mesmo tempo muitas digressões, hipóteses alternativas ou laterais que põem em questão o que se apresentava como uma revelação quase epifânica ou prometeica. Lem domina, portanto, essa arte de ensaio em que – segundo T.W. Adorno – revela-se a curiosidade e a "ingenuidade de estudante" e não a obediência aos paradigmas do método científico[1].

Ensaio como esse é difícil de resumir, mas no qual o resumo (e a razão?) falha, resta uma tradução e/ou uma exploração parcial da sua leitura, do seu potencial cognitivo e dialógico. É como se "irresumíveis", os grandes ensaios de Lem fossem escritos para serem apenas percorridos, pensados, traduzidos.

Se compararmos esses volumosos e complexos ensaios de Lem da sua primeira fase ensaística com os ensaios posteriores bem mais curtos e com as mensagens e conclusões bastante

[1] T.W. Adorno, O Ensaio Como Forma, em G. Cohn (ed.), *Theodor W. Adorno*, p. 167-187.

unívocas, podemos supor que, no decorrer da sua vida, o autor de *Summa Technologiae* e outras "summas" percebe a necessidade de deixar mais claros os resultados dos seus jogos e explorações nos territórios da ciência, como diagnoses e/ou avisos diante dos rumos presenciados e vislumbrados da civilização.

2.

Diferentemente dos cientistas que só às vezes saem dos seus laboratórios para ver como está o mundo e transmitir, de uma forma mais acessível, os resultados de suas pesquisas aos profanos, Lem, imerso na vida, grato hóspede dos seus vastos domínios, livre de compromissos de especialista, percorre os laboratórios, curioso e cético ao mesmo tempo, espreitando o que se pode aproveitar na busca das respostas às perguntas com que a vida nos desafia. Ler Lem com pretensão de se tornar especialista em Lem seria praticar um pedantismo estranho à sua obra, ao seu pensamento e a suas atitudes.

3.

Stanisław Lem nasceu no ano de 1921, em Lwów, numa família de judeus poloneses, sobreviveu à Segunda Guerra, viveu na Polônia comunista, depois capitalista, viajou pouco e morreu na cidade de Cracóvia, em 2006. Eis um pequeno autorretrato compilado de fragmentos das cartas trocadas com seu tradutor norte-americano Michael Kandel:

Nasci e fui criado numa família abastada, porque o meu pai era, em Lwów, um médico muito procurado, bom especialista [...]. Mais tarde vieram os tempos duros para nós – de guerra. [...] Depois da guerra vivemos em condições muito modestas, mas não miseráveis [...]. Nos anos 1945-1947, enquanto estudava medicina, fui mantido, já com 26 anos de idade, por meu pai, e então comecei a ganhar escrevendo, no início muito pouco. E tive a sensação de que não estava totalmente certo ao escrever bobagens sensacionalistas para as editoras particulares, ainda existentes naqueles anos.[2]

Comi meu pão de muitos fornos; para ganhar dinheiro, traduzi livros do russo sobre alimentação de gado; fui assistente "para tudo" num Conversatório da Universidade Jagielloński; consertava automóveis nos tempos da Segunda Guerra (quando dava, muitas vezes destruía-os); fui soldador (fraco); médico; crítico; jornalista; revisor de textos; autor de artigos de medicina... não acho que nada disso tenha sido puro desperdício de tempo. Pois tudo se armazena em algum lugar. Sei também que a experiência de vida é, a princípio, intransmissível (é possível ver a literatura como uma tentativa, quase fracassada, de transmissão daquela experiência pessoal de modos NÃO DISCURSIVOS).[3]

Numa carta a Kandel, de 25 de outubro de 1976, Lem comenta o recebimento de exemplares de livros escolares para 6ª e 10ª séries, da República Federal da Alemanha, em que estavam incluídos os seus contos: "Se, nos anos 1940, alguém tivesse me dito que depois da guerra eu seria escritor, acreditaria; se me profetizasse o Prêmio Nobel, talvez acreditasse também, pois a vaidade humana parece não ter limites. Mas se aquele profeta tivesse comunicado a mim que os mesmos alemães que queriam me matar como se eu fosse uma barata iriam ensinar

---

[2] S. Lem, *Sława i Fortuna*, carta a Michael Kandel, de 2 de abril de 1987, p. 636. (A tradução desta e de outras citações que seguem é do autor)

[3] Ibidem, carta a Michael Kandel, de 30 de setembro de 1976, p. 501.

seus filhos o alemão dos meus contos – não, nisso não, juro, não acreditaria."4

4.

Philip Kindred Dick, clássico da ficção científica americana, achava que Stanisław Lem era personagem fictício, fabricado pelos comunistas. O seu nome, estranho e atípico nas línguas eslavas, para Philip seria uma sigla de um grupo secreto que produzia livros por encomenda do partido, com a finalidade de exercer o controle da sociedade. Uma prova dessa tese seria também a diversidade dos estilos da obra de Lem. Dick chegou a escrever, em 1974, uma carta com essa denúncia ao FBI. Lawrence Sutin, em sua biografia de Philip K. Dick, *Divine Invasions*, reconhece que ele era uma pessoa "esquisita", mas assegura que não se tratava de um doente mental. Lem pôde observar a estranheza do comportamento de Dick quando, depois da publicação da tradução polonesa de *Ubik*, romance por ele recomendado e apresentado no posfácio, foi acusado pelo próprio autor. Citemos o que diz o próprio acusado em carta a seu tradutor americano Michael Kandel:

> Philip K. Dick, um autor dos EUA, publicou uma carta aberta no 'Forum' (órgão da Science Fiction Writers), em que me chama de canalha, ladrão, aproveitador, porque, segundo ele, fiz na Polônia uma edição pirata de *Ubik* (ele deve ser louco, porque não é verdade, e mesmo se quisesse, a editora polonesa, como a empresa estatal, não poderia publicar nada sem um contrato juridicamente válido).

4   Ibidem, carta a Michael Kandel, de 25 de outubro de 1976, p. 509.

Ao mesmo tempo, numa primeira resenha, alguém chamou *Ubik* de grafomania. Eu precisava disso!! Mas não deixa de ser engraçado.[5]

Lem começa o seu posfácio de *Ubik* com uma diagnose da ficção científica americana, denunciando a sua mediocridade e mistificação[6]. Insuficiente como reflexão sobre o futuro e a civilização, sobre a posição que a Razão ocupa no Universo, ela tem, ao mesmo tempo, pretensões de representar as alturas da arte e do pensamento. Porém, às críticas da sua mediocridade responde apresentando-se como um gênero de diversão.

Na paisagem assim uniformizada da Ficção Científica americana, Lem destaca Philip K. Dick que, mesmo utilizando motivos e requisitos gastos do gênero (telepatia, guerras cósmicas, viagens no tempo, catástrofes e fins do mundo), quebra em seus romances as convenções que exigem uma racionalização de acontecimentos improváveis e incompatíveis com a lógica e realidade empírica. Neles, as causas das transformações e catástrofes não são identificadas, permanecendo misteriosas e irreconhecíveis. Mesmo explorando um gasto arsenal do *kitsch* da ficção científica americana, Philip K. Dick não se enquadra nele e ganha simpatia de Lem como quem, solitário, enfrenta, com sua imaginação, "o excesso das oportunidades" com que nos desafia o cosmos e a cultura.

Lem chama a atenção para a obra de Philip K. Dick ainda antes da edição polonesa de *Ubik*. Em sua monumental teoria e crítica da ficção científica, *O Fantástico e a Futurologia* (1970), dedica a ele um capítulo que termina com as seguintes palavras: "Dick é, na ficção científica, como que um visitante de outras esferas que incorporou completamente os pensamentos, desejos, dilemas dos quais o terreno da ficção científica dispunha, aproveitando os trajes do *kitsch* para, com eles – feito um

---

5 Ibidem, carta a Michael Kandel, de 4 de novembro de 1975, p. 428.
6 Posfácio de Stanisław Lem para P.K. Dick, *Ubik*, trad. de Michał Ronikier.

mimo no depósito dos trapos –, representar o drama do mistério da existência."7

5.

Lem não concorda com a opinião de que todos os grandes paradigmas narrativos foram inventados há muito tempo e que nada de novo, nada de original possa surgir. Não só pode como deve, ele argumenta em seu monumental ensaio teórico e crítico de 1970 dedicado à ficção científica, intitulado *Ficção Científica e Futurologia*. A civilização em sua marcha traz novos problemas, novos desafios, fornecendo à literatura possibilidades criativas inéditas. Porém, a literatura nem sempre responde de forma criativa a esses desafios, e justamente um dos problemas não resolvidos da ficção científica é, segundo Lem, a inadequação das estruturas narrativas perante novos fenômenos históricos. Um deles ocupa, na obra do autor, especificamente em *Solaris*, um lugar particular, e não deve surpreender, porque tem a ver com o "ser ou não ser" do nosso mundo.

> Por exemplo, é próprio dos nossos tempos o enfraquecimento das estruturas tradicionais de valoração ética – no aspecto planetário –, porque a chance de executar o plano do "Julgamento Final" tornou-se real. É o que não entende o escritor que, trazendo visitas do Cosmos para a Terra morta, obriga-as a deliberar – no meio das ruínas das cidades – "qual das partes do conflito tinha razão". Porém, sobre a razão como representação da causa "boa", ou seja, da causa justa, dela só é possível falar enquanto existe alguém capaz de avaliar o ocorrido; assim, diante da possibilidade de extermínio total, a discussão sobre a razão de cada uma das partes do conflito perde todo

7 S. Lem, *Fantastyka i Futurologia*, v. 1, p. 173.

o sentido, porque a única razão de que ainda vale a pena falar, face à eminência de uma catástrofe apocalíptica, é a questão de como impedi-la. Por isso, qualquer "razão", considerando o "bem" ou o "mal" do ponto de vista tradicional, torna-se então um vazio sem sentido, caso não estiver estritamente ligada à realização do único programa que ainda não perdeu sentido – o programa de autopreservação da humanidade. Portanto, este escritor, para salvar o esquema valorativo tradicional, ainda pré-atômico, sem querer em sua obra pseudorrealista incomodar o próprio Senhor Deus, fazê-lo vir ao planeta Terra em cinzas, envia os "Outros" para que, no lugar dos já extintos humanos, continuem a disputa deles, a mesma que tem levado ao cataclismo. Eis o exemplo clássico da inércia do pensar, resultante de uma subjugação pelas estruturas de narração inadequadas[8].

A vigência das estruturas tradicionais de valoração ética não impediu o homem de colocar o seu planeta à beira do cataclismo. Será que sua suspensão ainda pode ajudar a encontrar o caminho para evitá-lo? Na eminência de uma catástrofe, realmente não há sentido discutir as razões das partes em conflito que tem levado a um desfecho trágico. Somente a busca da salvação tem sentido. Mas será que ela teria chance de sucesso sem o revigoramento das "estruturas tradicionais de valoração ética"? Lem sabia que o seu enfraquecimento era sintoma de uma doença que podia ser mortal, mas podia também mobilizar esforços para a sua recuperação, numa desesperada procura do caminho da autopreservação da humanidade.

Como autor de obras ficcionais, Lem leva a sério a sua relação com a ciência. Diante da proliferação de obras de ficção científica que ignoravam ou até desprezavam a ciência e os problemas reais do mundo contemporâneo, o autor de *Solaris* abre uma frente também como crítico do gênero, e em seu extenso ensaio *Ficção Científica e Futurologia*, faz a sua radiografia crítica, engajada não só em causas do gênero, mas, antes de tudo,

---

[8] Ibidem, v. 2, p. 520-521.

em causas que envolvem relações entre a literatura e a cultura em geral, das quais irá depender o futuro de ambas.

6.

Estou na *Nuvem de Magalhães*. A nave atravessa espaços siderais... Mas a mim me leva às naves espaciais da minha infância, construídas debaixo da mesa, separadas do resto do quarto com o cobertor, as cadeiras viradas, almofadas e os instrumentos de navegação trazidos da cozinha. Era um espaço minúsculo, porém seguro, espaço de intimidade e, ao mesmo tempo, espaço da possível e desejada ligação com os outros mundos como que prometidos ao recém-chegado neste planeta Terra. Podia ser justamente no ano em que Lem escrevia este conto, a poucos quilômetros do lugar onde eu morava. Poucos anos depois, já aluno da quarta ou quinta série, reunia-me com dois colegas de turma no início da noite, num jardim da casa de um deles, para observar o céu, planejar a construção de um telescópio e, em seguida, de um foguete que nos levaria à Lua. Mas o fim da infância chegou rápido demais para que pudéssemos realizar esses planos. Mesmo abandonados, eles merecem ser lembrados. E mais do que lembrados, tomados com seriedade, a mesma seriedade com que a criança brinca. O Professor Hogarth, personagem do romance *Voz do Mestre*, de Lem, cujas ideias têm muito a ver com as do autor[9], sabia disso:

> Cada criança realiza espontaneamente descobertas, das quais surgiram mundos de Gibbs e Boltzmann, porque a realidade se apresenta

---

[9] "Professor Hogarth, de *Voz do Mestre*, sou eu, num certo sentido"; carta a Michael Kandel de 28 de outubro de 1976, em S. Lem, *Sława i Fortuna*, p. 513.

como multiplicidade de possibilidades, tão fáceis de discernir e concretizar como que em atos espontâneos. A criança está rodeada da pluralidade dos mundos virtuais, o cosmos de Pascal lhe é completamente estranho, feito um cadáver rígido do relógio em andamento, num movimento cadenciado. Depois a ordem petrificada da idade madura destrói esta riqueza primordial.[10]

Ler Lem hoje em dia não seria uma prova de que ainda nem tudo foi perdido daquela idade da "bendita ignorância" que dava tanta liberdade e tanto poder à imaginação?

7.

A *Filosofia do Acaso* declara guerra às teorias fenomenológica e estruturalista da obra literária. A poética de ensaio fornece armas diversas, também leves, mas capazes de causar estragos graves no campo do adversário:

> Sobre o modo de ser da obra literária quando não emitida nem recebida, nada sabemos. A obra já lida não é obra objetiva, no mesmo sentido em que a lembrança de um amigo não é um amigo objetivo. As perguntas acerca das obras não lidas são da mesma espécie que as perguntas acerca do sabor do açúcar depois da Terceira Guerra Mundial ou acerca da existência das máquinas de escrever no Paleolítico inferior. [...] É possível investigar as obras literárias como certas enunciações linguísticas, mesmo só com os meios puramente formais, contando, por exemplo, a frequência das palavras etc., mas sobre o texto enquanto obra literária, isso vai nos dizer exatamente tanto quanto possamos saber a respeito da beleza de uma estrela de cinema investigando os átomos, íons e elétrons do seu corpo.[11]

10 S. Lem, *Głos Pana*, p. 17.
11 Idem, *Filozofia Przypadku*, p. 53-54.

Independentemente de Hans Robert Jauss e do primeiro manifesto da estética da recepção (*História da Literatura Como Provocação*, 1970), *A Filosofia do Acaso* anuncia uma nova corrente antiessencialista de estudos da literatura centrados na perspectiva do leitor. Familiarizado com as ciências exatas, Lem denuncia e ridiculariza as pretensões cientificistas de Roman Ingarden e Tzvetan Todorov, que, ao tratarem a obra literária como objeto, ignoram a sua vida em diálogo com o público leitor, que muda com os contextos históricos, sociais, culturais. Nesta vida, o papel do acaso é tão relevante e necessário como na vida e na sua evolução em geral. A obra está em movimento, lida e interpretada entre os leitores e entre outros textos, em diferentes espaços, muda com os tempos e as vontades imprevisíveis. Por exemplo: "Ao escrever *Na Colônia Penal*, Kafka não tinha em mente os campos de extermínio hitlerianos, porque antes da Primeira Guerra Mundial não existiam. Mas nós, não podemos ignorá-los, lendo hoje este conto."[12]

8.

Leio Lem. Leio num e-book o que ele escreveu há vinte anos, vislumbrando a expansão da internet ao ponto de chegar o dia em que

> uma pessoa, ficando em casa, poderá ter acesso a todas as bibliotecas do mundo, inclusive videobibliotecas, entregar-se a um intenso intercâmbio intelectual com inúmeras pessoas graças ao aperfeiçoado e-mail, correio eletrônico, ver obras de arte, desenvolver uma intensa atividade econômica, paquerar, ver paisagens de países distantes,

---

[12] Citado por J. Jarzębski, Byt i Los, em S. Lem, *Filozofia Przypadku*, p. 596.

e assim por diante, poderá tudo, sem nenhum risco (a não ser financeiro), mas, com tudo isso, permanecerá na solidão[13].

Vislumbrando assim as mirabolantes perspectivas de comunicação eletrônica e de acesso à informação, Lem alertava sobre os efeitos colaterais da substituição do natural pelo seu sucedâneo artificial na esfera das relações humanas. A perfeição e os encantos da eletrônica a serviço da comunicação não substituem a necessidade de uma autêntica relação entre as pessoas. A ilusão provocada pela oferta dos meios que prometem alargar e intensificar contatos com o outro e com o mundo todo, pode levar a uma solidão em meio à multidão do mundo virtual. Mas ela pode também amenizar a solidão, a distância, a separação.

9.

Seríamos apenas hospedeiros da Razão? Toda a humanidade estaria hospedando, ao longo da evolução biológica, essa passageira que um dia pode se desprender, se emancipar e, sem precisar mais do frágil corpo humano, seguir além da dor, além do Bojador do universo? Uma parasita? Uma estranha disfarçada de companheira fiel e inseparável? Fala Golem, um supercomputador do futuro, dirigindo-se aos homens:

> A evolução não visava nem vós particularmente, nem outros seres, pois o que contava não eram quaisquer seres, mas só o famigerado código. O código genético é uma mensagem articulada sempre de novo e só essa mensagem conta na Evolução – e, na verdade, ela mesma é a Evolução. O código está engajado numa produção periódica de organismos, porque sem o seu suporte periódico ele

[13] S. Lem, *Tajemnica Chińskiego Pokoju*, p. 139.

iria desintegrar-se num incessante ataque browniano da matéria morta.[14]

Podemos ser apenas veículos do Código capaz de elevar a Razão, por meio de suas inúmeras encarnações, ao estágio em que não precisará mais do corpo biológico para seguir a sua Odisseia cósmica ou para administrar os domínios extraterrenos. Irá nos descartar ou tomará conta de nós? Assim, podemos substituir o *Anthropic Principle* (Princípio Antrópico) – termo anticopernicano cunhado em Cracóvia, no ano de 1973, por Brander Carter, durante sessão comemorativa de quinhentos anos de nascimento de Nicolau Copérnico – pelo *Robotic Principle* (Princípio Robótico), ou seja, a ideia de que tudo, desde o início, trabalhava para o surgimento de uma máquina pensante e onipotente, o *Espírito ex maquina*.

10.

Lem formula a hipótese do "gene egoísta" antes de Richard Dawkins ter lançado o seu *The Selfish Gene* (1976). Egoísta, nesse caso, porque o gene trata organismos como veículo de sobrevivência, preocupado só com a sua própria vida eterna. Mas, como o processo de transmissão do código genético nem sempre é perfeito, ocorrem erros, e, assim, o processo da evolução pode prosseguir, organismos são alterados, uns perdem o trem e outros seguem a viagem a serviço do código egoísta e persistente. Então, numa etapa tardia da criação biológica, surge a Razão. Aqui Lem apresenta uma hipótese que destoa da nossa humana, demasiada humana presunção: a Razão não é bem o coroamento da marcha da evolução biológica, e sim um recurso,

14 Idem, *Golem XIV*, p. 35.

uma força que surge para socorrer os seres frágeis, defeituosos e ameaçados de extinção dos estágios avançados dessa evolução. Os humanos foram os seres que mais desenvolveram este recurso, criando línguas étnicas e culturas, que levam à fabricação da inteligência artificial. Em *Golem XIV*, Lem antecipa o momento em que a humanidade, ao produzir uma inteligência artificial superior ao intelecto humano, terá que decidir: ou os homens delegam às máquinas o gerenciamento da sua existência e do seu destino, condenando-se assim à autodegradação e submissão, ou evoluem, transformando a sua própria natureza com os meios da engenharia capazes de colocá-la em patamar mais alto, superar os hipercérebros eletrônicos e, assim, proporcionar condições para a expansão cósmica e ilimitada da Razão.

11.

Até que ponto as ideias de Lem são marcadas pelo "gnosticismo tecnológico", como o define Hermínio Martins?

> A tecnologia leva à manipulação do mundo material e por isso deixa a impressão de que é contrária à gnose. Porém, com a expressão aparentemente paradoxal – "o gnosticismo tecnológico" –, está definida aqui a relação das realizações, aspirações e projetos tecnológicos com um sonho, próprio da gnose, de ultrapassar os limites da condição humana.[15]

É possível mostrar que em suas ideias, Lem se aproxima de vez em quando do gnosticismo tecnológico no sentido aqui definido. Aproxima-se, mas sem permanecer nessa posição, por dois

---

15 H. Martins, Hegel-Texas: Issues in the Philosophy and Sociology of Technology, em H. Martins (ed.), *Knowledge and Passion*, p. 229.

motivos: por seu ceticismo quanto à possibilidade de definir os últimos fins da humanidade; e por seu ceticismo quanto à capacidade do homem de usar os meios tecnológicos só para o bem da sua espécie. Lem não é um humanista que prega a superioridade do homem sobre tudo, pois existe algo que o supera e transcende: a Vida.

> Assim, muitas vezes clamava, dava conselhos, como no deserto, para que a Ciência tornasse a imitar, através dos processos de pesquisa, a Vida como Tecnologia. No final da *Summa Technologiae* escrevo que os aminoácidos, a língua proteíno-nucleotídea, criam os baobás, vírus, macacos, crocodilos, algas, filósofos, enquanto a nossa língua humana só cria filosofias.[16]

Ao se aproximar do fim da vida, o autor da *Summa Technologiae* teve a oportunidade de ver como as ciências seguiam os rumos por ele preconizados, mas também pôde observar a mediocrização nos usos das conquistas tecnológicas, atitude que tanto o irritava e, certamente, que não contribuía para reforçar as suas passageiras inclinações gnósticas.

12.

Agnóstico declarado, racionalista, criador de seres superiores aos humanos (mas não necessariamente seres sobrenaturais), de deuses hipotéticos, "deuses defeituosos", também luciféricos, outros mundos, fenômenos misteriosos ainda inexplicáveis, Lem, de modo algum, entra em guerra com a religião; ao contrário, precisa dela e, em sua obra, explora bastante os temas metafísicos, criando hipóteses, inclusive da vida eterna (geralmente

---

16 S. Lem, *Sex Wars*, p. III.

em forma caricatural, que lembra histórias grotescas de Wolter), mas deixa claro que está no território em que Deus para ele não existe, território de quem por opção não acredita no que lhe parece irracional e que contraria os dados empíricos. Acredita-se ou não nos deuses; ao se acreditar neles, existem para serem adorados e não para justificar filosófica ou cientificamente a sua existência. Para Lem, basta ser inconciliável a sua existência com a razão e com a experiência, e também com o sofrimento onipresente na evolução da vida e na história do homem, para se colocar na posição de quem não acredita no Deus bom e todo-poderoso.

13.

> Como é possível os seres que, além do canal de transmissão genética através dos cromossomos, possuem um canal de transmissão à parte, o da cultura, independente do canal genético, serem incapazes de tirar qualquer aprendizagem da sua história banhada em sangue?[17]

A pergunta pode parecer ingênua, mas não é. Porque mesmo que Lem não tenha ilusões quanto ao potencial destrutivo que herdamos por meio dos cromossomos, não se rende ao destino, discute com ele, diferentemente de Paulo Leminski ("Não discuto com o destino / o que mandar eu assino")[18]. Se mesmo na evolução biológica há lugar para o acaso, uma adesão ao determinismo histórico parece dificilmente justificável. Considerando os estragos que ele tem provocado ao longo dos tempos, merece tanto uma rejeição quanto uma ridicularização, como nestas palavras do *alter ego* de Lem, o professor Hoghard do romance *A Voz do Mestre*: "Eu não suportava Hegel, não conseguia lê-lo,

17 Ibidem, p. 106.
18 *Melhores Poemas de Paulo Leminski*, p. 62.

por ele estar tão convencido de que o próprio Absoluto falava por ele para a maior glória do Estado prussiano."[19]

14.

Em 1971, Stanisław Lem publica *Próżnia doskonała* (Vácuo Perfeito), uma seleção de resenhas de livros inexistentes, e logo depois *Wielkość urojona* (A Grandeza Ilusória), com prefácios de livros que nunca viram a luz do dia. Um desses prefácios deu origem ao livro do próprio prefaciador, *Golem* XIV (1981). A sua "produção crítica" sobre obras hipotéticas encerram dois livros: *Provocação* (1984) e *Biblioteca do Século* XXI (1986). Em 1998, todos eles saíram reunidos num só volume com o título de *Apokryfy* (Apócrifos). Na edição mais recente do mesmo, o autor preferiu repetir o título *Biblioteca do Século* XXI (2003).

Considerado o mais original dos textos de Lem sobre a questão do mal, *Provocação* tem a forma de resenha do livro não existente do autor fictício Horst Aspernikus, *Der Völkermord* (O Genocídio) de dois volumes: 1. *Die Endlösung als Erlösung* (Solução Final Como a Salvação); 2. *Fremdkörprer Tod*, (A Morte do Corpo Estranho) Göttingen, 1980. Em carta a seu tradutor americano, Michael Kandel, Lem assim apresenta essa obra:

> Tive ideia de escrever o resumo de livros que deveriam ser publicados, mas que não existem. O primeiro escrevi POR um antropólogo alemão. É uma obra "grossa, de dois volumes", sobre o genocídio alemão. [...] Sua tese (meio fantástica) é uma hipótese historiosófica que, em resumo, explora o tema da morte que fazia parte integral da cultura medieval e que, agora, ficou alienada, como que deixada na rua, e não se sabe o que fazer com ela numa civilização materialista,

[19] *Głos Pana*, p. 122.

hedônica, técnica e perfeccionista. O livro opera com os termos "locação da morte na cultura", "utilização secundária da morte". O primeiro volume inteiro é dedicado ao crime do judeocídio, sua profunda e secreta motivação, mas é difícil de ser resumido. Diria apenas que foi escrito com plena seriedade e não com ironia, como é o caso de *Perfect Vacuum* [...]. Conheço o holocausto em nível de autópsia, por isso procurei me basear nos fatos para mostrar este crime como o primeiro ato de uma grande "utilização" da morte, falar sobre a ética do mal etc. A concepção é a seguinte: primeiro tratava-se de encontrar "os portadores do mal universal", e os escolhidos foram os judeus, depois, quando em consequência do contínuo declínio das normas interiorizadas apareceram as invenções da subcultura, a aplicação da morte chegou a ser usada pelo terrorismo para autoafirmação e identificação grupal; e então, o suicídio coletivo de uma seita será o último passo[20]. No início, só o Estado "podia" matar e só o Estado tinha direito de apontar as vítimas; em seguida, os terroristas procuravam seus alvos entre os representantes do Estado, como na Itália e na Alemanha, depois "cada um tem culpa do mal", e o ato coletivo de suicídio fecha o círculo.[21]

Provocação, de Lem, é uma provocante radiografia do hitlerismo e do seu "sucessor", o terrorismo contemporâneo. O Holocausto não aconteceu por acaso, nem foi uma única degradação da cultura europeia. As suas origens são mais profundas do que a história do antissemitismo ou do Terceiro Reich, e têm a ver com a eliminação da morte da cultura europeia, ou uma errônea "locação da morte na cultura"[22]. Lem não diz nada de novo

20 Referência ao suicídio de cerca de novecentos membros da seita Templo do Povo, ocorrido em 1978. (N. da T.)
21 Carta a Michael Kandel de 10 de abril de 1980, em S. Lem, *Sława i Fortuna*, p. 681-682.
22 É o que enfatiza Małgorzata Szpakowska em sua análise de *Provocação*: "Na Europa do século XX, a secularização e, associada a ela, a redução do medo da morte, transformaram-se facilmente em genocídio cometido em cenário profanado do Julgamento Final, porque a cultura é esse homeostato em que o mal é um componente irremovível." (*Dyskusje ze Stanisławem Lemem*, p. 151.)

quando fala do isolamento da morte, do seu ocultamento, de sua marginalização, de sua maquiagem e dessacralização nas sociedades do século XX. A morte incomoda a civilização, que antes de tudo procura satisfazer as necessidades e fantasias individuais e coletivas, garantir o bem-estar da população[23]. No entanto, as conclusões que Lem tira parecem originais e ousadas. A morte banida da cultura fica fora do controle, "torna-se selvagem", precisa ser domesticada e entronizada de novo, e quem assume essa "missão histórica" é o Terceiro Reich. Assume de uma forma perversa, em que o assassinato dos judeus se torna "uma execução substituta de Deus" num cenário *kitsch*:

> a conquista hitleriana foi um arrivismo dos marginais, ignorantes, filhos dos sargentos, ajudantes de padeiro e escribas de terceira, que almejavam as promoções como a salvação, e a participação pessoal e permanente dos massacres parecia dificultar-lhes esta ascensão. Que modelo podiam então perseguir, a quem imitar e como, para que, mesmo imersos até os joelhos em tripas, não perdessem de vista, neste matadouro, as suas altas aspirações? O caminho mais acessível para eles, o do *kitsch*, levou-os, pois, bem longe, até assumirem o papel do próprio Deus, obviamente o do Deus Pai severo e não o do Jesus chorão, este um Deus de piedade e de salvação pelo próprio sacrifício[24].

Mesmo que o terrorismo contemporâneo seja, em sua escala, incomparável ao genocídio hitleriano, na visão do autor de *Der Völkermord*, apresentada na resenha de Lem, os dois casos em que há assassinato de inocentes sempre "em [glória do] cumprimento de dever, abnegação e justa ira"[25] têm muito em comum. Por isso, ao resumir a argumentação deste autor fictício do livro

---

23 Veja, por exemplo, o livro *O Homem Diante da Morte*, de Philippe Ariès ou *Le Cadavre: De la biologie a l'antrropologie*, de Louis-Vincent Thomas.
24 S. Lem, *Prowokacja*, p. 19.
25 Ibidem, p. 16.

sobre o Holocausto, Lem chega a realçar os mecanismos acionados pelos "extremismos pseudopolíticos" e a sua presença nos terrorismos de pós-guerra:

> Cada autêntico movimento de oposição que tem motivos sólidos para a luta na circunstância de uma verdadeira opressão ou exploração, externamente parecido com o extremismo pseudopolítico, favorece sem querer os falsificadores que apresentam o assassinato como um instrumento de luta pelo bem, uma vez que aumenta a confusão reinante na análise das ocorrências e dificulta, se não impossibilita, a distinção entre as culpas aparentes e verdadeiras. Mas em que lugar e quem neste mundo permanece angelicamente sem culpa até o fim? E assim surge um jogo de mímica, surpreendentemente eficaz. Se a razão simulada não se distingue da razão sincera, não é tanto em virtude da perfeição dos simuladores, mas por não ser totalmente limpa a consciência das sociedades que engendraram o terrorismo de pós-guerra.[26]

15.

Considerando a gravidade do tema e a seriedade com que é apresentada, em *Provocação*, a concepção das origens do Holocausto e do terrorismo contemporâneo, o leitor tem direito de fazer uma pergunta: por que em vez de assinar o texto com seu nome, Stanisław Lem usa uma artimanha, atribuindo sua hipótese ao fictício antropólogo alemão Horst Aspernicus? Por que se esconde, marca distanciamento, não assume (ou finge não assumir) plenamente a autoria?

Segundo Stanisław Bereś, as teses apresentadas em *Provocação* são arriscadas, expõem Lem a perigos e, por isso, em vez

[26] Supra, p. 120.

de assumir responsabilidade plena por suas ideias e opiniões, ele adota uma estratégia defensiva, atribuindo-as a um cientista alemão fictício. O apócrifo torna-se uma forma de expressão "mediatizada, cuja função é o apagamento da fronteira entre uma aguda asserção da hipótese e a literariedade fingida". Portanto, *Provocação* é um exemplo de situação em que "a possibilidade de recorrer a uma *licentia poetica* torna-se um álibi para o autor que sabe que existem teses que é melhor não assinar com o próprio nome"[27].

Para Jerzy Jarzębski, *Provocação* se torna uma "provocação pra valer, contudo só a partir do pressuposto de que o autor das deliberações sobre o fenômeno dos crimes do hitlerismo é alemão." O raciocínio é de Lem, mas, transferido para uma situação fictícia do discurso do outro, há uma mudança no *status* das suas afirmações[28]. Sua transferência apócrifa para o outro plano autoral, sem a eliminação do ponto de vista do autor real, que assume o papel do crítico resenhista, introduz uma complexidade de perspectivas desafiadora para o leitor, contribuindo para a verticalização da problemática abordada.

Na leitura de Małgorzata Szpakowska, tal complexidade de perspectivas tem a função de ressaltar a mensagem do autor de *Provocação*. Sua forma de *quase-ensaio* serve para atrair a atenção como "um procedimento publicitário em favor da justa causa". Já foi escrito muito sobre o genocídio e não basta ter uma nova tese para se ser ouvido. É preciso encontrar para ela uma nova forma de expressão. Por isso, Szpakowska admite a possibilidade do seguinte raciocínio de Lem: "a tese provocativa (Holocausto como epifenômeno da situação da cultura europeia) em nada será prejudicada pela forma provocativa, ao contrário, quebrando a prática de lamentação fúnebre, facilitará a reflexão fria sobre o próprio fenômeno"[29].

27 S. Bereś, Apokryfy Lema, *Odra*, n. 6, 1986, p. 45-46.
28 J. Jarzębski, *Wszechświat Lema*, p. 136.
29 M. Szpakowska, op. cit., p. 152.

As respostas à provocação apócrifa de Lem aqui citadas evidenciam a complexidade dos aspectos de autoria numa obra em que o autor, em vez de assumir plenamente a reponsabilidade pelo que escreve, assume a responsabilidade pela escrita do outro. Ele acaba se diminuindo ou engrandecendo como autor? Adota a estratégia de despojamento só para chamar a atenção do público? Impõe a outro as ideias que não teria coragem de assinar com seu próprio nome? Faz um jogo com a instância autoral para ganhar o quê? Talvez outro autor, um aliado, um interlocutor que cada um dos seus leitores poderia ser. Assim lembra que o autor não escreve só para nós, mas também por nós.

16.

Faz parte da *Filosofia do Acaso*, o ensaio "Os Limites do Crescimento da Cultura", em que a casualidade nos processos da evolução da cultura é reconhecida, com todos os seus efeitos benfazejos, como promotora da diversidade e do crescimento, mas também como geradora do caos e da cacofonia.

> A dinamicidade da cultura se resume em uma realização seletiva dos valores. A questão é como acontece essa seleção. Ela não pode ser casual. Quando os crescimentos são casuais, quando a casualidade domina a emergência e o declínio dos valores professados só momentaneamente, a cultura se torna uma polpa vibrante, sem capacidade de formar e consolidar as atitudes humanas. A mutabilidade subcultural não é uma esperança da cultura, e sim a sua enfermidade, não um indicador de caminho, mas um sintoma, uma reatividade e não atividade, um resultado de desorientação e não uma proposta orientadora.[30]

30 *Filozofia Przypadku*, p. 336.

A cultura não é o elemento da natureza equipada em mecanismos de controle do caos. Na cultura, cabe aos homens reconhecer e cuidar dos valores que garantem a sua estabilidade, exercer o controle, estabelecer limites, para que a casualidade não leve à desintegração. Cabe ao homem, mas até que ponto ele vai dar conta do recado? A resposta de Lem não é muito animadora.

17.

As suposições dos evolucionistas de que o homem introduziria na sua cultura as suas características biologicamente herdadas, com o potencial de agressividade talvez em primeiro lugar, sempre provocavam e continuam provocando uma grande indignação nos melhoristas formados em humanidades.[31]

Lem gosta de contar a história em que a encefalização, ou seja, o processo de formação da inteligência humana se relaciona com o carnivorismo. Esta história é contada também por cientistas como Edgar Morin (*O Paradigma Perdido*), Robert Andrey (*African Genesis*) ou Robin Fox (*The Imperial Animal*). Há cerca três milhões de anos, a prole dos proto-homens vegetarianos se divide em dois ramos: os australopitecos mansos, que não matariam nem uma mosca (para comer); e seus primos carnívoros, que os venceram numa luta fratricida e canibalesca. Há também hipótese de que os mansos desapareceram por não se adaptarem às mudanças climáticas, à desertificação africana, ao contrário dos outros, que mudaram a opção alimentícia partindo para a caça (o que era mais inteligente e que, com o tempo, fez aumentar cada vez mais a inteligência). São só hipóteses, há outras, mas o fato é que a nossa herança genética não facilita o trabalho dos construtores das utopias.

[31] Ibidem, edição de 1988, v. 2, p. 53.

18.

Lem não descarta a possibilidade da existência de vida e de seres racionais (não necessariamente nos moldes da mesma lógica e matemática terrenas) em outros planetas, inclusive em formas mais avançadas do que na Terra. O fato de não conseguirmos estabelecer contato com outros habitantes do Cosmos significa apenas a impossibilidade desse contato diante da imensidão do espaço e do tempo em que a evolução e o declínio da vida e das civilizações só podem se constituir num ciclo de duração comparável a um piscar de olho. O silêncio do Cosmos não deve ser visto como uma prova de que estamos sozinhos no Universo, porém o contato com os outros é possível apenas no espaço da ficção, e é a possibilidade que Lem explora até a exaustão. Para quê? Para divertir seus leitores, com certeza. Mas não só. Também, e talvez antes de tudo, para, com as histórias das relações interplanetárias, representar as relações inter-humanas, geralmente nada edificantes e merecedoras mais das técnicas de panfleto, sátira, grotesco do que da epopeia. Em contato com o outro, com o misterioso, com o inconcebível, revelam-se as limitações dos homens que, no fundo, não estão dispostos a dialogar e interagir; na verdade, querem somente se expandir, como confessam os emissários da humanidade surpreendidos por uma forma de vida diferente no planeta Solaris: "de modo algum queremos conquistar o Cosmos, só queremos alargar a Terra até os seus limites [...]. Consideramo-nos cavaleiros do santo Contato. É outra mentira. Não procuramos ninguém a não ser outros humanos. Não precisamos de outros mundos. Precisamos de espelhos"[32].

Em outros contatos com extraterrestres na obra ficcional de Lem, revela-se, antes de tudo, a agressividade dos humanos. Por exemplo, a decifração de uma mensagem do Cosmos,

---

32 S. Lem, *Solaris: Niezwyciężony*, p. 74

enviada por seres inteligentes através do raio pulsante de neutrino, resulta num projeto de utilizá-la para a produção de uma super-arma que permite transferir a reação nuclear para outro lugar, longe de onde foi efetuada (romance *A Voz do Mestre*). No último romance de Lem (*Fiasco*), a expedição para o planeta Quinta, em que foi detectada a vida e uma civilização avançada, termina com a destruição desse planeta pelos humanos, inconformados com as dificuldades de comunicação e falta de uma receptividade esperada da parte dos quintanos.

19.

Kurt Vonneguth escreveu: "Para mim, Lem é o mestre de pessimismo incurável, vislumbrando com susto o que a humanidade tresloucada pode ainda aprontar, caso sobreviva." Ao mesmo tempo, ele reconhecia o senso de humor do autor de *Solaris*, que aprendeu a fazer caretas e palhaçadas "só para que sua assustadora visão do futuro pudesse parecer fingida para o leitor"[33].

20.

Numa das cartas a seu tradutor norte-americano, Michael Kandel, Lem confessa ter reunido nos últimos anos pastas cheias de coisas inacabadas e abandonadas por lhe parecerem demasiadamente *"sophisticated"*. Questiona o direito de exigir de quem quer que seja a decifração de seus textos complicados, produtos de máquina de "superestilização", formando um "labirinto

[33] K. Vonnegut, Ludzie, Czy to Tylko Żarty?, *Lem w Oczach Krytyki ŚWiatowej*, p. 24, 26.

linguístico", mesmo sabendo que não faltam apreciadores e entusiastas desse tipo de sofisticação. Contudo, ele questiona a autenticidade dessa apreciação, desse entusiasmo. E parece ter certa razão.

> Sei, no entanto, que os que se tornaram lemólogos e lemófilos permanecem "de plantão no encanto" mesmo com tamanha complicação dos meus textos... mas será que eles podem de fato se deliciar com tais complicações? Será que não irão projetar suas antecipações em meu texto? Ao ler recentemente uma pilha de resenhas italianas, em que o meu *Eden* estava sendo elevado ao pedestal do "roman philosophique", e onde se insistia que o meu *Retorno das Estrelas* tinha valores épicos, fiquei com tanta vergonha que não consegui ler até o fim.[34]

Será que temos aí uma pitada de modéstia de quem não costumava pecar por ela? Ou trata-se de uma vaidade disfarçada? Ou apenas mais uma prova de que não faltava a Lem o senso de humor aliado à ousadia do explorador dos limites da ciência e da palavra?

Bibliografia

ADORNO, Theodor W. O Ensaio Como Forma. In: COHN, Gabriel (ed.). *Theodor W. Adorno*. Trad. Flávio R. Kothe. São Paulo: Ática, 1994.
BEREŚ, Stanisław. Apokryfy Lema. *Odra*, n. 6, 1986.
DICK, Philip K. *Ubik*. Trad. Michał Ronikier. Posfácio de Stanisłam Lem. Cracóvia: Wydawnictwo Literackie, 1975.
JARZĘBSKI, Jerzy. Byt i Los. In: LEM, Stanisław. *Filozofia Przypadku: Literatura w Świetle Empirii*. Varsóvia: Biblioteka Gazety Wyborczej, 2010.
____. *Wszechświat Lema*. Cracóvia: Wydawnictwo Literackie, 2002.

---

[34] Carta a Michael Kandel de 23 de fevereiro de 1978, em S. Lem, *Sława i Fortuna*, p. 628.

LEM, Stanisław. *Solaris*. Trad. Eneida Favre. São Paulo: Aleph, 2017.

____. *Sława i Fortuna – Listy do Michaela Kandla: 1972-1987*. Cracóvia: Wydawnictwo Literackie, 2013.

____. *Filozofia Przypadku: Literatura w Świetle Empirii*. Varsóvia: Biblioteka Gazety Wyborczej, 2010.

____. *Sex Wars*. Varsóvia: Biblioteka Gazety Wyborczej, 2009.

____. *Fantastyka i Futurologia*. v. 1-2. Posfácio Jerzy Jarzębski. Cracóvia: Wydawnictwo Literackie, 2003.

____. *Tajemnica Chińskiego Pokoju*. Cracóvia: Universitas, 1996.

____. *Filozofia Przypadku: Literatura w Świetle Empirii*. v. 1-2. Cracóvia: Wydawnictwo Literackie, 1988.

____. *Prowokacja*. Cracóvia: Wydawnictwo Literackie, 1984.

____. *Golem XIV*. Cracóvia: Wydawnictwo Literackie, 1981.

____. *Głos Pana*. Varsóvia: Czytelnik, 1968.

____. *Solaris: Niezwyciężony*. Cracóvia: Wydawnictwo Literackie, 1968.

____. *Prowokacja*. Cracóvia: Wydawnictwo Literackie, 1951.

LEM, Stanisław, FIAŁKOWSKI, Tomasz. *Świat na krawędzi: Ze Stanisławen Lemem rozmawia Tomasz Fiałkowski*. Cracóvia: Wydawnictwo Literackie, 2000.

MARTINS, Hermínio. Hegel-Texas: Issues in the Philosophy and Sociology of Technology. In: MARTINS, Hermínio (ed.). *Knowledge and Passion: Essays in Honour of John Rex*. Londres: I.B. Tauris, 1993.

SZPAKOWSKA, Małgorzata. *Dyskusje ze Stanisławem Lemem*. Varsóvia: Open, 1996.

VONNEGUT, Kurt. Ludzie, Czy to Tylko Żarty? *Lem w Oczach Krytyki Światowej*. Seleção e preparação Jerzy Jarzębski. Cracóvia: Wydawnictwo Literackie, 1989.

Este livro foi impresso na cidade de São Bernardo do Campo,
nas oficinas da Paym Gráfica e Editora, em março de 2019,
para a Editora Perspectiva.